U0071263

異鄉情願

臺灣作家的香港書寫

黃冠翔——著

【推薦序】
通過作家視野感受香港的榮辱滄桑

國立中央大學中文系教授　李瑞騰

上世紀的八〇年代中期，我在撰寫博士論文《晚清文學思想之研究》期間，特別注意到香港的報刊，如王韜所辦《循環日報》、黃世仲兄弟經營的《中外小說林》等，也都作了一些必要的了解；大約同一段時間，我在《文訊》雜誌策畫「香港文學特輯」，展開我深入香港及香港文學的歷程。但那時我其實還沒到過香港，總覺得不怎麼踏實。

一九八八年四月，我首度赴港，主要是去浸會大學進行學術交流，也和一些香港作家會面；八月又去了一趟，在港大參加一場香港文學國際研討會，發表了一篇〈八十年代香港的新詩界——以文學刊物為中心的討論〉。從此以後，香港成為我常去的地方。

第二次要去香港之前，我寫了一篇〈重訪香港〉；九〇年代寫過幾篇赴港活動的心情紀錄；跨世紀以來，也有幾篇〈香港紀行〉。基本上都是散文，我應該可以算是臺灣作家，寫了香港，而我在一個什麼樣的情況下去了香港？用什麼樣的觀點看香港？看到了什麼？這樣的提問，應該可以在我的作品中找到答案。

但我畢竟不是一位創作型的作家，也只是偶爾寫了香港；不過，以臺港如此密切的關係，臺灣作家寫香港是很正常的事，進一步要問的就是：在歷史發展進程中，有那些作家寫了那些以香港為主題作品？那些作品，整體看來反映出什麼樣的香港景觀和城市特性？

這當然可以寫成一篇探討臺港文學關係的論文。四、五年前，在國立臺北教育大學任教的應鳳凰教授的一位碩士生黃冠翔，想要研究臺灣作家如何寫香港，我應邀審查並口考了他的研究計畫；約一年後，他完成他的論文，我又擔任了這篇論文的口試委員，我覺得冠翔從一九五〇年代寫到跨世紀以來，把臺灣作家筆下的香港作了很好的梳理；他認真研讀了夏濟安、邱永漢、趙滋藩、余光中、鍾玲、施叔青、朱天文、龍應臺、平路、張曼娟、易之臨、蔡珠兒等人寫香港的諸多文本，順著香港的歷史發展，用香港本地觀點、大陸學者看法來和臺灣作家相互印證，帶領讀者通過作家視野進入香港，凝視東方明珠的輝光閃爍，感受島嶼在歷史進程中的榮辱滄桑，是一部有意義的文學論述。

和這個題目相近的是：香港作家的香港書寫、大陸作家的香港書寫，甚至於香港作家如何書寫臺灣等，都可以進一步開發。冠翔寫完碩論後去服兵役，居然以「替代役」身分來到我借調任職的臺灣文學館，這說明我們有緣；他退伍之際，也是我四年任期將屆之時，他告訴我說，他的碩士論文將易名《異鄉情願：臺灣作家的香港書寫》出版，希望我寫篇推薦序，我因在他的研究過程中提供了一些想法，很高興寫下這篇小文以祝賀本書的出版，希望冠翔今後能把研究範疇擴大，在香港書寫以及臺港文學關係史上作更多且更深入的探討。

【推薦序】
看香港就是看臺灣

清華大學臺灣文學研究所副教授　陳建忠

一篇序文，寫寫停停，拖過大半年，終於遇上了二〇一四年三月的「太陽花學運」。在眾多支持學生理念的各方聲音裡，也有來自香港朋友的聲音。他們在立法院前舉起的標語上說：「今日香港，明日臺灣」、「我是香港人，請臺灣踏在我們的屍體上，想你們的路」、「香港已返魂乏術，臺灣加油」。香港與臺灣之間的關係，已然毫不含糊地被綁在一起看待。今日香港，便是臺灣明日要複製的模樣？這樣的局勢發展可能不是冠翔當年完成這本書的時候所能料想；同樣地，也必然不會是他所研究的二次戰後臺灣作家所能預知。

然而，如果「看香港就是看臺灣」，時至今日再回去看臺灣作家所反映的香港觀，或是臺灣作家通過香港來思索自身的處境，在新局勢已逼在眼前，「明日」就會是臺灣即如香港的此刻，我們將看到臺灣作家曾經有多麼天真？多麼自大？多麼自卑？亦或是臺灣作家曾經有多麼睿智？原來香港的美好與苦難並非與臺灣無關，甚且，我們還可以預先看見臺灣明日的面貌。當「惘惘的威脅」已變成「立即的恐怖」，是否會讓本書的讀者更加帶著一種「危機意識」來閱讀本書？從而更思考不讓結局只是「變成香港」，而是能否更進一步思考「不要變成香港」這樣的可能？

作為冠翔的第一本論文集，他考察一九五〇至二〇〇八年間臺灣作家的香港書寫，的確不只讓我們看到期間香港社會的變化，臺灣的變化與處境何嘗不是亦步亦趨地反映在這些書寫當中？我翻讀書稿，觸動我反省自己近年來關注香港文學的動機，或許，正可以拿來印證冠翔書中的諸多見解。

臺灣與香港，由島至島，歷史上都曾受到儒教文化的長期影響，也曾在二十世紀成為殖民地，一九四九年後也同樣接納了一批龐大的中國「南來作家」，並且無可選擇地在一九五〇年代以降成為英美國家反共陣線的成員之一。

然而，也正是這樣的臺灣與香港，仍在被殖民的狀態下逐漸發展出它的本土意識，只不過由於複雜的國際與地理政治，臺灣與香港似乎又很難完全獨立自主的發展主體性的文學史論述。只就學術的角度，臺灣與香港應當可以用如此多類似卻又不無差異的文學經驗為基礎，以本土文學的意識與需要，來進行比較研究的工作。這樣，不僅能梳理兩島之間長期交流的歷史，對釐清東亞文學發展的某個側面，肯定也會有極其正面的意義。

二十世紀五〇年代後，由於韓戰爆發，東亞局勢丕變，以及美國反共勢力的介入，東亞諸國與美國形成冷戰時代的政經、文化同盟，共同對抗蘇聯與中華人民共和國等共產國家集團。由於在冷戰年代接受美國文化影響，西方文化／文學與東亞文化／文學的跨文化流動，對臺港兩地的影響自不在話下；又因為南來文人集體反共、思鄉的歷史因素，臺灣與香港兩地在一九五〇、六〇年代的文學交流實相當密切。

我在過去數年間，一直強調要在比較（文學）研究的視野下進行臺灣與香港文學研究，正欲在尊重各自主體性的前提下，重新尋找一個可以併而論之的詮釋框架。簡單來說，就是考察兩島置身在東亞政治、地理與文化脈絡中的緊密相關性——二十世紀南來流亡潮、中國及外國文化的深刻影響、殖民、內戰與冷戰等等，藉由比較研究，進一步凸顯兩島文學傳統面對時代變遷是如何肆應與演變，最終形構出各自帶有濃厚混雜性格的文化身份，而「臺灣性」與「香港性」乃摶成於這樣的歷史進程中。

如果以評價「南來作家」為例，或能夠看到進行臺港文學比較研究的必要性。

現有的香港文學史是由中國大陸學者書寫，詮釋觀點自然難以盡如人意。香港學者普遍質疑「南來作家」對香港的意義，認為多半皆存過客心態，甚至心存鄙夷，因此，有無香港意識無疑相當程度主導了詮釋的視角。要追求香港文學的獨特性，這自然理所必至的趨勢；但，若果真忽略這些作品，香港文學史卻也可能失去混雜以及包容的特性。然而最重要的是，無論香港要或不要這些作品，是否排斥或接納這些作品，多半還是由書寫文學史的中國學者來主導意義的詮釋。超越之道，則香港文學史當然也可以由本土文學角度，主動納流亡文學為己有，從而開展出香港文學中有關南來文人、流亡文學如何轉化為香港文學傳統的論述。

同樣地，關於臺灣文學史的詮釋，雖然也有很長一段時間，厭惡流亡的反共文學、懷鄉文學主導文壇，但在臺灣意識逐漸成為較普遍民眾的公民意識之主體後，臺灣文學的意義，同樣必須思考由「排它」逐漸轉向「接受」與「納編」。臺灣文學中，因而必然存在著由流亡文學轉向移民文學的外省族群文學這一支，且難以隨意被分割或貶抑。這是因為即便是流亡文學，也是本土性在戰後脈絡下有機生成的一部份，既然我們要尋求有特色的臺灣文學傳統，自然必須尋求容納流亡文學、難民文學的詮釋框架。如此一來，不僅可以增進臺港之間的文學比較、交流研究，更可以藉由比較視野，看出東亞各地文學傳統與文化形構過程的近似性與差異性。這樣既尊重特殊傳統又肯定外來影響的思維，無疑正是未來以東亞比較文學為視野的研究道路上，值得持續關注的問題所在。

上述是我近年來以「比較研究」角度所思考的臺港文學關係，實際上便是留意到兩地在戰後的政經發展經驗上，有比諸東亞各國更密切的相關性。比較研究，既能尊重兩地文學的主體性與獨特性，但也將冷戰、內戰、流亡等共通問題一併納入思考，而能夠更周延解釋環繞地緣政治所產生的文學效應。

若回到冠翔的這部書稿來看，書中雖不著重比較，但依照時序則探討了戰後每個階段裡臺灣作家的香港書寫。換言之，冠翔較著重在臺灣作家如何描寫他們心目中的香港，並試圖找出戰後以來臺灣作家之「香港觀」的意義，或許更能集中呈現臺灣作家確實非常關注香港議題的事實。於是從五〇年代夏濟安、邱永漢、趙滋蕃的流亡書寫，到七〇與八〇年代的余光中的冷戰視野，再到九〇年代施叔青「香港三部曲」所流露的回歸疑懼，乃至於「九七回歸」到二十一世紀前後如蔡珠兒作品中更為強烈的反思精神，冠翔的研究成果幾乎也等於一次微型的臺灣作家心靈史的切片展示，他的詳盡分析讓這場展示更具可看性，這當是本書值得關注的焦點所在。

或許，未來冠翔會願意再從香港作家如何看臺灣的角度來進行討論，讓我們看到香港作家的「臺灣觀」究是如何？這樣的「對照記」想來便讓人頗為期待。由於我與冠翔都長期關注香港文學發展，也關心臺灣與香港兩島間文學互動的種種，身為研究同道，我非常欣喜地看到他的新作出版，必然能夠讓兩地讀者更加意識到兩島之間的關聯性議題，並引起研究者的後續討論。我同時期盼冠翔的研究工作能在本書的基礎上更加飛躍成長，畢竟，這只是他初試啼聲之作，我相信他在博士班期間歷經思想的蛻變後，定然會有更多新的見解與我們分享。

有兩幕可堪「對比」的畫面一直讓我印象深刻。二〇一三年，我因為接連在北京與香港居留了一段時間，故有些比較性的觀察。在北京搭地鐵，留有一個極深的印象，就是看著手機屏幕而聽起音樂與看影片的人特別多，人人安靜塞著耳機，可以自成小世界。但在香港，這現象卻並不普遍。在港鐵更顯狹小的車廂裡，人們交談或靜立，那樣的吵雜而輕鬆的氛圍卻讓我特別感到安心。

我並不想只就這單一的表象多闡釋什麼，對我而言，只想傳達一種心境：安靜並不等於平靜，吵雜也未必就不平靜。至少，我可以在如此吵雜的港島安心活動與交談，即便身旁並不真有怎樣立即的壓力存在。臺灣的朋友必然可以懂得，什麼是自由自在的生活、思考與書寫，這本是我們最最看重的價值。是為序。

序　言

西元一九四九年為台、港文學關係發展重要的關鍵，自此，香港在歷史、政治、文化等場域都跟臺灣有著微妙的關係。但臺灣的研究者在探討香港問題時，大多把焦點放在經貿與政治問題上，對於香港文學的關注實屬少數。本文即希望透過研究臺灣作家的香港書寫作品，窺探臺灣作家眼中的香港面貌，並了解香港這個城市作為一種書寫媒介，對於臺灣作家的意義為何。

首先，一九五〇至六〇年代臺灣作家的香港書寫，以過客和難民為主角，反映政治動盪、社會紛亂的香港社會景況；其次，一九七〇至八〇年代的臺灣作家在作品裡抒發家國之思、見證兩岸政治轉型開放時刻，或是直接投入當時香港興起對於本土身分與認同情感追尋的熱潮，對香港社會百態及未來前途問題有獨到見解；再者，臺灣作家身處九七回歸前後的香港，對當時整體社會氛圍有深刻的觀察和體會；最後，在九七後的新世紀香港，臺灣作家以獨特的審美觀與價值觀，挖掘最能代表香港精神的庶民文化，並在標誌香港特色的摩天大廈群之外建構出獨特的香港味覺景觀與記憶。

這些臺灣作家的作品隨著時代脈動，映照各時期香港的特殊面貌，這些作品是香港文學史上獨特的一部分；對於作家本身，香港時期的創作歷練，更是其文學生涯重要的一段，他們與香港相互成就；對臺灣文學而言，這些作品更是不可或缺的一塊拼圖，有了它們，臺灣文學更臻完整。

c o n t e n t

第一章　緒論

第一節　研究動機與目的

臺灣文學研究是上個世紀九〇年代新興的一門學科。若依照時間劃分，大致可分為臺灣古典文學、日治時期的臺灣文學和戰後迄今的臺灣文學；若按照文學類別區分，可分為詩、散文、小說、戲劇等；若依題材分，則有遺民文學、抗日文學、反共文學、鄉土文學、都市文學、女性文學、同志文學、原住民文學等；若由創作技巧與思想內涵分，又有寫實主義文學、現代文學、後現代文學、後殖民文學等。臺灣文學研究實已繽紛多彩，臺灣文學研究又可依文本書寫的空間背景做區分，分為臺灣本土的文學書寫及臺灣域外的文學書寫。儘管近年來臺灣文學相關系所數量快速成長，帶動臺灣文學研究蓬勃發展，已有為數不少的博碩士論文面世，各種期刊、學報、研討會的學術論文數量更為豐碩，但絕大多數的研究者仍將焦點集中於臺灣本土的文學書寫研究上，這固然是臺灣文學研究起步的基礎與必然之現象，但若要拓展臺灣文學研究之視野，就不得不把目光移往臺灣的本土之外，仔細看看臺灣文學與世界的關係。

出生或成長於臺灣的作家，除了有大量書寫臺灣這塊土地的文學作品之外，亦有為數不少，但容易被忽略的「域外書寫」作品，筆者認為這些臺灣作家的域外書寫與其他本土書寫作品一樣，是臺灣文學史重要且不容忽視的一部分。當代臺灣文學的域外書寫依照空間背景的不同大致可分為幾個區塊：中國大陸（五〇年代的反共懷鄉文學為代表）、東洋、南洋、北美（留學生文學為代表）、香港及其他描繪世界各地的書寫，這些臺灣作家的域外書寫讓臺灣文學得以跨出島境，使臺灣與世界發生了關係，或者說，世界和臺灣發生了關係。同時，透過臺灣作家的域外書寫之全面研究，可深入了解臺灣文學與世界華文文學的關係，更可從中建立起臺灣文學的價值及影響力。

臺灣作家的域外書寫因發展時間長、描寫地域廣，所以作品數量龐雜，筆者擬從中挑選一個地區、截取一段時間作為本文研究之對象，而選擇「香港」這樣一個在歷史、政治、文化脈絡和地理位置都與臺灣有高度關聯性的地方作為相關研究之開端，希望將來進一步深入探究臺灣文學中對於其他地區的域外書寫，期望在文學研究領域中拼出一幅完整的臺灣文學世界地圖。

香港，一個特殊的城市，原是沒沒無聞的荒漠小島，卻在西元一八四一年被迫離開她的母國，成為大英帝國的殖民地，從此在東、西文化的衝突夾縫中成長。身為殖民地的香港，自開埠以來，即被殖民者以商業經濟掛帥的方式統治，文化與文學發展長期遭受漠視，更使香港蒙受「文化沙漠」[1]之負面印象。直到一九八〇年代，九七回歸問題引發種種文化、社會和政治焦慮，觸動香港人亟欲自我定位的神經，長期擺盪於「中國母國」及「英國殖民者」之間的認同問題，開始出現了第三種選項——「我是香港人」。香港文學研究者亦開始思考香港文學的主體性問題，香港文學研究開始發展，透過文學史料的收集、身分認同的再思考，香港文學成為一個專有名詞，得以從英國文學或是中國文學中區隔出來，中國大陸甚至從九〇年代起陸續出版多本香港文學史著作[2]。值得注意的是，有些臺

---

[1] 「文化沙漠」一詞最早在二次世界大戰前已出現，據李谷城之研究：「一九三八年，茅盾為編《文藝陣地》，懷著一股強烈的抗日宣傳熱望到香港，他當時感到『似乎進了一片文化沙漠』。」詳參見李谷城：《香港中文報業發展史》（上海：上海古籍出版社，2005），頁261-262。

[2] 目前中國大陸出版的香港文學史著作如下：

	作者／編者	書名	出版社	出版年份
1	謝常青	香港新文學簡史	廣州：暨南大學出版社	1990
2	王劍叢	香港文學史	南昌：百花文藝出版社	1995
3	王劍叢	二十世紀香港文學	濟南：山東教育出版社	1996
4	何慧	香港當代小說史	廣州：廣東經濟出版社	1996
5	何慧	香港當代小說概論	廣州：廣東經濟出版社	1996
6	潘亞暾、江義生	香港文學史	廈門：鷺江出版社	1997
7	古遠清	香港當代文學批評史	上海：新華書局	1997
8	劉登翰	香港文學史	北京：人民文學出版社	1999
9	袁良駿	香港小說史	深圳：海天出版社	1999
10	施建偉、應宇力、江義生	香港文學簡史	上海：同濟大學出版社	1999
11	袁良駿	香港小說流派史	福州：福建人民出版社	2008

灣作家也被寫入香港文學史裡，如趙滋蕃、余光中和施叔青等作家皆因長時間客居香港而創作出許多質量兼具的香港書寫作品[3]，甚至在香港文壇造成影響力。卻有更多臺灣作家亦曾定居香港、書寫香港，未受到應有的注意與重視，這些臺灣作家創作了數量可觀的文學作品，可惜的是，它們擺盪於兩地之間，多數未受注意及重視，這批文學作品既是香港的文化財產，亦是臺灣文學不可或缺的寶藏，故筆者認為「臺灣作家的香港書寫」此一議題深具研究價值。

第二節　為什麼香港？——研究香港與臺灣文學關係之重要性

一、香港與臺灣文學之關係

（一）文化交流

西元一九四九年可說是臺灣與香港兩地文化交流與文學關係開始產生巨大轉折的關鍵。香港從一八四一年起正式成為大英帝國的殖民地，至一九四九年時，已受英國殖民統治超過百年；臺灣則在一八九五年被納入日本的殖民勢力範圍，於一九四五年第二次世界大戰結束後回歸中國管轄，到一九四九年時，臺灣受日本殖民文化

3　關於本文探討之各位作家的身分認定，請參閱本章第四節「研究範圍」之說明。

五十年的影響仍劇。總體而言，在一九四九年之前香港與臺灣因分屬不同的殖民宗主國（西方的英國／東洋的日本）統治，使得臺灣與香港在歷史、社會、文化等種種脈絡與生態皆有明顯的差異，更因為交通與政治環境等因素，鮮見臺港之間的文化、文學交流。一九四九年之前臺港兩地的文化可說是各自發展、互不干擾[4]。

然而，臺港之間的關係自一九四九年起有了劇烈變化。因中國大陸上國共情勢的變化，使得許多文人逃難至香港，有的在香港定居下來，有的則跟隨國民政府來臺，前者在香港文學場域被稱為「南來作家」，後者則在臺灣文學史上被稱為「外省作家」。這群分居臺港的南來文人一方面有著相似的反共政治意識形態與思念故土的懷鄉情感，一方面又因私下交情甚篤，在兩地文壇上交往頻繁，使得臺灣與香港在這樣一群文人的介入下，於文化上有了豐富地交流與影響。這是臺港兩地在當代文化交流上的起步。香港學者鄭樹森亦認為一九四九年國民政府退守臺灣，是臺港文學關係之濫觴。[5]

---

[4] 一九四九年以前台、港之間文學與文化交流甚少，僅一八九三年於臺灣台南出生的許地山年幼隨父親許南英移居中國，十七歲進入燕京大學，後經歷五四、北伐與抗戰等大事，又留學美國、英國與印度，一九二七年返回燕京大學執教。後因與校長失和，在胡適介紹下入香港大學中文學院擔任教授，為香港文學留下豐富作品及深遠影響，後被香港文學研究者劃歸為一九四九年以前的南來文人。可參見鄭樹森、黃繼持、盧瑋鑾：〈早期香港新文學作品三人談〉，收錄於三人合編：《早期香港新文學作品選》（香港：天地圖書公司，1998），頁 25-32。

[5] 鄭樹森：《從諾貝爾到張愛玲》（台北：印刻出版公司，2007），頁 175。

（二）政治關係

在政治上，一九四九年中華人民共和國在中國大陸上正式成立，是年國民政府播遷來臺，兩個中國政權隔著臺灣海峽對抗僵持，香港則因處於特殊的殖民環境及地理位置，成為國共對抗及美蘇冷戰下，雙方意識形態衝突、競逐的一個戰場。香港在作為中國／臺灣對峙、左／右意識形態交鋒的空間下，於東亞政治舞臺上現身。西方殖民統治背景加上「兩個中國」的角力影響，香港成為一個被夾在東西方與左右中國之間的雙重邊緣的政治空間。也正因為香港政治上的雙重邊緣性，讓她有別於中國大陸本土，得以與臺灣保持著文化與政治上的聯繫，甚至一九八七年臺灣宣布解嚴以後，仍扮演著兩岸運輸、交流的中介角色。而早在一九四七年二二八事件於臺灣發生之後，許多臺灣的思想或政治犯便循管道偷渡至香港，在戒嚴時期，香港更成為臺灣政治風暴下的海外避風港。如香港學者鄭樹森言：「一九四九年以來，在臺灣全面開放以前，香港是海峽兩岸三地裡唯一的『公共空間』；也就是一種政治、文化的空間，可以不受國家機器的控制，免於恐懼和壓迫，自由地對各項議題發表意見。」[6]於是香港可以接納「既反共又反蔣的第三勢力、既反中又反

[6] 鄭樹森：〈1997 前香港在海峽兩岸間的文化中介〉，收錄於馮品佳主編：《通識人文十一講》，（台北：麥田出版社，2004），頁 173。

右翼的托派殘餘、暫時托庇殖民地的中間偏右知識份子」[7]，成為各種政治派別匯集之所。

一九四五年後美蘇兩大勢力對峙逐漸確立，臺灣與香港在五〇年代初期開始受到美國援助，成為美國「自由世界」在亞洲對抗「共產世界」的重要基地。臺灣主要是軍事防禦的角色，受到軍援與經援較多，而香港因靠近中國，是收集情報與打心理戰的重要地點，因此美國在香港援助成立許多出版社並設立眾多刊物，其文化戰的影響力甚至擴展至臺灣、星馬等地，於是臺灣與香港就在美援的背景之下一起被納入自由世界的反共體系之中。[8]香港與臺灣的政治關係實為密切及複雜。

（三）歷史背景

臺灣與香港有著相似的被殖民歷史背景。香港於一八四〇年代起在英國的蠶食鯨吞下，香港島、九龍半島與新界先後成為其殖民地[9]，臺灣在一八九五年甲午戰爭後，連同臺澎金馬一起割讓給日本。英國統治香港百餘年，日本治理臺灣五十年，雖然東西兩大帝

---

7 同前註，頁 174。

8 有關美援刊物之種類及其對臺灣的影響可參考吳佳馨之碩論：《1950 年代台港現代文學系統關係之研究：以林以亮、夏濟安、葉維廉為例》（新竹：國立清華大學臺灣文學研究所碩士論文，2008）。

9 鴉片戰爭後，英國於一八四一年佔領香港島，一八四二年中英正式簽定《南京條約》清廷割讓香港島與鄰近的鴨俐洲；一八五六年第二次鴉片戰爭爆發，一八六〇年中英簽定《北京條約》清廷又割讓九龍半島南部與鄰近的昂船洲；一八九八年中英代表再度於北京簽訂〈展拓香港界址專條〉，清廷租讓九龍半島北部（九龍城寨除外）、新界和鄰近的兩百多個離島與英國，借期九十九年，至一九九七年六月三十日為止。

國對於統治殖民地的政治、文化等各方面政策不盡相同，但確實造就了臺港兩地歷史與社會的殖民性與混雜的文化樣貌，這對於兩地的文學作家創作或許提供了相似的土壤與養分。臺灣的被殖民歲月（一八九五至一九四五）與香港（一八四一至一九九七）部分重疊[10]，而兩者目前則都已脫離殖民帝國的政治勢力（儘管在文化或經濟上仍有影響），在殖民帝國勢力消退後而興起的「後殖民」論述也正方興未艾地影響著臺灣和香港。

二、香港的特殊性

中國大陸是許多作家身世、文化、心靈的「原鄉」，由於海峽兩岸長期的政治情勢影響，使得兩岸間通訊與聯繫中斷，而香港地處臺灣與中國大陸之間，作為一個地理上或心靈上的跳板，也曾是許多臺灣文學作家的「第二故鄉」，如平路、白先勇、余光中、易之臨、邱永漢、施叔青、夏濟安、張曼娟、趙滋蕃、蔡珠兒、龍應台、鍾玲、蘇偉貞（依姓氏筆畫排列）等都曾客居香港，儘管個別作家在港停留時間長短不一，卻都為香港這塊土地留下了珍貴的文學記錄，這些作家作品也成為厚實臺灣文學內涵重要的一部分。

---

10 除了被英國殖民之外，香港在一九四一年底至一九四五年二次世界大戰結束前亦曾被日本佔領，香港史上稱為「日佔時期」，唯日本在政治、經濟、文化等各方面對香港的影響遠遠不及英國。

臺灣在二〇〇八年經過二次政黨輪替後，與中國大陸的政治、經貿關係日漸密切，而兩岸定點的班機直航、開放大陸觀光客來臺旅遊更可說是兩岸關係的一大里程碑。臺灣為了持續經濟發展，必須在經濟層面對大陸方面採取更開放與優惠的措施，在當前兩岸交流的政策下，簽訂兩岸經貿協定、引進陸資來臺投資等實質手段看似勢在必行。但這樣的政策若無完整妥善的配套措施因應，卻有可能導致一個嚴重的後果——臺灣在經濟上將會過度依賴中國大陸，這對臺灣的未來未必是件好事。在這方面，香港所走過的路，正好可作為我們的前車之鑑。

一九九七年香港回歸中國管轄，緊接著發生的亞洲金融風暴襲擊，使包括香港在內許多亞洲國家及地區的經濟陷入泥淖，貨幣、股市與房地產急速崩跌，造成投資信心恐慌，以貿易為主的香港引發持續至少六年的通貨萎縮；自一九九七年香港驚傳人類感染禽流感開始，此病便在亞洲地區零星發生，二〇〇三年香港又大規模爆發一種名為「嚴重急性呼吸道症候群」（Severe Acute Respiratory Syndrome，簡稱 SARS）的非典型肺炎，疫情嚴重，香港旅遊觀光業大受打擊。接踵而至的經濟、疾病風暴重創香港的金融環境，迫使宣稱在「一國兩制」政策下的香港特區政府也必須求助於北京。而北京政府一連串對香港的經濟利多，包括：簽署《內地與香港關於建立更緊密經貿關係的安排》（俗稱 CEPA）及開放大陸觀光客至香港自由行等，確實使香港經濟逐漸好轉。然而，這當中暴露了一個重要訊息——香港的經濟必須高度依賴北京政府，也就是說，香港特區政府無法在經濟上自立，在政治層面上也就不得不向北京低頭。

香港的情況讓我們想到臺灣的現狀，臺灣目前的困境亦是必須拉攏中國資金投入，才能有新的經濟活水與發展。可是，一旦臺灣經濟太過依賴中國的話，臺灣目前的生活方式與國際地位恐怕將更受制於中共當局的想法。這又令人聯想到最極端的情況，當臺灣經濟離不開中國的挹注之時，兩岸是否將走上和平統一之路？此勢必遭到部分臺灣民眾的強烈反彈，於是，曾於香港實行的「一國兩制」制度是否將演變為臺灣的未來？誰也說不準。

香港就是這樣一個在歷史、政治、文化等場域都跟臺灣有著微妙關係的地方。在臺灣文學研究場域中，「香港的特殊性」卻一直未受關注，筆者認為這正是臺灣文學研究擴展寬度與視野的一個值得深究的面向。

第三節　前人研究成果概況

香港文學研究約在一九八〇年代開始受到注意，相關研究議題因而出現在兩岸三地的學術研究舞臺上。中國大陸自一九八二年起每兩年舉辦一次「臺灣香港文學學術研討會」，更從九〇年代起出版了至少十一冊的香港文學史著作[11]。香港則有本地學者投身文學史

[11] 同註2。

料的收集與研究，並開始論述「香港文學」。在臺灣，《文訊》、《幼獅文藝》與《中外文學》先後刊載香港文學專題[12]，為臺灣讀者介紹香港文學的總體風貌。香港文學研究看似逐漸興盛，卻仍在起步的階段，不僅文獻史料龐雜收集不易，更因政治變動之故，使得香港文學的研究方向大致偏向香港作家的身分與認同，或是香港文學的本土性與定位問題等議題，較少把研究觸角伸向臺灣文學和香港文學間關係之研究。總體而言，香港文學研究之論述大多也限於單篇論文之發表，相關學位論文數量尚且不豐。

與本論文相關的前人研究概況，筆者擬分別就臺灣、香港和中國大陸目前對「臺灣作家的香港書寫」議題之相關研究著手，關於本文探討之個別作家作品研究，僅取材該研究有涉及符合本文探討主旨者，而不就該作家的全部研究現況作概述。下列將從「臺灣的臺港文學研究概況」、「香港與中國大陸對臺灣作家的香港書寫之研究」兩個面向做說明。

一、臺灣的臺港文學研究概況

臺灣的研究者在探討香港問題時，大多把焦點放在經貿與政治問題之研究上，對於香港文學的關注實屬少數。《文訊》、《幼獅文

12 《文訊》曾兩次刊載香港文學專題：第一次為第 20 期之「香港文學特輯」(1985 年 10 月)，第二次是第 217 期的「香港文學風貌專題」(2003 年 11 月)；《幼獅文藝》「1997 與香港文學專題」為 79 卷 6 期（1994 年 6 月）；《中外文學》的香港文學專號為 28 卷 10 期（2000 年 3 月）。

藝》與《中外文學》雖曾先後刊載香港文學專題，但後來針對「臺港文學之關係」議題發展的研究者甚少，目前就筆者所見，學位論文方面僅見吳佳馨《1950 年代臺港現代文學系統關係之研究：以林以亮、夏濟安、葉維廉為例》[13]和黃鈺萱《臺灣文學場域中的「香港」——以鍾曉陽、西西、董啟章為例》[14]兩篇；單篇學術論文數量亦少，如李奭學〈港臺文學關係：許地山・書緣・白先勇及其〈香港——一九六〇〉〉[15]一文，從作家許地山、白先勇及一九四九年後香港出版書籍對臺灣的影響考察臺港間文學之關係；王鈺婷〈冷戰局勢下的臺港文學交流——以 1955 年「十萬青年最喜閱讀文藝作品測驗」的典律化過程為例〉[16]從五〇年代臺灣文學場域中最具代表性的文藝票選活動「十萬青年最喜閱讀文藝作品測驗」為切入點，觀察當時臺港文學交流的一個側面；須文蔚〈余光中在一九七〇年代臺港文學跨區域傳播影響論〉[17]以余光中綜合古典與現代主義理論討論為中心，分析七〇年代的臺港文學傳播與互動關係。儘管已

13 吳佳馨：《1950 年代台港現代文學系統關係之研究：以林以亮、夏濟安、葉維廉為例》（新竹：國立清華大學臺灣文學研究所碩士論文，2008）。

14 黃鈺萱：《臺灣文學場域中的「香港」——以鍾曉陽、西西、董啟章為例》（新竹：國立清華大學臺灣文學研究所碩士論文，2011）。

15 此文收錄於李奭學：《三看白先勇》（台北：允晨文化，2008）。原題〈剪不斷，理還亂——港臺文學關係之我見〉，發表於《現代中文文學學報》8 卷 2 期與 9 卷 1 期合刊號（2008 年 8 月）。

16 王鈺婷：〈冷戰局勢下的臺港文學交流——以 1955 年「十萬青年最喜閱讀文藝作品測驗」的典律化過程為例〉，《中國現代文學》19 期（2011 年 6 月）。

17 須文蔚：〈余光中在一九七〇年代臺港文學跨區域傳播影響論〉，《臺灣文學學報》19 期（2011 年 12 月）。

有研究者點出當代臺港文學關係之密切，然而至目前為止，未見對整體臺灣作家的香港書寫之研究相關論文。[18]

臺灣的文學研究者對於臺港文學之研究大多著重於單一作家作品之研究。有對香港作家作品之關注者，如侯麗貞《香港・政治・媚行者——黃碧雲小說研究》[19]、方一娟《鍾曉陽小說研究》[20]、李佩樺《香港作家李碧華小說之研究》[21]、周妙紅《香港作家鍾曉陽小說研究》[22]等。

而對於筆者本文研究範圍內之作家：平路、白先勇、朱天文、余光中、易之臨、邱永漢、施叔青、夏濟安、張曼娟、趙滋蕃、蔡珠兒、龍應台、鍾玲、蘇偉貞（依姓氏筆畫排列）的香港書寫相關（內容有針對作家之香港書寫作品論述者）學位論文研究成果整理如下：

---

[18] 九七香港回歸之際，部分報紙副刊如《聯合報・讀書人周報》便有系列文章簡介香港文學概況，亦論及台港文學關係。刊載以向大眾介紹為主的簡短論述，故筆者未將其納入學術論文的範圍。

[19] 侯麗貞：《香港・政治・媚行者——黃碧雲小說研究》（台北：淡江大學中文系碩士論文，2001）。

[20] 方一娟：《鍾曉陽小說研究》（台北：國立政治大學國文教學碩士學位班碩士論文，2003）。

[21] 李佩樺：《香港作家李碧華小說之研究》（桃園：國立中央大學中國文學研究所碩士論文，2005）。

[22] 周妙紅：《香港作家鍾曉陽小說研究》（桃園：國立中央大學中國文學系碩士在職專班碩士論文，2007）。

	研究者	論文名稱	學位、系所	年份
1	魏文瑜	《施叔青小說研究》	國立政治大學中文系碩士	1999
2	辛延彥	《兩性角色與殖民論述——「香港三部曲」研究》	南華大學文學研究所碩士	2002
3	曾香綾	《余光中詩研究》	國立臺灣師範大學國文系在職進修碩士學位班碩士	2004
4	廖苙妘	《施叔青小說中香港故事研究》	南華大學文學研究所碩士	2005
5	魏伶砡	《孤島施叔青》	國立中興大學中文所碩士	2006
6	顏如梅	《施叔青香港時期長篇小說研究——以「香港三部曲」及《維多利亞俱樂部》為中心》	國立中興大學中文所碩士	2007
7	姜怡如	《施叔青長篇小說的港台書寫》	國立中央大學中文系碩士在職專班碩士	2008
8	謝佳琳	《蔡珠兒的飲食散文》	國立臺北教育大學語文與創作學系碩士班碩士	2008
9	謝秀惠	《施叔青筆下的後殖民島嶼圖像——以《香港三部曲》、《臺灣三部曲》為探討對象》	國立臺灣師範大學臺灣文化及語言文學研究所在職進修碩士班	2010
10	林雅瓊	鄉情、國史、世界觀——論林文月、蔡珠兒及李昂的女性跨國飲食書寫	國立中興大學臺灣文學研究所碩士	2010
11	林明霞	蔡珠兒飲膳書寫之研究	東海大學中國文學系碩士在職專班	2013

總體而言，臺灣的研究者甚少注意臺港文學之關係，與本文相關之專論單一作家作品研究之學位論文大多集中於施叔青的香港書寫研究，近來蔡珠兒的散文則逐漸受到重視。值得注意的是，以余光中為研究對象的學位論文有十三篇，卻只有一篇內容與作家的香

港書寫有關，可見余光中文學生涯中的香港時期及其作品是臺灣研究者較少關心的部分；關於白先勇及其作品的學位論文為數亦不少，研究者卻也未注意到白先勇與香港的關係；其他作家如朱天文與蘇偉貞的作品研究，大致上放在女性或情慾等議題上做探討；關於張曼娟與平路的研究，僅將焦點放在兩位作家的小說創作上；對於夏濟安的研究則是將焦點置於其與《自由中國》、《文學雜誌》此二種雜誌之關係上；而關於龍應台的學位論文只有一篇，也都未關注到作家的香港經驗與香港書寫的重要性；此外，邱永漢、趙滋蕃、鍾玲與易之臨等四位作家目前則尚無相關的學位論文可供參考。在單篇論文方面，大致上與學位論文情況雷同，研究者關注的焦點仍集中於余光中與施叔青個別作家的香港書寫，數量頗豐，唯對其他臺灣作家的香港書寫議題缺乏關注，這裡值得注意的是黃英哲〈香港文學或是臺灣文學：論「香港三部曲」之敘述視野〉[23]一文，雖然探討的對象僅是施叔青的作品「香港三部曲」，卻將問題意識拓展到探究這樣的作家作品究竟屬於臺灣文學還是香港文學的範疇，開啟了臺灣文學研究的新視野。

[23] 黃英哲：〈香港文學或是臺灣文學：論「香港三部曲」之敘述視野〉，《中外文學》33卷7期（2004年12月）。

二、香港與中國大陸對臺灣作家的香港書寫之研究概況[24]

在香港與中國大陸兩地的文學學術單篇論文中，早在八〇年代香港作家劉以鬯〈三十年來香港與臺灣在文學上的相互聯繫〉[25]一文已經介紹臺灣與香港在文學上的相互關聯。而關注整體臺灣作家（非單一作家）的香港書寫之相關篇目數量不多，據筆者所見，僅陳燕遐〈書寫香港——王安憶、施叔青、西西的香港故事〉[26]、劉登翰〈臺灣作家的香港關注——以余光中、施叔青為中心的考察〉[27]、費勇〈敘述香港：張愛玲〈第一爐香〉、白先勇〈香港——一九六〇〉、施叔青〈愫細怨〉〉[28]、呈悅〈再生之城：完不了的「香港故事」——試論張愛玲與施叔青筆下的「香港傳奇」〉[29]、黃靜〈香港‧女性‧傳奇——《傾城之戀》、《香港的情與愛》、《愫細怨》比較〉[30]、

---

[24] 因對於作家及其作品之研究論文數量龐雜，筆者在此部份只列舉與本文主題直接相關之「研究臺灣作家的香港書寫」的論文。

[25] 本文分為上、下兩篇，分別刊登於《星島晚報‧大會堂》(1984 年 8 月 22 日及 29 日)。後收錄於劉以鬯：《暢談香港文學》(香港：獲益出版公司，2002)，頁 78-96。

[26] 陳燕遐：〈書寫香港——王安憶、施叔青、西西的香港故事〉，《現代中文文學學報》2 卷 2 期（1999 年 1 月）。

[27] 劉登翰：〈臺灣作家的香港關注——以余光中、施叔青為中心的考察〉，《福建論壇‧人文社會科學版》2001 年第 2 期（2001 年 2 月）。

[28] 費勇：〈敘述香港：張愛玲〈第一爐香〉、白先勇〈香港——一九六〇〉、施叔青〈愫細怨〉〉，《香港文學》194 期（2001 年 2 月）。

[29] 呈悅：〈再生之城：完不了的「香港故事」——試論張愛玲與施叔青筆下的「香港傳奇」〉，《寧波廣播電視大學學報》2 卷 3 期（2004 年 9 月）。

[30] 黃靜：〈香港‧女性‧傳奇——《傾城之戀》、《香港的情與愛》、《愫細怨》比較〉，《華文文學》，2005 年第 4 期（2005 年 4 月）。

王瑞華〈殖民與先鋒：中國痛苦——從兩位女性文本解讀香港的後殖民特徵〉[31]和張新穎、史佳林〈「借來的空間」,「身份」的「傳奇」——從夏濟安的〈香港——一九五〇〉到白先勇的〈香港——一九六〇〉〉[32]等，特別值得注意的是，這些學者已經關注到臺灣作家的香港書寫作品，且並非針對單一作家作品而言，而是兩個或多個作家作品的相互關照或比較，亦有跨地區之作家作品對照研究，這是臺灣研究者尚未開啟之研究路徑。

而學位論文有林賀超《香港小說中的情欲與政治——從施叔青李碧華到黃碧雲》[33]、向萍《臺灣香港女性小說創作比較論》[34]、馮曉豔《跨越時空的文學唱和——二十世紀末香港與臺灣女性作家小說與張愛玲》[35]等，或從創作題材相似的臺港女作家之比較，或從臺灣與香港女性作家整體創作題材論，或從張派文學系譜探究，中國大陸之研究者顯然已注意到臺港文學作家作品之間隱含深厚的關係，而這是臺灣研究者尚未注意到的部分。

31 王瑞華：〈殖民與先鋒：中國痛苦——從兩位女性文本解讀香港的後殖民特徵〉,《東南學術》2005 年第 4 期（2005 年 4 月）。

32 張新穎、史佳林：〈「借來的空間」,「身份」的「傳奇」——從夏濟安的〈香港——一九五〇〉到白先勇的〈香港——一九六〇〉〉，發表於台北：白先勇的文學與藝術國際學術研討會（2008 年 10 月 17、18 日）。

33 林賀超：《香港小說中的情欲與政治——從施叔青李碧華到黃碧雲》（香港：嶺南大學碩士論文，2002）。

34 向萍：《臺灣香港女性小說創作比較論》（山東：山東師範大學碩士論文，2005）。

35 馮曉豔：《跨越時空的文學唱和——二十世紀末香港與臺灣女性作家小說與張愛玲》（山東：山東大學博士論文，2007）。

於中國大陸期刊學報發表的論文，在對單一作家、作品之研究方面，數量最豐的為余光中及其作品之研究，學位論文與單篇論文總計超過百篇，直接與香港書寫相關的篇章為劉登翰〈余光中・香港・沙田文學〉[36]一文，其餘論者大多討論余光中的詩藝、詩及散文的鄉愁與中國文化情結、翻譯研究等，在整體觀照作家的作品同時，作家香港時期的作品亦被納入一併探討。與施叔青及其作品直接相關的研究也至少有七篇學位論文與近百篇的單篇論文發表，作家「香港時期」的作品亦是研究者致力研究的對象，有學位論文：張曉凝《百年香港的歷史寓言——施叔青小說「香港三部曲」的後殖民書寫》[37]一文是直接針對「香港三部曲」之研究；而直接對於施叔青香港書寫作品研究之單篇論文有：張荔〈蔥綠配桃紅——施叔青及其《香港的故事》〉[38]、朱豔〈反芻世紀末的港式生活——評施叔青的小說集《香港的故事》〉[39]、蕭成〈商業文明背影裡的女性群落——評施叔青「香港的故事」系列〉[40]、陸雪琴〈超越性別的寫作——論施叔青香港時期的創作〉[41]、凌逾〈女性主義建構與殖

---

[36] 劉登翰：〈余光中・香港・沙田文學〉，《香港文學》總第 206 期（2002 年 2 月）。

[37] 張曉凝：《百年香港的歷史寓言——施叔青小說「香港三部曲」的後殖民書寫》（吉林：吉林大學碩士論文，2006）。

[38] 張荔：〈蔥綠配桃紅——施叔青及其《香港的故事》〉，《世界華文文學論壇》1997 年第 2 期。

[39] 朱豔：〈反芻世紀末的港式生活——評施叔青的小說集《香港的故事》〉，《高等函授學報（哲學社會科學版）》13 卷 6 期（2000 年 12 月）。

[40] 蕭成：〈商業文明背影裡的女性群落——評施叔青「香港的故事」系列〉，《寧德師專學報（哲學社會科學版）》總第 56 期（2001 年 1 月）。

[41] 陸雪琴：〈超越性別的寫作——論施叔青香港時期的創作〉，《華文文學》總第 55 期

民都市百年史——論施叔青的長篇小說《香港三部曲》〉[42]、張素英〈另類的殖民者——《香港三部曲》中亞當•史密斯的人性解讀〉[43]、王瑞華〈施叔青香港題材小說的藝術追求〉[44]、周帆〈慾望深淵前的墮落與昇華——施叔青《香港的故事》系列小說中女性的人性意識啟蒙〉[45]等，論者的關注焦點集中在作品中城市、女性、情慾及後殖民書寫；針對夏濟安、白先勇、朱天文、張曼娟、平路、蘇偉貞與龍應台等作家亦有相關論述文字，卻未對作家們以香港為背景或題材的作品有所著墨；此外，關於趙滋蕃、蔡珠兒、邱永漢、鍾玲、易之臨等臺灣作家，則尚未有相關學術論文問世。

在香港期刊發表的論文，直接關注於臺灣作家的香港書寫之單篇論文，數量較臺灣與中國大陸多，但研究者仍將焦點置於余光中與施叔青兩位作家及其作品上。關於余光中香港書寫作品之研究論文有：流沙河〈詩人余光中的香港時期〉[46]、黃坤堯〈余光中的香港詩〉[47]、錢學武〈隧道的另一頭該是怎樣的光景——論余光中關

（2003 年 2 月）。

42 凌逾：〈女性主義建構與殖民都市百年史——論施叔青的長篇小說《香港三部曲》〉，《世界華文文學論壇》2003 年第 4 期。

43 張素英：〈另類的殖民者——《香港三部曲》中亞當・史密斯的人性解讀〉，《中共鄭州市委黨校學報》總第 77 期（2005 年 5 月）。

44 王瑞華：〈施叔青香港題材小說的藝術追求〉，《閩江學院學報》27 卷 1 期（2006 年 2 月）。

45 周帆：〈慾望深淵前的墮落與昇華——施叔青《香港的故事》系列小說中女性的人性意識啟蒙〉，《江蘇教育學院學報（社會科學版）》22 卷 4 期（2006 年 7 月）。

46 本文分為上、中、下三篇，分別刊載於《香港文學》48 期（1988 年 12 月）、49 期（1989 年 1 月）與 50 期（1989 年 2 月）。

47 黃坤堯：〈余光中的香港詩〉，《香港文學》75 期（1991 年 3 月）。

於一九九七香港前途的詩〉[48]、方永華〈詩人余光中教授與香港〉[49]、黃維樑〈余群、余派、沙田幫——沙田文學略說〉[50]、王良和〈三種聲音——論余光中「香港時期」的詩歌〉[51]等，這些研究者將余光中與香港之關係及其香港時期詩作之主題與思想做了精闢的分析；此外，研究者也注意到余光中的中國文化情結與鄉愁，而有專文論述之，如龍協濤〈藍墨水的上游是汨羅江——余光中作品鄉國情的文化讀解〉[52]、傅寧軍〈鄉愁如縷的余光中〉[53]、方國雲〈鄉愁啊，鄉愁！——訪臺灣著名詩人余光中〉[54]等篇。關於施叔青及其香港書寫作品之研究數量亦豐，有舒非〈與施叔青談她的「香港的故事」〉[55]、甄樂〈臺灣作家寫香港歷史的野心與功力之作〉[56]、潘亞暾〈施叔青及其《香港的故事》〉[57]、劉宇〈在城市與男人之間

---

48 錢學武：〈隧道的另一頭該是怎樣的光景——論余光中關於一九九七香港前途的詩〉，《詩雙月刊》復刊號第 1 期（總第 32 期）（1997 年 1 月）。

49 本文分為上、下兩篇，分別刊載於《香港傳記人物》5 期（1999 年 3、4 月號）與 6 期（1999 年 5、6 月號）。

50 黃維樑：〈余群、余派、沙田幫——沙田文學略說〉，《香港筆薈》總第 17 期（2000 年 12 月）。

51 王良和：〈三種聲音——論余光中「香港時期」的詩歌〉，《文學世紀》2 卷 9 期（總第 18 期），2002 年 9 月。

52 龍協濤：〈藍墨水的上游是汨羅江——余光中作品鄉國情的文化讀解〉，《現代中文文學評論》5 期（1996 年 6 月）。

53 傅寧軍：〈鄉愁如縷的余光中〉，《中華魂》8 期（2000 年 8 月）。

54 方國雲：〈鄉愁啊，鄉愁！——訪臺灣著名詩人余光中〉，《香港文藝報》創刊號（2002 年 4 月）。

55 舒非：〈與施叔青談她的「香港的故事」〉，《九十年代月刊》總第 184 期（1985 年 5 月）。

56 甄樂：〈臺灣作家寫香港歷史的野心與功力之作〉，《明報月刊》31 卷 2 期（1996 年 2 月）。

57 潘亞暾：〈施叔青及其《香港的故事》〉，《香江文壇》總第 9 期（2002 年 9 月）。

——施叔青《香港三部曲》解讀斷片〉[58]、花豔紅〈香港語境下的中國戲劇形態——以施叔青《票房》為例〉[59]等篇。

針對其他作家作品的論述則頗為有限，例如江迅〈從台北到香港，解碼動感之都〉[60]一文是對平路《浪漫不浪漫》一書的簡單書介；幾篇關於張曼娟的文字亦只僅限於探討兩性與愛情之主題；對於夏濟安的幾篇論述則聚焦在《夏濟安日記》及夏濟安生平佚事的介紹。對於其他作家的香港書寫作品亦尚缺乏直接且深入之研究。

整體而言，臺灣、香港與中國大陸的研究者對於臺灣作家的香港書寫研究大致仍停留在以單一作家作品探討為主的階段，且目前研究成果較豐碩的亦集中於余光中及施叔青兩位作家，其餘作家的香港書寫作品較未受到重視。但可喜的是，已有少數中國大陸與香港的研究者開始注意到臺港文學作家及作品之間的關聯性，相信可做為「臺灣作家的香港書寫研究」之重要啟發與借鏡。

---

58 劉宇：〈在城市與男人之間——施叔青《香港三部曲》解讀斷片〉，《香港作家（1998）》2003 年第 3 期（2003 年 6 月）。

59 花豔紅：〈香港語境下的中國戲劇形態——以施叔青《票房》為例〉，《香江文壇》總第 29 期（2004 年 5 月）。

60 江迅：〈從台北到香港，解碼動感之都〉，《亞洲週刊》22 卷 3 期（2008 年 1 月 20 日）。

第四節　研究範圍與研究方法

一、研究範圍

西元一九四九年為臺、港文學關係發展重要的里程碑，故筆者以此為起點，至本文寫作完成為止[61]，探討臺灣作家以香港為寫作主題或背景的文學作品，唯取材範圍以正式出版過之文學作品集為度，唯一例外的是本文第二章第一節探討夏濟安〈香港——一九五〇〉一文，因其具有重要時代意義，故將之納入本文探討範圍。其餘零星散落於各報章雜誌、網路或其他創作平臺之作家與作品，因數量龐雜難以全面蒐羅，已逾本文所能處理之範圍，若有遺珠，實為遺憾，待來日補充完整。

確立本文研究取材的時間跨度與範圍後，需進一步確定本文研究之對象。「臺灣文學研究」為一門剛起步的學科，「臺灣文學」與「臺灣作家」等諸多定義仍未完全確立而留有討論空間，關於臺灣文學史的範圍及其所要討論的對象，最早可見黃得時〈臺灣文學史序說〉一文之分類：

（一）作者為出身臺灣，他的文學活動（在此說的是作品的發表以及其影響力，以下雷同）在臺灣做的情形。

[61] 本文為筆者碩士論文《臺灣作家的香港書寫研究（1950-2008）》之修訂版，唯論文完成日期距今出版成書已有時日，文獻資料若有遺漏，尚祈見諒，待來日修正補齊。

（二）作者出身於臺灣之外，但在臺灣久居，他的文學活動也在臺灣做的情形。

（三）作者出身於臺灣之外，只有一定期間，在臺灣做文學活動，此後，再度離開臺灣的情形。

（四）作者雖然出身臺灣，但他的文學活動在臺灣之外的地方做的情形。

（五）作者出身於臺灣之外，而且從沒有到過臺灣，只是寫了有關臺灣的作品，在臺灣之外的地方做了文學活動的情形。[62]

而香港文學亦為一新興研究領域，在八〇至九〇年代曾有劉以鬯、鄭樹森和黃維樑等人提出關於「香港文學」與「香港作家」之定義與範疇。劉以鬯認為香港作家「必須是持有香港居民身分證或在香港居住七年以上的『曾經出版文學作品或經常在報刊雜誌發表文學作品，包括評論和翻譯著作』的作家」[63]。但劉氏的定義無法涵括所有在香港出生但在外地發展的作家，也無法全面涵蓋在香港土地上發生的所有文學活動，相對於香港土地與文壇的流動性與包容性，這樣的定義似乎過於狹隘。鄭樹森則認為香港文學範疇的界定可分為狹義與廣義兩種：狹義為「出生或成長於香港的作家在香港寫作、發表與結集的作品」，廣義則包括「過港的、南來暫住又離

---

[62] 本文引自黃得時著，葉石濤譯：〈臺灣文學史序說〉，《文學臺灣》18期（1996年4月），頁60。此文最早發表於《臺灣文學》3卷3號（1943年7月）。

[63] 轉引自劉登翰：《香港文學史》（北京：人民文學出版社，1999），頁36。

港的、僅在臺灣發展的、移民國外的」作家群及其作品[64]。黃維樑也在〈香港文學研究〉一文中對香港文學作家做出界定：

第一、土生土長，在本港寫作，本港成名；

第二、外地生本地長，在本港寫作、在本港成名的；

第三、外地生外地長，在本港寫作、在本港成名的；

第四、外地生外地長，在外地已經開始寫作，甚至已經成名的，然後旅居或定居本港，繼續寫作的。[65]

筆者認為，無論是臺灣文學或香港文學的研究，至今發展時間都不長，宜採用較寬的定義，使研究範疇擴大，讓文學研究的發展有更多的可能性，等兩地的文學研究皆發展成熟至一定的階段後，才適宜開始篩選與淘汰的過程。

依據廣義的臺灣文學及香港文學作家定義，筆者提出本文「臺灣作家的香港書寫」研究對象之定義：出生、成長或曾定居於臺灣，具有臺灣文化、社會或歷史背景，亦曾長期或短暫居住於香港，對香港之文化、社會、歷史也有相當程度體驗與了解，且以臺灣為主要的文學活動（作品出版）場域之作家。在臺灣文壇眾多作家、作品中，筆者爬梳大量相關文本與文獻資料，選擇十四位作家及其香港書寫之作品為本文的研究對象，這些臺灣作家皆出生臺灣，或以臺灣為主要文學活動（作品出版）場域者。邱永漢、朱天文、施叔

---

[64] 參考鄭樹森：〈香港文學的界定〉，收錄於黃繼持、盧瑋鑾、鄭樹森合著：《追跡香港文學》（香港：牛津大學出版社，1998），頁 53-55。

[65] 引自黃維樑：〈香港文學研究〉，《香港文學初探》（香港：華漢文化事業公司，1988），頁 16。

青、鍾玲、易之臨、平路、張曼娟、蔡珠兒、蘇偉貞和龍應台屬於前者，後者則有夏濟安、趙滋蕃、余光中與白先勇等。需特別說明的是，夏濟安與趙滋蕃兩位作家雖在來臺之前已享文譽，但後來他們都曾長時間居住於臺灣，其主要文學事業亦成就於臺灣，故筆者亦將其作品納入討論範圍。

本文研究對象主要的取材標準為：作品內容足以反映香港社會之貌者，或是香港作為書寫媒介而足以反映特殊時代價值者。包括平路、白先勇、余光中、易之臨、邱永漢、施叔青、夏濟安、張曼娟、趙滋蕃、蔡珠兒、龍應台、鍾玲、蘇偉貞等作家皆曾客居香港，對香港有一定的了解或認同感，亦都有書寫香港人文與自然環境或創作出具有香港特色之作品，甚至如趙滋蕃、余光中與施叔青等作家因作品具特殊價值已被寫入香港文學史，成為香港文學史的「外來作家」。而本文研究的文本範疇為上述十四位作家之「香港書寫」作品[66]，無論作家創作時是否身在香港，只要是以香港為題材或背景所書寫的作品，皆為本文主要研究對象[67]，而作家的生平背景及其他作品則做為研究之參考與補充之用。

---

[66] 關於本文之主要研究文本，詳見本文末「引用文獻」之「一、文本」部分。

[67] 除了本文列舉的十四位作家及其作品外，仍有其他臺灣作家曾在香港工作或從事文學藝術等活動的，如郭良蕙曾在香港出版過小說作品，也成立「郭良蕙新事業出版社」；蔣芸曾任職香港邵氏電影公司，創辦《清秀》雜誌並任總編輯，擔任過週刊、月刊、半月刊總編輯，並為《精品》雜誌負責人，亦任香港鴻信亞洲公司董事；或如黃寶蓮與張曉風等，亦有書寫香港之文字。可惜他（她）們的作品大部分非以香港為描述對象，或以香港為作品敘述背景而過於隱晦而不足以顯現香港社會及時代之面貌，僅能忍痛暫時將之置於研究範圍之外。

二、研究方法

在確立研究範疇之後，必須先蒐羅文本及相關文獻資料，再進行文本細部的探究與分析。本文的研究方法欲兼具文學作品的「內部研究」（Intrinsic study）和「外緣研究」（Extrinsic study），茲分別說明如下：

（一）內部研究

在內部研究方面首重「文本分析」，詳讀所有研究範圍內的文本，並參考前人的研究成果，從中找出新的詮釋方式，並配合本文的研究題目及目的，提出筆者之見解。唯部分內容依論述之需要，將利用「文化地理學」有關「地方」、「認同」等概念及其他「文化研究」相關理論為基礎進行研究，盼藉由理論的援引，能更深入掌握並分析該文本作品的思想內涵。

（二）外緣研究

欲深入了解文本作品的思想內涵，必須兼顧作家的個人生長背景、成長際遇、身處的社會脈絡與時代思潮等外部客觀因素，才能探查作家的生命歷程與思想在文本作品內的刻劃痕跡。另一方面，本文研究臺灣作家的香港書寫，亦必須了解香港的歷史與社會背景，進而對作家及其作品有全盤的認識。故關於作家背景及香港歷史、社會的相關傳記、專書等文獻資料，皆為本文的重要參考。

第五節　論文架構與章節安排

本文以平路、白先勇、朱天文、余光中、易之臨、邱永漢、施叔青、夏濟安、張曼娟、趙滋蕃、蔡珠兒、龍應台、鍾玲、蘇偉貞等十四位作家的香港書寫作品為研究對象。但作家之間作品份量各異，且寫作時間與內容差異亦大，故筆者採取的論述策略如下：以時間為經，串連各作家之作品[68]，以主題為緯，將作家作品融合以進行論述。筆者盡量在眾多作品中尋找寫作題材相似者，唯有些作家作品之數量較多且寫作主題較為一致，或具特殊價值，筆者認為可以單獨探討，便將之獨立成一節之篇幅單獨論述，務求論述之完整性。本文的章節架構安排與說明如下：

第一章　緒論

針對本文之研究動機與目的、研究香港與臺灣文學關係之重要性、前人研究成果概況、研究範圍與研究方法，以及論文架構與章節安排等內容做說明。

---

[68] 本文章節依年代劃分之依據為作家「寫作之時間」或「作品出版之年代」，而非以「作品內容之背景時間」為依據。唯白先勇〈香港——一九六〇〉一文發表於一九六四年，本應置於本文第二章，但考慮其內容主題，仍置於第三章第二節做探討。

第二章　過客與難民——一九五〇至六〇年代臺灣作家的香港書寫

本章共分為三節，分別就夏濟安〈香港——一九五〇〉、邱永漢〈香港〉及趙滋蕃的《半下流社會》與《半上流社會》展開論述。三位作家皆於兩岸三地政治動盪的一九四〇年代末至五〇年代初期到達香港，他們以親身經驗為藍本，在作品中刻劃出屬於那個時代的悲劇，並控訴當時香港社會環境金錢至上的價值觀。

第三章　一九七〇至八〇年代臺灣作家的香港書寫

本章分為兩節。第一節關注余光中的香港書寫作品，透過作品的分期可深入探究作家創作心境及表現主題的轉變，並從中察覺香港這個城市對於作家及其書寫的意義為何；第二節再分為三小點探討，首先，因九七回歸問題，一九八〇年代香港興起對於本土身分與認同情感追尋的熱潮，於此同時臺灣作家趕上這波「香港熱」，他們關注九七議題並紛紛提出預言，筆者透過白先勇、余光中和鍾玲等三位作家之作品來說明。其次，八〇年代正是中國大陸在文革後走向改革開放路線以及臺灣解除戒嚴的重要時刻，朱天文的〈世夢〉和〈帶我去吧，月光〉透過書寫在香港土地上兩岸人民探親、交流的景況，為時代做見證。最後，探討臺灣作家施叔青，在「香港的故事」系列與「新移民」系列短篇小說及長篇小說《維多利亞俱樂部》中，刻劃香港上層與下層社會的生活百態，而她的作品正可說是香港八〇年代的社會寫照。

第四章　香港九七回歸前臺灣作家的末日狂想

本章分為兩節。第一節探討施叔青的歷史小說「香港三部曲」，有別於其他論者大部分採取後殖民主義的論述視角，筆者另闢蹊徑，從作家對天災、疾病、殖民者、性與權力等形象的描繪，深究其作品中藉歷史重構所營造的香港末世空間；第二節再分為二小點做探討，因香港九七回歸期限日近，臺灣作家在香港土地上有深刻的感受與觀察，於是提筆記錄，首先，是對九七回歸前香港人的焦慮以及香港社會變動的陣痛所做的描寫，以易之臨的作品為主，蘇偉貞的作品為輔來做說明。此外，蔡珠兒、施叔青、張曼娟和平路等臺灣作家亦對香港回歸時刻及其前後的社會情況與氛圍做深刻描繪，本文將深入探討。

第五章　九七後臺灣作家的香港建構——庶民精神與味覺景觀

本章分為兩節。第一節藉由觀察作家張曼娟、平路和龍應台的作品，發現臺灣作家對於香港景觀與精神的獨特品味，她們提供了有別於其他地方作家的審美觀念與價值觀；第二節則深入剖析蔡珠兒飲食散文的「香港味道」，她透過食物建構出獨特的香港味覺景觀與記憶認同，在所有作家（包括香港本土作家）中獨樹一幟。

第六章　結論

綜合前面各章的論述觀點，對臺灣作家的香港書寫作品做總體特徵的歸納與定位評價。繼而提出筆者對相關研究之未來展望。

第二章　過客與難民

——一九五〇至六〇年代臺灣作家的香港書寫

香港城市的快速發展，始於五〇年代。根據李思名、余赴禮的《香港都市問題研究》指出：「香港開埠初期，人口稀少，經濟主要依賴捕魚及農業耕作，其後才逐漸發展商業活動。聯合國對中國禁運期間，香港經濟一度停滯不前。五〇年代，港人開始發展勞動力集約的輕工業。」[1]第二次世界大戰以後，香港經濟逐步恢復，一九五一年香港的對外貿易額達到九十三億元，對中國大陸的輸出總額為約十六億元。韓戰爆發以後，英美兩國實行對華禁運，使香港的轉口貿易受到沉重打擊。一九五二年香港的對外貿易額下降到六十六億元，對中國內地的輸出也下降到五億多元。在這種情況下，港商不得不另尋出路，發展工業。早於一九四九年中華人民共和國成立以前，內地的資金、設備和人才早已從上海和廣州大量流入香港，對香港的工業化起了重要的作用。

五〇年代起，香港城市經濟一方面因工業而開始發展，另一方面亦得利於政治情勢的變化。一九四九年的中國大陸正臨山河變色的政權改朝換代時刻，英國政府意識到，在面對一個由共產黨領導

---

1 李思名、余赴禮：《香港都市問題研究》（香港：商務印書館，1987），頁3。

的新中國政權威脅下，英國要繼續維持對香港的殖民統治，就必須在香港「爭取民心」。一九四九年三月八日英國殖民大臣就指出「正在盡一切努力通過社會措施和經濟措施提高香港的生活水平以便將使英國統治下的生活比起臨近受共產主義統治的地區的生活看起來更好」。一九五〇年七月四日在討論香港的「憲制改革」時，英國殖民大臣也指出「我們能把香港保持在帝國之內的唯一辦法就是爭取香港人願意留在帝國之內」[2]，英國政府透過經濟發展，改善香港的經濟環境、生活水準，以打擊剛取得政權的共產黨統治下的中國，想利用經濟的方式區別資本主義與共產主義的優劣，企圖攏絡人心，也保障英國在香港的統治權與利益。此政治策略無疑是一九五〇年代以來香港的經濟能得到快速發展的重要原因之一。

邱永漢、夏濟安與趙滋蕃都在這政治不穩定，經濟卻開始發展的年代來到香港。生於臺灣的邱永漢[3]，在一九四五年九月畢業於日本東大經濟部商業學科後，回到臺灣，參與臺獨運動。當時臺灣獨立運動有各種派系，出身西螺的廖文毅也是其中一派，一九四七年二二八事件發生時，廖文毅人在上海，後遷往香港。一九四八年八月他組織了「臺灣再解放聯盟」，向聯合國和美國提出請願書，訴請聯合國促成臺灣的信託統治及居民投票，以確立臺灣地位。而邱永漢正是推動請願活動的核心人物。在「臺灣再解放聯盟」解散之後，

---

2 張順洪等著：《大英帝國的瓦解——英國的非殖民化與香港問題》（北京：社會科學文獻出版社，1997），頁 251。

3 邱永漢，西元一九二四年三月二十八日出生於台南市，本名邱炳南，「永漢」是戰後取的筆名。

廖文毅前往日本先後成立「臺灣民主獨立黨」、「臺灣臨時國民會議」及「臺灣共和國臨時政府」，一直到一九六五年廖文毅歸順國民黨前，邱永漢一直都擔任廖文毅的秘書。[4]而在二二八事件發生的第二年（一九四八年）十月邱永漢因為向聯合國提出「臺灣實施國民投票請願書」一事行將敗露，覺得危險，所以逃到香港。邱永漢在香港待不到六年的時間，又於一九五四年四月轉往日本。接著發表〈偷渡者手記〉、〈濁水溪〉及〈香港〉等一系列半自傳式政治小說；而出身中國江蘇的夏濟安[5]於一九四九年春從上海到香港，翌年秋赴臺灣，他停留香港雖僅一年半的時間，卻留下一首相當重要的詩作〈香港——一九五〇〉，這首詩是他一九五〇年在香港所寫，原標題只作〈香港〉，寫完後因為一直缺乏信心，未發表過，直到一九五八年陳世驤在臺灣大學講學，夏濟安覺得陳世驤對艾略特的翻譯策略與〈香港〉一詩的寫作策略不謀而合，乃抄送一份請陳指正。陳世驤看後頗為嘉許，答應替他為文介紹並鼓勵他發表。是年八月，夏濟安便將此詩發表於《文學雜誌》，因為時隔八年，香港的情形和寫作時已有不同，所以題目添上了「一九五〇」四個字[6]，由此可知這首

---

4 參考岡崎郁子著，葉笛、鄭清文、涂翠花譯：《臺灣文學——異端的系譜》（台北：前衛出版社，1996），頁 47。

5 夏濟安，一九一六年生於江蘇吳縣，曾任教於西南聯合大學、北京大學外語系、香港新亞書院。一九五〇年來台，先後任臺灣大學外文系講師、副教授、教授之職。於一九六五年二月二十三日辭世。

6 夏濟安：〈香港——一九五〇（附後記）〉，《文學雜誌》4 卷 6 期（1958 年 8 月），頁 9-11。

詩與香港的時代性有極大關聯；出生於德國的趙滋蕃[7]，十四歲返回中國，一九四九年大陸淪陷後，輾轉抵達香港，流落難民區調景嶺（俗稱吊頸嶺），一面在工場敲石子謀生、一面讀書寫作，生活備嘗艱困，其成名作《半下流社會》即於此時寫成。至一九六四年趙滋蕃始移居臺灣，任《中央日報》主筆，撰寫專欄，續其文學之途，出版於一九六九年的《半上流社會》便是他在臺灣根據香港記憶完成的作品。趙滋蕃的《半下流社會》和《半上流社會》是以一九四九年至一九五〇年從大陸逃至香港的百萬難民為敘述對象，並以當時的香港社會為時空背景，勾勒出那個動盪時代的悲劇，並蘊含作家對於人性及香港社會的控訴，頗為真切地反映出那個時代的風貌。

文學反映時代，尤其五〇年代初期的香港是一個極其特殊的時空環境，政治上的動盪不安，加上經濟剛開始起步，夏濟安的〈香港——一九五〇〉、邱永漢的〈香港〉與趙滋蕃的《半下流社會》和《半上流社會》等作品都為那個變動的時代留下永恆的文字註解，成為我們觀察當時香港社會景況的重要參考。

---

7 趙滋蕃，一九二四年於德國出生，籍貫湖南益陽，湖南大學法學院經濟系畢業。五〇年代大陸淪陷，趙滋蕃曾流落香港難民區調景嶺。而後他以寫作成名，曾任香港《中國之聲》週刊社、《人生》月刊編輯，亞洲出版社總編輯兼《亞洲畫報》主編，《中央日報》主筆。一九六四年來台，以「文壽」為名，開始了他在中央日報撰寫專欄的雜文歲月，曾任淡江文理學院、東海大學中文系主任，東海大學中文研究所、中國文化學院教授。

第一節　要坐下去嗎？——夏濟安〈香港——一九五〇〉

〈香港——一九五〇〉有個特殊的附標題：「仿 T.S. Eliot 的 Waste Land」，陳世驤說這是一首相當重要的詩，雖說仿的是艾略特的〈荒原〉，卻仿的不像，非單純的擬古之作，它的重要性在於對「〈荒原〉背後的詩的傳統意識之應用與活用」，而這種傳統意識也就是指「反對無紀律的浪漫，反對浮淺稚氣的唯新。」[8]夏濟安在一九五七年發表的〈白話文與新詩〉、〈對於新詩的一點意見〉中，已對新詩創作的現狀提出看法，他反對五四以來新詩的抒情濫調，而在引進新方法時，他又以一種「老成的、表面上甚至帶有保守色彩的現代主義文學觀」[9]，特別注重「傳統」，這明顯是針對現代派「橫的移植」的現代主義觀的批評。夏濟安的應用傳統、活用傳統就是在「形式上，成就一種新的語言；在內容上，表出唯有現代所有的情感與眼界」[10]。夏濟安本人在詩的後記中也指出「這首詩的『戲劇性』成分超過『抒情』的」[11]，「戲劇性」是現代主義詩作最重要的特徵之一，但他馬上接著說：「我採用這樣一個題材，陳先生認為

---

[8] 陳世驤：〈關於傳統・創作・模仿——從「香港——一九五〇」一詩說起〉，《文學雜誌》4 卷 6 期（1958 年 8 月），頁 4-5。

[9] 張新穎：〈論臺灣《文學雜誌》對西方現代主義的介紹〉，《棲居與遊牧之地》（上海：學林出版社，1994），頁 154。

[10] 陳世驤：〈關於傳統・創作・模仿——從「香港——一九五〇」一詩說起〉，頁 4。

[11] 夏濟安：〈香港——一九五〇（附後記）〉，頁 12。

是合乎詩經、杜甫和白居易『社會詩』的傳統。其實中國還有『宮詞』『閨怨』這一類描寫他人心理的戲劇性抒情詩的傳統……這個傳統在近幾十年也沒有得到發展；一般寫詩的人只是對他們『自己』的情感發生興趣而已。」[12]如同艾略特發掘英國十七世紀玄學詩一樣，夏濟安將自己詩作的戲劇性成分闡釋為對「宮詞」、「閨怨」傳統的延續與繼承，其實是策略性地對這個為今人所忽視的傳統加以「現代」的解釋，並希望以此為依託，進行「傳統的創造性轉化」。[13]

〈香港——一九五〇〉一詩有意透過現代詩的「戲劇性」融合中國古典詩的抒情傳統，表現「唯有那個時代、生活在香港」的上海人[14]的特殊景況。這首詩講述一位上海商人因大陸淪陷，避難至香港，一開始覺得日子還算好過，但後來經商不利，茫茫然不知如何是好。為便於理解，茲將原詩引錄如下：

明年的太陽裝飾著你的櫥窗
浴衣美人偏抱著半瓶黑湯
北風帶不來冬天
雪浪閃金錢

---

[12] 同前註。

[13] 可參考張新穎、史佳林：〈「借來的空間」，「身份」的「傳奇」——從夏濟安的〈香港——一九五〇〉到白先勇的〈香港——一九六〇〉〉台北：白先勇的文學與藝術國際學術研討會會議論文，頁 2-3。

[14] 如同夏濟安所言，其實香港所謂的上海人，並不一定都是上海來的，應為泛指當時從大陸移居香港之中國人。

白蟻到處為家
行人齊插罌粟花
人山人海的鱷魚潭——
但是哪裡可以吐痰？
「不遠千里而來，中年人，亦將……？」
摸摸下巴，笑，不懷好意。
烏溜溜的眼睛，我知道不懷好意。
「請先走，請，不要客氣。」
「走定了，好！吃馬，將！」
（我還以為我們下的是圍棋，
這許多黑棋圍著我一顆白棋。）

黃金地上采薇蕨
肥腸進薄粥
願以明珠十斛
換還我那兩片殼

坐櫈子的人說：「對不起，
很對不起，請多坐坐，我轉一轉櫈子就來。」
去轉吧！我是預備坐下去。

羊一豬一我帶來，
統統丟了下去，
丟在豆腐鍋裡。

電話上半天剛拆掉，
哪裡來的鈴響？
輸了，輸了；
再洗一個澡。
好壞還有老命一條。
車呢？車呢？怎麼，逃了？
媽媽！毛毛不理我了！毛毛
打人！媽媽，你看毛毛……

百年黃白夢
水曲失幽魂
青眼——白眼——滿地紅
那個人來了沒有，老兄？

宋王台前車如水
荊棘呢？泥馬呢？
鐵蹄馳騁快活谷
預備坐下去嗎？

黃昏時又是一架噴火機觸山
隔海有人在哭妙根篤爺

描寫商人的心理，是一個新的題材，也是創新的嘗試，誠如夏濟安自言，「假如沒有這點新的成分，單是『故國之思』『身世飄零之感』『家國之憂』，那麼舊詩裡有的是好詩，我也用不著寫這麼一首『新詩』來同它們競爭了。」[15]這段話雖然表面在說明使用「商人」的這個新題材是為了和舊詩有所區別，實際上卻也表明了作者藉此詩抒發「故國之思、身世飄零之感、家國之憂」的終極目的。詩的第一節是香港給商人的第一印象——溫暖安適又帶著金錢充斥的商機。第二節的「白蟻」指的是到香港的上海人（其實不一定都從上海來的），那時所謂的上海人在香港有個外號，叫做「白華」，這個詞是從「白俄」套用過來的，後來又有「港籲」之稱，都是香港人對於大陸來的中國人的輕蔑稱呼。到了第二節的最後一句「但是哪裡可以吐痰？」起，商人開始覺得不習慣，當時在香港隨地吐痰是要罰錢的，這一點與他在大陸的生活習慣不同，突顯出兩地的差異，第二節側面寫出大陸人在香港的格格不入，從這一句起，詩的情感與句法節奏漸趨緊張。第三節寫上海商人和香港人初次做生意，白棋指的是商人（白華），黑棋指的是廣東人，象棋在香港是流行的娛

[15] 夏濟安：〈香港——一九五〇（附後記）〉，頁12。

樂，作者生動地刻劃香港廣東人表面和善，其實內心黑暗、狡詐，使得上海商人被香港人「吃」了。

最值得一提的是本詩第五節，描寫當時舞廳的情景，「坐檯子」是上海俗話，指舞女陪客人小坐談天，雖然伴坐以鐘點計費，但如果舞女另有別人請去伴坐，她可以坐不到一個鐘頭就走，這就叫「轉檯子」。這時商人道：「我是預備坐下去」，不僅是預備在舞廳坐下去而已，也象徵著預備在香港住下去。有趣的是，夏濟安在香港期間，除了曾短期在新亞書院擔任教職外，也曾經商。[16]雖然詩作的主角與作者本身不存在必然的關連性，但身分及經歷的雷同，使我們不得不，也不妨將上海商人視為夏濟安內心的投射——曾想過要在香港定居下來。但是「哪裡可以吐痰？」的不習慣，「我還以為我們下的是圍棋，／這許多黑棋圍著我一顆白棋」的受騙之感，「坐檯之人卻轉檯」的備受冷落，「羊一豬一我帶來，／統統丟了下去，／丟在豆腐鍋裡」的挫敗感，以及最後由「白華」變「港熵」而遭受「青眼變白眼」的變化。這一連串的遭遇使得商人重新思考香港真的是一個可居之地嗎？詩到了最後一節，以黃昏對比第一節開頭充滿希望的「明年的太陽」，並用上海的滑稽小調「哭妙根篤爺」（仿寡婦哭其夫，意即「哭孤兒的爸」）做結尾，作者之意甚為明顯，對於上海商人而言，香港絕不是個適宜久居之地。一開始帶著憧憬與幻想來到這個冒險者的天堂，得到的卻是無情、欺騙、冷落的挫折感。

16 可參考許俊雅：〈回首話當年（上）——論夏濟安與《文學雜誌》〉，《華文文學》2002年第6期。

「預備坐下去」，透露出作者曾有過留在香港的思考空間，到了最後，這個肯定句變成了「預備坐下去嗎？」的疑問句。作者終究沒有「坐下去」，而是來到臺灣，在「坐與不坐」之間顯現出當時作者，或可說某種程度也代表了當時其他文人或一般人，在港、臺之間的去留問題有著非常深刻的掙扎。

第二節　避風港，也是深淵——邱永漢〈香港〉

香港作為海峽兩岸的中轉點，是難民暫時棲身的避風港，也是冒險者眼中的天堂，似乎到處充滿了金錢與希望。巧合的是，與夏濟安抵港時間差不多，邱永漢〈香港〉一作描寫香港的時代亦與〈香港——一九五〇〉有所重疊，若將二者做個對照，應有所發現。夏濟安〈香港——一九五〇〉描寫的是從中國大陸至香港的上海商人的遭遇，雖然商人一度動了定居香港的念頭，終究對於社會現實失望而意念動搖；在邱永漢筆下的主角，則是在臺灣受政治迫害而逃至香港的政治犯，同樣選擇以香港為暫時落腳處，卻又輾轉遷往日本。香港始終扮演著「臨時收容所」的角色，無法留住這些過客。

邱永漢的〈香港〉一文在日本《大眾文藝》連載（一九五五年八月號至十一月號），翌年六月由「近代生活社」出版，此文使邱永漢成為第一位榮獲象徵日本文壇最高榮譽「直木賞」的外國人。[17]〈香

[17] 一九五四年邱永漢在日本發表〈濁水溪〉，為直木賞入圍作品；一九五五年邱永漢的〈香港〉則入選第三十四回直木賞，成為第一位獲得此獎的外國人。

港〉刻劃的是一批在二二八事件後被迫逃亡海外的臺灣青年生活在香港這個英國殖民地的掙扎——包括現實經濟的困頓與內心的痛苦。小說主角的遭遇與作者邱永漢本身實際情況有雷同之處，他們在臺灣都遭到政治迫害，繼而逃命流落至香港。本文重點不在探討小說描述了哪些當時臺灣政治的黑暗面，或是作者本身面臨了哪些政治波折，而是在於探究邱永漢的〈香港〉一文，如何藉由主角賴春木的這一趟亡命之旅，將一九五〇年前後的香港社會景象呈現出來。

小說的主角賴春木在臺灣組織秘密結社，同伴相繼被捕入獄，賴春木為了躲避政治迫害而亡命香港，時值一九四九年。

> 他是一個被追踪的人。以現在的情形而言，逃亡是他唯一的目的。為什麼被追踪？為什麼非逃亡不可？根本沒有時間解釋這些事。這是有原因的。
>
> 歸根究底的說，這得歸因於人類世界的政治鬥爭。一個既沒有殺人，也沒有搶奪別人財物的人，卻得活在時時怕被人追踪的恐懼之中，這就是戰後發生在臺灣的實際情形。(《香港》[18]，頁 10)

---

[18] 邱永漢雖為臺灣人，但受日語教育，後在日本發表作品也都以日文創作。以下所引〈香港〉一文之內容，皆引自邱永漢著，朱佩蘭譯：《香港》(台北：允晨文化，1996)。

邱永漢藉小說開頭的這一段話，強烈而直接地控訴了當時臺灣的社會、政治景況——恐怖肅殺的氣氛。於是，受到政治迫害的人逃向香港，期望這一塊在海峽兩岸夾縫間的自由地，能在大英帝國的統治庇護下，獲得喘息的機會與空間。賴春木到香港後，遇見了另外四個因不同原因流亡於此的臺灣青年。他們拋家棄鄉，在香港這塊異地隱姓埋名、委屈求生、拮据流浪，儼然就是一段沒有鐵窗的牢獄生活。

香港這個滿清政府割讓給英國的彈丸之地，反而成為海峽兩岸動盪政局中的避難之所。大陸研究者計紅芳也提到：「對中國內地一般平民來說，香港最重要的地方在於它能夠扮演避難所的角色，每當內陸出現社會動盪不安的形勢時，沿海一帶的人便會湧到香港來。此外，還有些所謂的政治異見人士，在內地受到壓迫，也會跑到香港來尋求庇護，從王韜到戊戌政變的康有為，從國父孫中山到國共內戰期間的左翼作家，情形都是這樣；加上香港在英國統治下，相對來說政治及社會狀況都比較穩定，所以早在二十世紀三〇年代，香港就成為一個相當吸引難民的地方。」[19]香港的「避難所」地位亦出現於臺灣作家的文學作品裡，例如邱永漢的〈香港〉中，有些人從中國大陸舉家南遷，像小說裡與主角賴春木同居的妓女莉莉；有些人則從臺灣流亡至此，像是賴春木和另一個來往於香港與日本間的走私犯洪添財。往後的幾十年，香港一直是臺灣人或中國

[19] 計紅芳：《香港南來作家的身份建構》（北京：中國社會科學出版社，2007），頁 82。

人受政治迫害而亡命天涯的一處避風港。然而，這裡觸及到一個問題：當時的香港真的是政治逃難者的自由天堂嗎？〈香港〉給了我們一個答案：除了政治相對自由外，其他方面的條件（尤其是經濟）並不適合外來者或非資本家居住的。儘管這些外來者逃離了政治的牢籠，來到香港，卻陷入了另一個經濟的枷鎖：首先是居住環境之惡劣，身無分文的外來者只能擠在破舊擁擠的貧民區；再者，逃亡者沒有任何資本，就只能在路邊擺個小攤，必須躲避警察的取締，或是從事走私等非法活動，過著流離之日。

原以為逃離政治魔爪的賴春木，沒想到香港卻是另一個痛苦的淵藪。在大英帝國統治一百年後，一九五〇年代的香港，相較於剛從日本人手上接收旋即陷入黑暗政治風暴的臺灣以及甫經國共內戰、傷口仍未癒合的中國大陸，已頗具現代城市的規模，受到高度資本主義經濟發展影響，在這個城市，所有人都向「錢」看，小說中有多次提到當時香港社會有多麼的金錢至上：「在香港這個地方沒有錢就只有投海，所以用錢非得再三考慮不可」（《香港》，頁 20）、「然而，不管做什麼，除非有某種程度的資本，否則就都談不上……凡事錢當先，沒有錢的人再怎麼去努力都於事無補」（《香港》，頁 90），甚至於「沒有比香港更難居住的地方了。這裡是沒有錢只有投海自殺的地方哩」（《香港》，頁 93）。作者反覆地述及想要在香港生活，最需要的就是金錢，若沒有資本，再怎麼努力都無法翻身，只能過著窮苦、生不如死的生活。在那個動盪的時代，一切都是虛無，只有錢是真實的。作者細膩的描寫了這些流亡青年的痛苦與無奈。這才是當時社會底層真實的香港景像。

邱永漢一方面刻劃亡命者的悲哀，另一方面，在其平實無華的筆調下，亦勾勒出一幅五〇年代的香港風情畫，例如：

> 廣東和香港之間有「空中巴士」定時起飛，鑽石山上螺旋槳的聲音不絕於耳。機場前面柏油路分岔的地方有巴士終點站，鮮紅色的大型雙層巴士經常有三、四輛停在那裡。到了中午，這條路就有最新型的自用車川流不息地經過。穿著紅色綠色黃色等各種花俏原色泳裝男人或女人握著方向盤往海濱去。
>
> （《香港》，頁 58-59）

這當然是香港這個城市進步、光鮮亮麗的一面，然而在〈香港〉裡，更多的是社會底層、暗藏在城市角落的景象，如賴春木所居住的鑽石山殘破不堪的木屋區：「兩邊的木造小屋如同參差不齊的牙齒，有凸有凹……在遼闊的機場對岸，雖然有香港美麗的夜景夢幻般地浮現著，但這一地區似乎連電燈都沒有，只有零星點幾盞昏暗的油燈而已」（《香港》，頁 13）；而九龍城則「全都是戰前的舊式構造。牆壁覆蓋著黑色的黴，還在滴落水滴的洗濯物飄掛在騎樓。街道微髒，騎樓下小攤販或小吃攤雜亂地延續著」（《香港》，頁 30）。無論是貧民區生活的描寫，或是香港警察捕捉無牌食品攤販的騷動情景，在在都見證了這個城市的滄桑。

無家可歸又被經濟壓力壓得喘不過氣的日子，是五〇年代避難香港之人共同的記憶，在這金錢慾望充斥的城市，不僅生活辛苦，人性也可能因此而改變：

> 我們是愛自由而拋離故鄉的。我們是追求自由而來了這裡的。然而，我們所得到的自由是滅亡的自由、餓死的自由、自殺的自由，都是屬於沒有資格做為人類的自由。經過這樣的生活還不能脫離善良市民根性的人，只能說是沒有神經的傢伙。我們沒有故鄉，也沒有道德。在這樣的社會，這些東西連狗都不吃。只有錢，錢才是唯一可靠的東西。
>
> （《香港》，頁 47-48）

人的善良被抹滅，人的慾望被放大，於是人變得現實，賴春木在經過一連串的被欺騙與背叛的事件後，不得不稱香港為「黑暗的沙漠」（《香港》，頁 115），他覺得他是被拋棄在這裡的。他寧願當初選擇留在臺灣，過著有形的牢獄生活，懊悔選擇香港這條「沒有宣告也沒有判決的道路」（《香港》，頁 23），就連高樓大廈到處林立的香港，他也認為「不光是土地狹窄的關係，建築師也為厭倦世間的人們著想而設計的哩」（《香港》，頁 127）。由此可知，當時在香港生活有多麼困難，同時，這句話巧妙地拆解了香港光鮮亮麗的外表——在高樓林立的上層香港社會之外，其實也住著許多為生計憂愁，甚至生不如死的底層民眾，不論其是否為逃難至此的外來者。邱永漢以自身的經歷，反覆塑造「沒有錢，就只有死」這樣的印象來敘述香港，真切地傳達當時的香港並非如想像一般是自由的天堂，表面平靜無波的避風港，其實海面下暗潮洶湧。於是，在小說的結尾，作者不禁慨嘆「通往自由的道路是條多麼殘酷的道路啊。」(《香港》，頁 171)

無論是夏濟安筆下的上海商人，或是邱永漢筆下的臺灣政治犯，他們或是冒險，或是逃難來到香港，原本都有所期待。沒想到這些外來者在香港遭受金錢現實的挫折、人心黑暗的打擊，只能不斷懷疑留居此地的念頭，或者，不得不放棄這座富裕的自由之島。五〇年代初期的香港，儘管經濟發達領先中國或臺灣的各大城市，現實社會卻充滿著競爭與殘酷，使得那些流浪四海的外來者，在此留下匆匆的腳印，卻依舊只能是香港的「過客」。

第三節　人性與社會之控訴
——趙滋蕃的《半下流社會》與《半上流社會》

趙滋蕃出生於一九二四年，童年在德國漢堡市生活，一九三八年正值抗戰激烈之時，趙滋蕃返回中國，求學後經歷數年軍旅生涯（曾參與常德會戰、衡陽會戰，任翻譯官少校），一九四九年大陸淪陷，趙滋蕃輾轉抵達香港，流落調景嶺難民區，一面在工場敲石子，一面讀書寫作，生活艱辛。至一九六四年才移居臺灣，應聘擔任《中央日報》主筆，以文壽為筆名撰寫專欄雜文，繼續其文學坦途。寫於一九四九至一九五〇年間、出版於一九五三年的《半下流社會》一書正是趙滋蕃以當時百萬流亡香港的大陸難民為描述對象，輔以親身經歷而成的作品，主要聚焦在一群痛恨共產黨的知識份子、資產階級，逃到香港後淪落為難民，為現實折腰卻相互扶持、不屈服於命運的故事。於一九六九年出版的《半上流社會》則是描述同一時期在香港的失意政客、富商巨賈與軍閥勾結活動的情狀。此二書可為我們提供四〇年代末至五〇年代初香港社會不同面向的景況，而「半下流」和「半上流」可做一鮮明對照。

趙滋蕃畢生的作品凡四十一種[20]，其中不乏以香港為時空背景的作品。筆者認為《半下流社會》和《半上流社會》最具代表性，且二書所描述的時空背景亦與夏濟安〈香港——一九五〇〉和邱永漢〈香港〉重疊，可相互作為參照，故以此為論述主軸。[21]

《半下流社會》描述的是以王亮為首的一群流浪漢，自大陸逃出後，聚集在香港石塘咀某公寓天臺陋棚下生活，而在香港政府強制拆除違建的棚子之後，有的人流落調景嶺，另一群則被迫移居筲箕灣搭了幾間木屋，繼續相互扶持。在群居生活中，這群落魄者各司其職，蔣山青在街邊賣雜貨，司馬明擺公仔書攤，孫世愷和趙德

---

[20] 包括小說、散文、詩、文藝論著、兒童文學和報導文學等文類，可參閱呂天行：〈趙滋蕃先生事略〉，《湖南文獻》14 卷 2 期（1986 年 4 月），唯其僅列其中三十種。另可參考國立臺灣文學館「臺灣作家作品目錄系統」，收錄較為完整，網址：http://www3.nmtl.gov.tw/Writer2/index.html，2009 年 7 月 10 日查詢。

[21] 在此需特別說明的是，趙滋蕃作品數量龐雜，本文並非也無意成為其全部作品之綜論，故在取材上有所取捨，呼應前兩節所探討作品的時代背景，選擇《半下流社會》和《半上流社會》為本節討論的主要文本，以符合筆者欲呈現之主旨。

成負責打理三餐，王亮、張弓、麥浪和姚明軒等常在晚飯後齊聚討論小說、劇作、哲學、政治、經濟與法律等諸多議題，撰文由王亮女友李曼掛名投稿刊登以賺取稿費。眾人的收入皆作為公共生活基金，以維持「半下流社會」的經營。但就在李曼文名屢屢見報而逐漸成名後，搬出木屋區，沉迷於上流社會的物質生活；另一方面，王亮因救出被丈夫胡百熙出賣而淪落風塵的潘令嫻，兩人漸漸產生情愫，最後結婚。這群滿懷抱負的「半下流社會」成員卻終究不敵現實的殘酷，故事結局，地位向上提升的李曼因依靠的錢善財一夕之間破產避逃海外而財富盡失、仰藥自殺外，好不容易得到救贖的潘令嫻也因義救身陷火海的小傻子而葬身火窟。失去一切的王亮卻仍為愛、為理想、為國家而堅強不餒，鼓勵下一代人繼續為自由、真理奮鬥不懈。半下流社會的流浪漢們於此各奔東西，各自朝人生偉大的目標邁進。在此，筆者欲特別指出的是，與夏濟安和邱永漢筆下的「過客」不同，趙滋蕃《半下流社會》中的主要人物雖然都是從大陸逃到香港的難民，他們卻努力在香港奮鬥，為了理想而堅持，儘管小說結局未給予他們光明的希望。

然而，趙滋蕃的「半下流社會」一詞頗具象徵意涵，故事中的流浪漢們原本或為富商、地主，或為文人、教授，卻在中國大陸變色後淪落香港，成為貧窮與不幸的一群。就像酸秀才稱半下流社會的特徵是：「它既沒有上流社會的自私、冰冷，也不如下流社會的喪失理想。我們的社會，遠離上流社會，而又與下流社會這麼接近，乃是一個半下流社會！」（《半下流社會》，頁 21）此處提供我們一個思考的空間，究竟這些原本屬於中、上流社會的菁英，為何到了香港卻成為了半下流社會的成員？一九四九年發生的政治變化固然是一導火線，但香港此地的現實環境才是趙滋蕃欲強調的因素。他借酸秀才之口道出香港之所以會形成半下流社會的原因：「我們中間沒有一個是有錢的。因此，就不能有權利。……因為這個社會……鈔票就是權力！」(《半下流社會》，頁20）如同夏濟安〈香港——一九五〇〉一詩中的上海商人及邱永漢〈香港〉中的賴春木一般，這些人或從中國或從臺灣逃難香港，雖得到政治上一絲喘息的機會，卻也在經濟開始發展的香港社會吃了錢財的閉門羹——身無分文便無法在香港立足，或是翻身。故事中，死於異鄉的酸秀才劉子通留下的一句懾人遺言「勿為死者流淚，請為生者悲哀」精準地道出了那個時代的酸苦與枯槁。

學者一般在探討趙滋蕃及其作品時，大致會將之放在反共作家與作品的架構中，例如應鳳凰所著〈「反共＋現代」：右翼自由主義思潮文學版——五〇年代臺灣小說〉便論及趙滋蕃的《半下流社會》[22]；王德威著〈一種逝去的文學？——反共小說新論〉亦將《半下流社會》納入討論[23]；而秦慧珠的博士論文《臺灣反共小說研究（一九四九至一九八九）》中也對包括《半下流社會》在內的趙滋蕃

[22] 應鳳凰：〈「反共＋現代」：右翼自由主義思潮文學版——五〇年代臺灣小說〉，收錄於陳建忠、應鳳凰、邱貴芬、張誦聖、劉亮雅合著：《臺灣小說史論》一書中（台北：麥田出版社，2007)。關於趙滋蕃《半下流社會》之論述請參閱頁169。

[23] 王德威：〈一種逝去的文學？——反共小說新論〉，收錄於《如何現代？怎樣文學？——十九、二十世紀中文小說新論》(台北：麥田出版社，1998)。關於趙滋蕃《半下流社會》之論述請參閱頁148。

的若干作品做詳細介紹[24]。或許在「反共文學」、「戰鬥文藝」成為五〇年代臺灣文壇主流的狀態下，任何以大陸鐵幕情況或以出逃的難民為敘述對象的作品，或多或少都因當時的文藝政策所需而被貼上「反共」標籤，然而並非所有活躍於當時文壇的作家都站在官方立場、為官方政策發聲，趙滋蕃便是一例。雖然林秀玲在對趙滋蕃作品的一篇短評中稱：「對於現今這個世代……趙滋蕃的那個世代是過去了——那個世代的政治、社會、小說、美學觀都過去了」；「總體言之，《半上流社會》、《半下流社會》可以確定值得留下來外，趙滋蕃之書的歷史意義似大於作品本身的意義。」[25]但筆者贊同如張瑞芬所指出的，至少趙滋蕃並非典型的反共作家，他的身分既非軍中作家，也未曾名列官方獎助名單，亦未有明顯的黨政傾向或擔任重要文藝刊物之編輯，無論哪一方面，都數不到趙滋蕃這個名字。[26]筆者認為趙滋蕃的《半下流社會》是以生活在香港的難民為敘述主體，旨在凸顯人性的昇華與沉淪，並控訴當時香港的商業經濟和社會環境，「反共」只是其中一個元素，在小說中佔的篇幅不大。

趙滋蕃對於人性及香港商業社會的控訴，在《半上流社會》中則更加明顯。《半上流社會》裡有的人為了賺錢不顧一切，走私戰略物資、經營不法勾當，以黎發財為代表；有的人周旋於權貴之間，

---

[24] 秦慧珠：《臺灣反共小說研究（一九四九至一九八九）》（台北：中國文化大學中國文學研究所博士論文，2000）。

[25] 林秀玲：〈半上流與半下流之間〉，《聯合報》副刊（第23版）（2002年3月24日）。

[26] 張瑞芬：〈趙滋蕃的文學創作及其時代意義〉，《逢甲人文社會學報》12期（2006年6月），頁31-32。

不惜出賣靈魂與肉體，如「十二金釵」那一班名女人；有的人如陳思敬一般好權又貪色，可以不顧羞恥攀附顯貴；也有在國共兩黨之外努力策劃形成第三勢力、為國家民族謀求出路者，以李德公為首。前幾類人無須多言，有趣的是最後一類，他們包括了戰區司令長官、立法院長、農林部長、內政部長、省主席、大學校長、黨魁和博士等等，雖然打著民主自由與愛國旗幟，但他們內心的盤算卻不若表面光明，趙滋蕃藉由小說中唯一的正派角色趙天一之言，無情地諷刺這些人，他說：

> 為什麼這些大人物在當權的時節，從不高呼自由民主萬歲；一朝失勢，就自由民主，民主自由，嚷嚷不休！權力，無論如何不是量度自由民主的標準。自由民主斷然不是達官貴人們的囊中之物。民主與自由，千千萬萬老百姓在心中喊；千千萬萬青年們拋頭顱、洒熱血，在行動中搏命爭取；唯獨達官貴人們不配！
>
> （《半下流社會》，頁 271）

《半下流社會》和《半上流社會》正如書名所示，是一組相互呼應且相互對照的小說，《半下流社會》寫的是一九五〇年生活於香港下層社會的難民，他們過於渺小，無力抵抗時代與社會所加諸在自己身上的苦難，他們雖然貧窮，卻有著高貴的情操與靈魂，懂得合作與義節；《半上流社會》的顯貴們雖周旋於上層社會，但其內心卻不如他們的地位，有的只是貪財、欺騙與假仁假義。《半下流社會》和《半上流社會》二書儘管寫作時間不同，前者是趙滋蕃在難民營中以悲憤化成的文字，後者是他來臺以後據回憶形塑的作品，但它們都是那一個動盪時代的見證，兩本書對照著閱讀，我們看到的不只是一九五〇年前後單一面向的香港社會與居民，趙滋蕃從不同角度呈現了當時發生在香港的歷史悲劇——貧困而奮鬥，富有卻虛矯，都是那一代「香港人」[27]。

[27] 此非專指土生土長的香港本地居民，亦包括從大陸逃難至港而居住於此的南來者。

第三章　一九七〇至八〇年代臺灣作家的香港書寫

二十世紀五〇至六〇年代，香港逐漸由轉口港過渡成為工業化的城市。緊接著，香港首條地下鐵路在一九七九年十月正式通車，由石硤尾到觀塘。同年十二月，地鐵延伸至尖沙咀。到了一九八〇年，市民已經可以乘坐地鐵由觀塘站到達維多利亞港對岸，位處港島中心商業地帶的中環站。七〇年代香港的幾項基礎建設對於帶動交通與商業發展有重要成效。香港的經濟發展到了八〇年代開始全面起飛，成為亞洲地區商業貿易最發達的城市之一，並與臺灣、南韓及新加坡並稱「亞洲四小龍」。

另一方面，隨著一九九七年回歸期限日近，八〇年代的香港人開始思考其身分問題。受到「文化大革命」的負面影響，以及七〇年代香港的經濟起飛，加上戰後一代香港本地出生的香港人慢慢成長，本土的生活經驗與方式漸漸取代對中國傳統文化的感情，香港人的主體意識開始建立。一九八四年針對香港前途問題的「中英聯合聲明」發表後，香港人對於未來的不安感一直揮之不去，尤其一九八九年的「六四事件」更引起香港人對中國共產黨政權的惶恐與質疑。

八〇年代，有許多臺灣作家曾過境或客居香港，並且留下豐富的文學作品，記錄了香港的發展，這些作家包括余光中、鍾玲、朱天文和施叔青等，從他們的作品內容，我們可以看到各時期香港的社會面貌，若將之以時間串起，則可看見香港的發展與轉變。

第一節　中國結・臺灣結・香港結
——余光中七〇至八〇年代的「香港」創作

香港是余光中人生經歷與創作生命一個重要的中站。一九二八年出生於南京，成長於江南、四川等地，一九四九年七月，余光中離開廈門大學外文系，隨家人避難香港，停留近一年時間，翌年五月轉入臺灣大學外文系就讀。一九七四年八月，余光中受聘香港中文大學中文系教授，至一九八五年九月返回臺灣中山大學任教時，扣除其間回臺灣師範大學客座一年（一九八〇年八月至一九八一年七月），前後在香港居住的時間長達十年。在香港的十年裡，余光中詩的創作量達一百九十首之譜[1]，評論者及余光中自己都稱這個階段為「香港時期」之創作。根據流沙河的觀察，余光中香港時期的詩

[1] 余光中香港時期的全部詩作已收錄於《與永恆拔河》、《紫荊賦》與《隔水觀音》三本詩集中。可參考流沙河之說法，流沙河：〈詩人余光中的香港時期（上）〉，《香港文學》48 期（1988 年 12 月），頁 16。可注意的是，流沙河指出余光中一九八〇年八月至一九八一年七月這整整一年的時間回臺灣師範大學客座，並不住在香港，但從詩作長程的連續性和階段性看來，這一年裡的作品，仍宜算成香港時期詩作。筆者亦採用此一說法。此外，余光中返台之後仍有許多關於香港的詩作收入於《夢與地裡》，筆者亦將之納入本文討論的範圍內。

作可分為三大面向來做理解：一、關注大陸狀況，二、回溯歷史文化，三、萌蘗向晚意識，但他僅將焦點放在其書寫中國大陸之作，忽略了余光中作品的其他面向。事實上，余光中除了香港時期的詩作外，加上去港之前與回臺之後的創作，所謂的「香港詩」便至少有六十八首之多[2]，這都還不包括散文作品在內。而本節筆者所稱余光中的「香港」創作，係指余光中「香港時期」的創作作品及其以「香港」為題材之文學作品。

再度踏上香港土地[3]，余光中已經歷了超過四分之一個世紀的創作歷程。五〇年代初期，當現代詩浪潮開始襲來，他以堅持抒情的浪漫主義立場，既反對守舊者對現代詩的批評，也不同意紀弦過分西化的「橫的移植」；六〇年代初，進入以《萬聖節》（一九六〇）和《鐘乳石》（一九六一）兩本詩集為代表的「現代時期」；一九六一年因長詩《天狼星》而與洛夫的論戰中，余光中宣稱自己「生完了現代詩的麻疹」，宣告和現代主義的「虛無」再見！而後的《蓮的聯想》（一九六四）和《五陵少年》（一九六七）則大量將中國歷史人物與事件以及古典文學中的語言、典故、意象等融合現代詩技巧，

---

2 「香港詩」一詞意指書寫香港之詩。根據黃坤堯的統計，余光中香港時期的「香港詩」共有六十五首，可參考黃坤堯：〈余光中的香港詩〉，《香港文學》75 期（1991 年 3 月），頁 9（註釋一）。除了黃坤堯所列之詩，收錄於《安石榴》中的〈讚香港〉、〈地球儀〉兩首及《五行無阻》中的〈答紫荊〉等詩，亦為書寫香港之作，故筆者將之納入本文討論範圍。除詩作之外，同時期的散文作品亦為本文探討之對象，包括《青青邊愁》內的一部分作品及返台後出版的散文集《記憶像鐵軌一樣長》。

3 此指余光中長時間停留在香港。余光中在一九五〇年至一九七四年之間，亦曾多次往返港台之間。在此感謝黃維樑老師提供之資訊。

被認為是「重認傳統」的「新古典主義」時期的創作階段；繼而出版的《敲打樂》（一九六九）、《在冷戰的年代》（一九六九）和《白玉苦瓜》（一九七四）三部詩集，則表明余光中已經走出了《蓮的聯想》中對傳統意象和意境在形式傾向上的唯美出新，而更深地進入精神層次上的體悟和再創。[4]中國的歷史文化激發了余光中無限的憧憬與懷想，但中國與臺灣政治情勢的分隔，使得詩人只能借創作思古撫今，一解對中國這個地理上與文化上的「家鄉」的思慕情懷。在《白玉苦瓜》出版的當年，余光中選擇接受香港中文大學的邀請，應聘移居香港，雖然余光中香港時期的創作並非自成格局、和其前後的詩作毫無關連，但一個詩人久居一地，對這個地方的山川風物、人情世故有所體悟，便會與他的生命歷程及創作體驗相互融合、發生作用，呈現出獨特的內涵與關懷。這座城市—最靠近中國大陸的島與半島，對余光中的創作有何影響？余光中對於香港又有何影響？留下了哪些文學足跡？為本節探討的重點。

一、余光中與他的「情人」

余光中曾自言「大陸是母親，臺灣是妻子，香港是情人，歐洲是外遇。」大陸是余光中幼年所居之處，雖與之相隔，對於中國這個母親始終有忘不掉的孺慕之情；臺灣是他一生的伴侶，雖曾數度

---

[4] 參考劉登翰：〈余光中・香港・沙田文學〉，《香港文學》206 期（2002 年 2 月），頁 49。

離開，卻又是晚年的安居之所；香港，則是他人生旅途中重要的驛站，他曾與這座城相守十年光陰，這座城因著特殊的歷史文化、政治情勢及地裡位置，使他得以兼顧母親、妻子與情人，為他的創作提供源源不絕的靈感、反省與情思。

余光中移居香港之後，因香港在地裡位置上貼近中國大陸又鄰近臺灣，使他時時「北望而東顧」，香港是他抒發兩岸情懷的絕佳地點。與其以往的懷鄉詩不同，余光中因住在香港中文大學朝北的宿舍，而面對的八仙嶺背後，即是山嶺綿延通往大陸，這種舉目對故國山河，卻又被山河重重阻隔的愁思，令初到香港的余光中內心頗為激動：

> 而大陸壓眉睫反感陌生，為何
> 島在遠方竟分外親切？
> 又是近重陽登高的季節
> 颱風遲到，詩人未歸
> 即遠望當歸，當望東或望北？
> 高歌當泣，當泣血或泣淚？
> 二十五年，一痛不合的舊創
> 裂口猶張，滔滔向一夜暴雨

（〈颱風夜〉，《與永恆拔河》，頁 4-5）

與中國分隔超過二十五年，在九龍半島遭遇颱風侵襲之夜，詩人近鄉情怯，一邊是大陸，一邊是臺灣，到底孰輕孰重、孰是孰非？這是個既掙扎又尷尬的瞭望臺，但位置卻也得天獨厚，既可近身貼近故國，又可兼顧臺灣，香港對余光中而言，就是這麼一個可愛又可恨的「情人」。

觀察余光中香港時期的文學創作時，首先當然要了解香港這座城市的位置對他的影響與重要性。余光中自謂「香港在大陸與臺灣之間的位置似乎恰到好處——以前在美國寫臺灣，似乎太遠了，但在香港寫就正好……以前在臺灣寫大陸，也像遠些，從香港寫來，就切膚得多。」[5]香港的特殊性對於余光中的創作的確有利，流沙河稱「人得其地，地得其人」、「余光中立足香港而獲地利，北望大陸，東瞻臺島，左顧先是文革、後是開放，右盼海外長安、梅花盆景，遂看出許多名堂來，那是島陸兩邊的詩人不容易看出的，遂寫出許多好詩來，那是島陸兩邊的詩人不容易寫出的。」[6]劉登翰亦稱其「人得其時，時得其人」，因為余光中在香港的十年內，正是大陸文革浩劫尾聲及結束之後的歷史轉折關鍵時期。而近在咫尺卻又游離於大陸政治、經濟、文化之外的香港，是一個最適宜於觀察、體驗和表現中國歷史上這一罕見災難和時局變化的地方。這對既得天時，又獲地利，且滿懷儒家憂患意識的余光中，不能不說是一個難得的機

---

[5] 余光中：《與永恆拔河》後記（台北：洪範書店，1979），頁 202-203。

[6] 流沙河：〈詩人余光中的香港時期（上）〉，《香港文學》48 期（1988 年 12 月），頁 17-18。

遇。[7]香港就是這樣一個面對中國大陸的巧妙地點——既貼近，又隔離。能夠讓余光中在此繼續懷抱他的鄉愁，卻又不得不面對文化大革命的現實，而在愛恨交織的中國身影纏繞下，別過頭去，又是寶島臺灣的呼喚。

二、北望・文革・中國結

余光中住在沙田的香港中文大學宿舍，人在書房，抬頭見山，即見鄉愁。詩人只得藉筆跨越空間的阻隔，由書房窗外的青山一直通往重山峻嶺之後的故國；是故抵港之初，余光中創作了許多「北望詩」，以抒鄉愁。詩人返抵故土邊境，卻因現實與地裡的阻隔，無法實際一窺究竟，產生一種近鄉情怯的哀愁。〈北望——每依北斗望京華〉一詩可說是其中的代表作，詩人於書房中向窗外看，盡是重重疊疊的山巒，屏障在香港與中國大陸之間，詩人便利用視線加上想像，由近而遠，從陽臺、盆栽為始，穿過青山、重巒，一直到遠方的煙霧之外，看見了故國五千年的歷史與八萬萬同胞，那是詩人精神嚮往之處，也是余光中香港時期文學創作的一個重要的主題類型。同樣收錄在《與永恆拔河》詩集中的〈颱風夜〉、〈沙田之秋〉、〈戰地記者〉、〈望邊〉、〈老火車站鐘樓下〉和〈蔡元培墓前〉等詩，都是余光中初到香港，心神受到極大震盪而北望遙想故國之作。

---

7 劉登翰：〈余光中・香港・沙田文學〉，《香港文學》206 期（2002 年 2 月），頁 50。

詩人除了望穿重巒的「北望詩」之外，「九廣鐵路」也是余光中常用以入詩的題材。沙田是位於新界的一個市鎮，也是九廣鐵路途中之一站，這條鐵路從香港九龍半島的紅磡直通中國廣州，對於余光中而言，這條鐵路似乎亦滿載著他的鄉愁、他的思慕通往故鄉：

總是天地之間一列末班車
無家可歸依然得夜歸的歸人
三等車冷冷的窗台
斜靠的臉總是
半枕在遠方，遠方一小站上
——姑且叫它做家吧

（〈九廣路上〉，《與永恆拔河》，頁 9）

這種位居邊緣（香港），心繫中原（中國大陸）的情感，正是余光中〈半島上〉所言「在茫茫后土的邊緣」[8]的惆悵。香港與中國大陸雖有重山相隔，卻也有九廣鐵路相接連，這種既分隔又隱隱相連的痛苦，可說是詩人在香港的初體驗，也是唯有在香港這麼特殊的地方才有的體會。余光中常以母親指稱中國大陸，這裡的鐵路也可做另一種解讀，它象徵著香港這個嬰兒連接中國大陸母體的臍帶，而余光中正是這嬰兒體內的一部份。若不是地裡距離這般相近，現實距

[8] 余光中：《與永恆拔河》，頁 24。

離卻如此之遠的切膚之痛，余光中的鄉愁詩不會如此輾轉掙扎、情絲綿綿。又如他的散文作品〈記憶像鐵軌一樣長〉所寫：

> 在香港，我的樓下是山，山下正是九廣鐵路的中途。從黎明到深夜，在陽台下滾滾輾過的客車、貨車，至少有一百班。初來的時候，幾乎每次聽見車過，都不禁要想起鐵軌另一頭的那一片土地，簡直像十指連心。十年下來，那樣的節拍也已聽慣，早成大寂靜裡的背景音樂，與山風海潮合成渾然一片的天籟了。那輪軌交磨的聲音，遠時哀沉，近時壯烈，清晨將我喚醒，深宵把我搖睡，已經潛入了我的脈搏，與我的呼吸相通。將來我回去臺灣，最不慣的恐怕就是少了這金屬的節奏，那就是真正的寂寞了。也許應該把它錄下音來，用最敏感的機器，以備他日懷舊之需。附近有一條鐵路，就似乎把住了人間的動脈，總是有情的。
>
> （〈記憶像鐵軌一樣長〉，《記憶像鐵軌一樣長》，頁 119）

詩人身居沙田，思念的卻都是鐵軌那一端廣大的故土，詩人的情思就像九廣鐵路上的列車一樣，日日夜夜不停的往北奔馳，香港是他的起點，鐵路的另一端才是他情感的終點站。其詩〈暮色之來〉亦寫道「九廣的客車鏗鏗北上後／懷遠的鐵軌更寂寞了」[9]，細長的鐵

---

[9] 同前註，頁 49。

軌象徵的是詩人悠長的相思之情，車能北行但人不可，只得留在原地寂寞思念。而「北望」與「九廣鐵路」兩個題材，正是余光中這位「望鄉者」香港時期初期鄉愁作品的代表。

一九七四年抵港的余光中，正值中國大陸文化大革命的末期，儘管對中國歷史文化有濃厚的孺慕之情，對童年的江南故里也有深厚的懷念之思，但就在他抵達香港的同時，彼端的故土仍處於文革浩劫的殘破之中，這是余光中不得不面對的現實。因為香港獨特的地裡位置，讓余光中能就近觀察、體驗中國這一歷史上重大的災難，余光中的創作從纏綿的鄉愁轉變為對中國社會現實的痛切關注。這也是余光中抵達香港初期作品風格一個重要的轉變——由溫柔繾綣的鄉愁之抒發轉為悲鬱愴痛的現實之省思。例如他寫下經常可以看到文革期間逃難偷渡至香港的大陸人的悲劇：

公無渡河，一道鐵絲網在伸手
公竟渡河，一架望遠鏡在凝眸
墮河而死，一排子彈嘯過去
當奈公何，一叢蘆葦在搖頭

一道探照燈警告說，公無渡海
一艘巡邏艇咆哮說，公竟渡海

一群鯊魚撲過去，墮海而死

一片血水湧上來，歌亦無奈

（〈公無渡河〉，《與永恆拔河》，頁 23）

大陸與九龍之間隔著河，與香港島之間隔著海，這是活生生的現實慘況，雖然偷渡到香港必須冒著極大的生命危險，但仍有大批難民承受不住文革的災禍降臨，甘願渡河或渡海到香港尋求一絲活著的希望。另一首〈競渡〉則刻畫得更為生動：

防波堤上的龍子龍孫

如果齊轉過頭去

也許就眺見驚波的外海

另一種競渡正在進行

後面是鯊群，海盜船，巡邏快艇

前面是難民船，也載著龍孫

斷檣上招展著破帆

在無人喝采的海上

追逐一個暗淡的明天

（〈競渡〉，《隔水觀音》，頁 75）

余光中從端午龍舟競賽想到偷渡來港的難民亦是另一種競賽，不但要與巡警競賽，更要和惡劣的海象競賽，即使最終平安抵達香港，也必須面對此地無情的社會的歧視，生活在毫無希望的社會底層。此外，〈海祭〉一詩的序言提到，至一九七四年九月止，從對岸廣東泳向香港的難民已有一百十一人受到鯊魚襲擊而葬身大鵬灣底[10]，而這首詩是對這些難民的致哀。正因為余光中在文革後期居於香港，在時間及地點上都處在「天時地利」的位置上，才能寫出〈公無渡河〉、〈競渡〉和〈海祭〉這些悲慟的哀歌，也因為能在香港就近觀察文革的情況，也才有〈夢魘〉和〈小紅書〉一類的諷刺之作[11]。

恰如詩人所言：「母親給你的只剩下這一些／回故已茫茫來時的路／千徑萬徑朝南，驚惶的腳步／鷹低處是大陸，鷗啼處是海洋／家鄉有土腥氣和草香，再見／童年，再見，古榕樹下一覺是童年／再見，傷心文革的歲月」（〈海祭〉，《與永恆拔河》，頁 75）。儘管文化大革命重創中國的歷史、文化與社會，但文革的災禍終究會過去，而余光中對於中國文化的懷想卻始終沒有衰減。一九七六年文化大革命結束後，中國開始走改革開放路線，政局與經濟趨於穩定並開始發展，憂國憂民的余光中緊繃的神經得以放鬆，從夢魘驚醒之後，又可以開始為災後的故土重建文化資產。如果我們將余光中香港時期的第一本詩集《與永恆拔河》的特色理解為初到故國邊境

[10] 余光中：《與永恆拔河》，頁 190。

[11] 〈夢魘〉收錄於詩集《與永恆拔河》，〈小紅書〉收錄在詩集《紫荊賦》。

的憂國懷鄉的話，那麼到了《隔水觀音》則明顯轉變為對中國歷史文化的探索。如同余光中在《隔水觀音》後記所言：「在主題上，直書鄉愁國難的作品減少了許多，取代它的，是對於歷史和文化的探索，一方面也許是因為作者對中國的執著趨於沉潛，另一方面也許是六年來身在中文系的緣故」[12]。詩集中的〈湘逝——杜甫歿前舟中獨白〉、〈夜讀東坡〉、〈戲李白〉、〈尋李白〉和〈念李白〉和〈刺秦王〉等詩，是根據詩人生平與歷史故事的再現，經過作者的取材、思考、想像及情感投射，將古典與現代融合，「與其說是一種技巧，不如說是一種心境，一種情不自禁的文化孺慕，一種歷史歸屬感」[13]。這樣的「文化孺慕」與「歷史歸屬感」的表現，並非始自余氏香港時期的創作，自從余光中一九四九年離開大陸，五〇年渡海至臺，便已有之。只是相較於一九七四年再次抵港初期因鄉愁及文革震盪而有較多現代感與現實經驗的作品，《隔水觀音》集內的中國古典詩意之作明顯增加，從〈烏絲愁〉、〈木蘭怨〉、〈杏燈書〉、〈將進酒〉、〈兩相惜〉、〈水仙緣〉、〈刺秦王〉、〈穀雨書〉和〈梅雨箋〉等詩可發現余光中在大陸文革結束後，香港時期的創作大致上又轉變為對中國歷史文化的戀慕想像及悠悠情長。

鍾怡雯在〈風景裡的中國——余光中遊記的一種讀法〉中說：「一九四九以後，新的政治情勢把現實的中國隔絕在水的另一邊，對創作者而言，中國則內化為形而上的永恆鄉愁，成為文化／文學

[12] 余光中：《隔水觀音》後記（台北：洪範書店，1983），頁 176-177。

[13] 余光中：《隔水觀音》後記，頁 177-178。

上的中國。血緣和文化的先天遺傳，無法割捨的歷史和民族情感，全都化為文字，去召喚一個抽象的，非關現實和政治的文化母體。中國提供創作的養分，成為一種永無休止的追尋和緬懷，作品裡形塑的中國圖像容或有異，其情感則一，這種遙相呼應的關係，頗有『凡我在處，即為中國』的意味。」[14]這段話中的「凡我在處，即為中國」一句用來形容余光中「香港時期」的文學創作可謂相當貼切。像是一九八一年余氏回臺灣客座時，在路上看到排隊前行的小學生，認為他們「是向明日的中國出發」的〈祝福〉（《隔水觀音》）；定居香港時也時時遙想著那一片神州故土，如〈黃河〉、〈初春〉、〈不忍開燈的緣故〉、〈布穀〉等（《紫荊賦》）；一九八五年再度回到臺灣之後，懷念中國故鄉的作品亦未曾間斷，如〈中國結〉、〈蜀人贈扇記——問我樂不思蜀嗎？不，我思蜀而不樂〉、〈還鄉——未老莫還鄉　還鄉須斷腸〉（《夢與地裡》）等，都是顯著的例子。

你問我會打中國結嗎？
我的回答是苦笑
你的年紀太小了，太小
你的紅絲線不夠長
遙遠的童年啊繚繞
也太細了，太細

[14] 鍾怡雯：〈風景裡的中國——余光中遊記的一種讀法〉，《中國現代文學理論季刊》16期（1999年12月），頁486。

那樣深厚的記憶

你怎麼能縛得牢？

（〈中國結〉，《夢與地裡》，頁 46-47）

中國的身影像是一根綿長無盡的紅絲線，纏繞在余光中的心中。一九四九年因為政治環境變化而被迫離開中國母體，只能在臺灣隔水相思；直到一九七四年赴香港任教職，對於近在咫尺卻被迫相隔的鄉愁濃情，激發出許多懷鄉之作；文革對於余光中的影響，使其不得不回到現實，發出痛心的詩句；當災難過去後，便又開始為中國的歷史與文化造像；雖然余光中最後選擇回到臺灣，但對於中國母親的情思卻未曾止歇。大陸學者謝冕認為余光中在香港客居的十年裡，最重要的收穫是對於鄉愁主題的完成：「在來港之前，余光中便以懷鄉為主題，寫出了一系列在中國新詩史上堪稱傑作的作品如《鄉愁》、《鄉愁四韻》、《白玉苦瓜》等，但是，十年的香港生活改變了以往只是冥想中實現鄉愁主題的狀態，而如今那冥想的一切變得是可以觸摸的事實。」[15]從余光中香港時期的懷鄉憂國作品來看，「可以觸摸事實」的香港對余光中而言，絕對是一個能打出最漂亮的中國結的地方。

---

[15] 謝冕：〈現代文化形態的詩意重鑄——香港學者詩綜論〉，《現代中文文學評論》1 期（1994 年 6 月），頁 14。

三、東顧・觀音・臺灣結

「香港時期」的余光中，雖然腳踩的是大英帝國殖民統治下的香港土地，內心深處懷想的是具有五千年歷史文化的中國大陸，卻也沒有忘記臺灣這個「妻子」。儘管這個時期以臺灣為主題的作品不若香港多，也遠遠不及中國的數量，但詩人自言：「當時隔著茫茫煙水，卻也沒有一天忘記了臺灣……即使在香港時期，臺北也一直在我的『雙城記』裡。」[16]

一九五〇年到達臺灣之後，至再次赴香港之前，余光中一直居於臺北[17]，所以在觀察其一九八五年再度回臺灣高雄定居前的作品時，我們可以將臺北與臺灣等同來看，思念臺北等於思念臺灣，反之亦然。在余光中抵港初期，因為地理上的越界給予他極大的內心震撼，故其香港時期的第一本詩集《與永恆拔河》主要以身在香港、心懷大陸的鄉愁作品為主，以臺灣為主題之作僅寥寥數首[18]，且多為短暫回臺時寫於臺北廈門街家中，離臺千日所出版的散文集《青青邊愁》中，思臺之作亦只有〈思台北，念台北〉一篇。直到《隔水觀音》才有較多關於臺灣的詩篇，包括〈夜遊龍山寺〉、〈隔

---

[16] 余光中：《記憶像鐵軌一樣長》（二版）自序（台北：洪範書店，2006），頁 2-3。

[17] 在這期間，余光中先後有五年時間於美國，分別是一九五八至一九五九年、一九六四至一九六六年、一九六九至一九七一年。

[18] 以詩集中的「第五輯　隔水書」為主，唯多首詩作內容主題無明顯特徵，無法確定是否確為書寫臺灣之作。

水觀音〉、〈廈門街的巷子〉及〈寄給畫家〉等詩中皆寓有對海島的眷念。余光中亦自言：「書以『隔水觀音』為名，寓有對海島的懷念。『觀音』不但指臺北風景焦點的觀音山，也指整個海島，隱含南海觀音之意，所以『隔水』也不但隔淡水河，更隔南海的煙波。」[19]抵港初期對於中國的心靈震撼，經過了文革結束後的沉潛，余光中將創作重心轉移到對中國文化與歷史關注、造像，另一方面，臺灣的位置在他心中也趨於明顯，〈隔水觀音〉一詩便展現深深的依戀：

讓我心隨洲上的群鷺
　　上下涉水
　　來回趁波
像一片白煙依戀在古渡

你無所回應，卻無不聽聞
　　喃喃的私禱
　　默默的請求
你一定全許了我吧，觀音？

（〈隔水觀音〉，《隔水觀音》，頁 26-27）

---

[19] 余光中：《隔水觀音》後記，頁 176。

香港沙田山居十年，余光中創作了許多關於沙田山水的詩作及散文，令他醉心的除了青山綠水之外，便是各種鬱鬱樹木了，他寫「沙田這一帶，也偶見鳳凰木、夾竹桃之類，令人隔海想念臺灣。不過最使人觸目動心，至於落入言詮的，卻是掩映路旁蔽翳坡側的相思樹，本地人稱臺灣相思。以前在臺灣初識相思樹，是在東海大學的山上，校門進去，柏油路兩側，枝接柯連，翠葉翳天的就是此樹……沒有料到來了沙田，四野的相思樹茂鬱成林，風起處，春天遍地的綠旗招展，竟有一半是此樹。中大的車道旁，相思林的翠旌交映，迤邐不絕，連車塵都有一點香了。」(〈春來半島〉,《記憶像鐵軌一樣長》，頁 80。）每當他在香港的電視幕上，收看鄰區都市的氣象，漢城和東京之後總是臺北，是陰是晴？是冷是熱？總是讓他特別關心，而當他看到那種移殖自臺灣，叫「臺灣相思」的綠樹時，他會很激情的說：「那樣美的名字，似乎是為我而取。」[20]中國大陸是余光中童年與精神的故鄉，臺灣卻是他落地生根的「家」，他在臺灣娶妻育女，他的文學在臺灣起步而後享譽華文文壇，甚至，他也選擇臺灣作為最終的歸宿。

臺灣在余光中心裡的位置與大陸不同，臺灣不需遙望、不必緬懷，是隨時都能賦歸的真實的「家」的所在，況且在臺灣，有他的妻小，有他的一切。當他客居香港，面對熟悉的「臺灣相思」，自然睹物思人、睹物思「家」，於是他在沙田寫下〈木屐懷古組曲〉三首，

[20] 夏祖麗：〈去國千日談感觸——余光中訪問記〉,《握筆的人》(四版)(台北：純文學出版社，1983)，頁 70。

思念他在臺灣的昔日歲月，思念他的女兒，也思念位於臺北市古亭區廈門街的家：

就讓我今晚穿上吧
後跟鏗鏗地敲打
古亭區這一帶歪歪的巷子
從前的台北，走回去
——踢了拖，拖了踢
走出夜市的虛榮城
一層層迷網的霓虹燈
電視機，電玩機，擴音機
電話和電鈴不規則的突襲
走出東洋和西洋的廣告
歌廳，馬殺雞，補習學校
滿耳的噪音，滿腔的廢氣
走出猙獰的社會版，越讀越悲觀
販嬰，拐童，撕票的慘案
競選的滔滔大話
座談的喋喋清談
拖著一雙舊木屐，走出去
就讓兩邊的圍牆和籬笆

伸出扶桑和九重葛

一路接我回家去

（〈舊木屐——木屐懷古組曲之三〉，《紫荊賦》，頁 33-34）

余光中在本詩後記特別說明「春來沙田，坡上路旁，『臺灣相思』的茂密翠葉之間，燦發金黃的一球球花蕊，美得不近情理，特別令人懷古，懷鄉。我所懷的是臺灣，尤其是『家巷』所託的古亭區」[21]這是詩人難得以懷古的角度書寫臺灣，客居香港，使他居於大陸與海島之間，能時時北望而又東顧，雖然左右情感的拉扯困擾著余光中，卻也讓他居「中」省思。至此我們可以知道他所懷念的不僅僅是遙遠北方童年的故鄉，也有他的「家」——臺灣。〈舊木屐——木屐懷古組曲之三〉詩中以眾多昔日臺北街景、物品或是社會政治現象，堆疊出濃厚的懷古味，有別於對幼時那片廣大后土的模糊回憶與空泛愁思，這些才是具體的、清晰的印象與記憶。詩中的「一路接我回家去」更寓涵了詩人對臺灣這個家的深深情意。

「臺灣」在余光中的香港時期作品中亦佔有一席之地，在這些詩中，臺灣是個具體的「家」的形象，儘管余氏對於童年、文化上的中國仍念念不忘，但政治上、現實中的臺灣似乎才是他心中所認定的最後的依歸：

[21] 余光中：《紫荊賦》（台北：洪範書店，1986），頁 36-37。

> 瘂弦也曾經兩度留學，但到了一九八〇年，卻沒有像他在早年詩中所預言的，落戶在異國。從遠颺到回歸，正是瘂弦這一輩認同臺灣的過程，這過程十分重要。時至今日，誰是過客，誰是歸人，已經十分清楚。對他這一輩的作家，臺灣給他們寫作的環境，寫作的同伴，出版他們的作品，還給他們一群讀者和一些批評家，而這些都是三十年來中國大陸無法為他們提供的……所謂家，不應單指祖傳的一塊地，更應包括自己耕耘的田。對於在臺灣成長的作家，臺灣自然就是他們的家。
>
> （〈沒有人是一個島——想起了瘂弦的〈一九八〇年〉〉，《記憶像鐵軌一樣長》，頁30）

余光中本身的情況與瘂弦有些相似，故他以瘂弦自況。他們曾經是臺灣的過客，最終變成臺灣的歸人，「所謂家，不應單指祖傳的一塊地，更應包括自己耕耘的田」可視為余氏對臺灣認同的深刻表白。位居香港，一面遙望故鄉大陸，一面正視對臺灣的真實情感，「香港」對於余光中「中國結」與「臺灣結」的情感認同與區別，有著重要的沉澱作用。

四、西看・沙田・香港結

香港時期的余光中，除了有著中國結與臺灣結的情感拉扯之外，對於客居十年的香港，亦有著特殊的「香港結」，甚至，他的「香港時期」對於整個香港文學有著重要的、深遠的影響。一九八五年余光中即將離港之際，黃維樑為他編纂了一本《春來半島——余光中：香港十年詩文選》，余光中自己在序言裡提到：「在這些作品裡，看得見一個詩人，在文革的後期來到香港，因接近大陸而心情波動，夢魂難安。起初這港城只是一個瞭望臺，供他北望故鄉；他想撥開幕前的夢魘，窺探自己的童年。一年年過去，夢魘雖然淡了，童年卻更遠了，臺上望遠的人，唉，也老了。終於有一天，他發現連託腳十年的這座看臺也或許會失去，才驚覺腳下所踏的原是樂土。為了一隻虛幻的蘋果，他幾乎錯過真實的樂園。」[22]由上引的這段自白來看余光中香港時期的文學作品，可謂真實妥切，我們可以發現此時期的前兩本詩集《與永恆拔河》和《隔水觀音》中，直接以香港為歌詠對象之篇章極少，只有零星像〈沙田秋望〉一類對於沙田居處之自然環境的描繪文字。這時，香港對余光中而言，還只是提供他北望或東顧的一個瞭望臺。弔詭的是，余光中在《與永恆拔河》的後記裡，有這樣一段話：

> 香港在各方面都是一個矛盾而對立的地方。政治上，有的是楚河與漢界，但也有超然與漠然的空間。語言上，方言和英文同樣流行，但母音的國語反屈居少數。地理上，和大陸的母體似相連又似隔絕，和臺灣似遠阻又似鄰近，同時和

[22] 余光中：〈回望迷樓〉（《春來半島》自序），收錄於黃維樑編：《春來半島——余光中：香港十年詩文選》（香港：香江出版社，1985），頁 4。

世界各國的交流又十分頻繁。香港，借來的時間，租來的土地，在許多朋友的印象裡，是一座紅塵窒人摩肩接踵的城市，但很少人知道，廣闊的新界卻是頗富田園風味的。香港之於大陸是一例外，我山居所託的沙田，於香港又是一例外。

「問君何能爾？心遠地自偏。」在朋友們誤會我之前，我必須指出，雖然身處例外之例外，居心卻不是如此。在這多風的半島上，「地偏心不偏」，我時時北望而東顧。

（《與永恆拔河》，頁201-202）

余光中顯然明白香港的特殊之處在於它的政治、它的語言、它的地理位置、它的歷史與文化，這些面向必然是任何一個香港土生土長的香港作家，甚至是任何一個從外地至港的作家，所應注意到並且大書特書的題材。而余光中卻不然，在他香港時期的作品中，我們只見他將香港視為一個「懷鄉顧家」的媒介，一下遙望大陸，一下東盼海島，能讓余光中真正提筆書寫的「香港」，只有沙田的一片好山好水。香港中文大學在沙田市鎮北邊的馬料水山上，面對著吐露港灣，八仙嶺蔽其北，馬鞍山屏其東，自成一洞天福地，余光中居其中，頗似不食人間煙火的遊仙。在書寫沙田山水的文字裡，又以散文集《記憶像鐵軌一樣長》裡的諸篇文章最為詳盡與優美，例如在沙田青山環抱中寫出的〈山緣〉、〈飛鵝山頂〉、〈春來半島〉；居高遠眺吐露港而寫的〈吐露港上〉；記敘沙田諸友而成的〈送思果〉、〈沙田七友記〉等，都是箇中佳作，黃坤堯甚至讚其「把馬料水寫得出神入化」[23]。

客居香港十年，余光中除了把沙田一帶的山水刻劃成一幅幅的文字圖畫足以傳世之外，加上他所參與的各種文學活動，都對香港文學發展起了推動的作用，同時也擴大了其自身對於香港文學的影響力，導致在一個時期裡，出現了一些模仿余光中詩歌風格的年輕詩人，這些人進而被稱為「余派」。另外，與余光中一同在中文大學任教的一群文友，如宋淇（筆名林以亮）、梁錫華、蔡濯堂（筆名思果）、黃國彬、黃維樑等，因同時具有文學創作與研究教學雙重身分，形成以余光中為主的一個強力的準文學集團，推動了以中文大學為中心的「沙田文學」，盛極一時，也對日後的香港文壇有深遠的影響。甚至在二〇〇〇年十月，武漢華中師範大學舉辦一場名為「余光中暨沙田文學」的國際研討會，將以余光中為主的沙田諸友，在七〇年代中期至八〇年代中期於香港沙田的文學活動，冠以「沙田文學」的名稱進行討論。余光中在港十年，以其為中心的準文學團體從「余群」、「余派」、「沙田幫」一直到「沙田文學」[24]，其範圍不斷擴大，涵括的文學創作者及探討其內涵的學者、論文亦不斷擴增。儘管有學者認為「沙田文學只是一個文化現象，稱不上是一個文學派別」，或是在香港這麼狹小的空間，「難道還有九龍文學與新

[23] 黃坤堯：〈余光中的香港詩〉，《香港文學》75 期（1991 年 3 月），頁 6。

[24] 詳細發展可參考黃維樑：〈余群、余派、沙田幫——沙田文學略說〉一文，《海南師範學院學報（人文社會科學版）》14 卷 1 期（總 51 期）（2001 年 1 月）。

界文學之分，港島文學與九龍文學之別？」等諸多爭論[25]，但不可諱言，「沙田文學」曾經現身於香港文學發展的歷程中，並且盛極一時。而余光中在香港期間的諸多詩作與散文，加上其編纂及翻譯的諸多文學作品，如《余光中散文選》（香港版，一九七五年）、《天狼星》（一九七六年）、《青青邊愁》（一九七七年）、《梵谷傳》（一九七八年新譯本）、《與永恆拔河》（一九七九年）、《余光中詩選》（一九八一年）、《分水嶺上》（一九八一年）、《文學的沙田》（一九八一年）、《隔水觀音》（一九八三年）、《不可兒戲》（翻譯，一九八三年）、《土耳其現代詩選》（一九八四年）等都是香港文壇重要的文學財富。

余光中除了留下重要的文學成果之外，對於香港，他有著特殊卻又極為矛盾的情懷與創作內容。他問「在一個半島上，在故鄉後門口／該算是故鄉呢，還是外國？」（〈廈門街的巷子〉，《隔水觀音》，頁 89）前文提過，因為特殊的地理位置，香港對初來乍到的余光中而言，只是一個能時時北望與東顧的瞭望臺，對於香港本地的關注，僅有沙田山居所見的群山綠水。臺灣朋友來訪時，余光中會帶他們領略沙田山水之美，當朋友驚豔於如此美麗景色，他有一股優越感從心底升起，「誰叫他那樣低估了香港呢？」（〈山緣〉，《記憶像鐵軌一樣長》，頁 134）余光中念茲在茲的始終是沙田山水，那片美景使他對香港喜愛、認同，進而有「優越之感」。但正如其所言：

---

[25] 可參考江少川：〈兩岸三地的文學盛會——「余光中暨沙田文學國際學術研討會」綜述〉，《華中師範大學學報（人文社會科學版）》40 卷 1 期（2001 年 1 月）。

「沙田山居日久，紅塵與市聲，和各種政治的噪音，到我門前，都化成一片無心的松濤。在松濤的淨化之下，此心一片明澈，不再像四十多歲時那樣自擾於『我是誰』的問題，而漸趨於『松下無人』的悠然自在。但是最後兩年，在九七壓力之下，松下又有人了，這個人已然是半個香港人，對於他，紫荊花的開謝不再僅僅是換季。等到接了中山大學之聘，離港有期，那心情，在惆悵之外更添上了悽惶。」[26]港居歲月，他像個隱居山林的仙人般，所有山下的紅塵俗事都進不到他眼中。

雖然余光中在香港定居後，有一次趁回臺短暫停留，接受夏祖麗專訪時，曾表示「香港這個社會跟臺灣不一樣，或者也可以說跟臺北不一樣。臺灣雖然也是慢慢工業化，可是多少還有一個人文的社會，還是很強調傳統文化。香港是一個工商社會，作生意最要緊，社會形態跟臺北不一樣。另外，政治形態也不一樣，它不是國家，所以國家與民族的感覺，不像我們這邊這麼強調。再加上，語言方面是講廣東話，方言第一，國語不流行，教課和普通交談多少有點障礙。」[27]但從他在港十年所交出的文學創作成績單來看，他對於香港特殊的政治、文化、經濟和語言等社會環境，並沒有多所著墨，缺少對香港現實社會的關心及發聲。就如他自己所說：「海圍著山，山圍著我。沙田山居，峰迴路轉，我的朝朝暮暮，日起日落，月望

---

[26] 余光中：〈十載歸來賦紫荊——自序〉，《紫荊賦》，頁 2-3。

[27] 夏祖麗：〈去國千日談感觸——余光中訪問記〉，《握筆的人》（四版）（台北：純文學出版社，1983），頁 69。

月朔，全在此中度過，我成了山人。」[28]余光中的確成了與世隔絕的「山人」，在他離港前夕才驚覺到：

屈指十年，驚覺下山的期限
來時螺盤髻轉的山路
要接我回去下面的人煙
上面這一片天長地久
留給門外的眾尊者去鎮守
我走後，風向會大變

（〈別門前群松〉，《紫荊賦》，頁 139）

余光中在香港十年，累積了可觀的詩作以及一些散文作品，但大多是對於故國懷想的鄉愁，或是展現出對中國、臺灣、香港三地糾結混亂的情思，即使把創作焦點單純放在香港這塊土地上，描繪的也盡是那一片馬料水的絕妙山水，以及在此仙境中與之交往的眾「仙友」們。從上引詩〈別門前群松〉的一句「要接我回去下面的人煙」便可推知，詩人自絕於馬料水山下的塵世人煙，對於生活在山下的那些人民並無關心之情。黃坤堯批評余光中的香港詩：「故國回首之餘，自然也就發現了香港。不過余光中詩中常說以沙田為家，因此他的香港多是取狹義的，也就是沙田了……十年的香港生活，大概

[28] 同前註。

只有中英談判能引起詩人的關心。十年沙田寄旅，只有馬料水的風雲日月才有資格寫入他的詩章。香港的社會民生未見，沙田新市鎮的變化全未著墨。」[29]這無疑是對於余光中香港時期作品的一大批評：身居香港，卻少關心香港社會之作；位處沙田，也未對沙田的改變留下記錄。就連黃維樑也說：「余光中寫香港的詩，嚴格來說，沒有一首稱得上是對香港的社會批評。」[30]只有在離港前夕，自己的「大限」將至，余光中才猛然想到香港的九七大限亦近，而有了數篇與香港九七回歸相關的文字。[31]

雖然在港十年，僅在離去前留下幾篇關心香港前途的作品，但在余光中香港時期的散文集《記憶像鐵軌一樣長》、詩集《紫荊賦》，以及回到臺灣後的詩集《夢與地裡》中，都可見其對即將離別或才剛剛分別的香港的深深懷念。[32]如回臺之初所寫：

> 無論當初打結的人
> 怎樣地抽手
> 怎樣地抽身
> 怎樣側側又轉轉

---

[29] 黃坤堯：〈余光中的香港詩〉，《香港文學》75 期（1991 年 3 月），頁 5。

[30] 黃維樑編：《璀璨的五采筆——余光中作品評論集（1979-1993）》（台北：九歌出版社，1994），頁 189。

[31] 余光中以香港九七大限為題材的相關作品，將留在本章第二節再做論述。

[32] 離港前的別情可見《記憶像鐵軌一樣長》的〈飛鵝山頂〉，《紫荊賦》的〈別門前群松〉、〈老來無情〉、〈別香港〉等詩；回台後的思港之作可見《夢與地裡》的〈水平線——寄香港故人〉、〈一把舊鑰匙〉、〈香港結〉、〈夢與地裡〉、〈重回沙田〉、〈紫荊劫〉等詩。

那死結啊再抽也不散
而無論是那根線頭
從西貢到長洲
總是越抽越緊
隱隱，都牽到心頭

（〈香港結〉，《夢與地理》，頁 22）

這是余光中所打的香港結。歸宿臺灣之後，對於居住十年的香港仍有所依戀，於已經存在的中國結和臺灣結上，又新纏了香港結，讓余光中的情感更加糾纏不清。但我們要問的是，為何客居香港十年，一直未對香港產生情感，卻要等到離別在即，或是返臺之後，才對香港傾訴無盡的懷念？

該帶走的，去年的夏季
在一場驚惶的雨裡早帶走了
帶不走的，永遠已經留下
永遠縈繞著這片煙水
高時依雲，低時隨波
倦時就憩在以前的陽臺
無限其眷眷的一望水鏡上
依然是八仙待渡，馬鞍出塵
長堤外，依然是成謎的那艘白艇

倒影栩栩如回憶的幻景
而我要追蹤的那個故事呢
像所有的故事回顧時那樣
總是，唉，展開時令人興奮
收攏時令人低迴，而續集呢
五色的補天石總缺了一塊

最後是一列火車趕路向北去
低柔的黃昏帶來
橘色的霧燈一排排，在對海
不變的是那故事的插圖
仍留在那一頁
正是我走前所揭開

（〈重回沙田〉，《夢與地裡》，頁 43-45）

即使「重回沙田」，在記憶中沙田的那片美景中，徒留一絲遺憾，那是余光中在香港十年自始至終無法圓滿的夢，所以仍想乘著「一列火車趕路向北去」；而另一首詩〈十年看山〉則更赤裸裸的傷了曾供應他十年文學養分的香港土壤，他說：

十年看山，不是香港的青山
是這些青山的背後

那片無窮無盡的后土
四海漂泊的龍族，叫它做大陸
壯士登高叫它做九州
英雄落難叫它做江湖
看山十年，恨這些青山擋在門前
把那片朝北的夢土遮住

（〈十年看山〉，《紫荊賦》，頁188）

原來，余光中看了十年香港的青山，並非真的在看山，而是想透視山巒疊嶂，直達北方的夢土，反而有點憤恨香港的青山擋在故國后土之前，這對香港而言，聽來有點悲哀。

「對著珠江口這一盤盤的青山，一灣灣的碧海，對著這一片南天的福地，我當風默許：無論我曾在何處，會在何處，這片心永遠縈迴在此地，在此刻踏著的這塊土上，愛新覺羅不要了，伊莉莎白保不了的這塊土上，正如它永遠向東，縈迴著一座島嶼，向北，縈迴著一片無窮的大地。」[33]這是多情的詩人對香港的最終告白。余光中對香港有情，但情何來？是那一片沙田美景？或許是，或許不是。更強烈的理由是因為香港提供了其北望與東顧的絕佳位置。

---

[33] 余光中：〈飛鵝山頂〉，《記憶像鐵軌一樣長》（二版）（台北：洪範書店，2006），頁171。

五、余光中的中國結・臺灣結・香港結

中國大陸、臺灣與香港，是余光中生命裡最重要的三個地方，也是纏繞他心頭永遠解不開的三個死結。綜觀其香港時期的作品或是返臺後關於香港的書寫，盡是這三個地方的相互糾纏。〈心血來潮〉是人在香港，心懷大陸與臺灣之作：

潮水呼嘯著，搗打著兩岸
一道海峽，打南岸和北岸
正如此刻我心血來潮
奔向母愛的大陸和童貞的島
這渺渺的心情，鼓浪又翻濤
至少有一隻海鷗該知道
這一生，就被美麗的海峽
這無情的一把水藍刀
永遠切成兩半了嗎？
前一半在北滸，後一半在南岸？

（〈心血來潮〉，《紫荊賦》，頁 141-142）

而余光中結束香港客居的日子回到臺灣之後，又時時懷念香港：「我在香港十一年，一直有感於港人把相思樹叫做『臺灣相思』；遷來

高雄，又驚喜於當地把羊蹄甲叫做『香港櫻花』。這麼美的芳名，無意間似乎都為我而取，而無論是東望或西眄，這雙重的思念都由我的寸心來負擔。」[34]；「以前在吐露港上，常東望而念臺灣。現在從西子灣頭，倒過來，常西顧而懷香港。從中山大學文學院的紅磚樓上西顧我辦公室的一排長窗正對著香港，說不出那一片水藍的汪洋究竟是阻隔了還是連接了我的今昔。生命裡註定有海。而不論在彼岸或在此岸，紫荊花，總能印證我眷眷的心情。」[35]

余光中在到了香港的三年後曾說：「以前在臺灣，我對中國的文化，對中國的命運的情緒很高昂，去香港以後，我的情緒不見得那樣高昂了，經過了壓抑之後，我覺得比較沉著一點了。在香港的電視上，我常常看到大陸的情況，一切感覺都比較真實。以前我非常懷念大陸，可是在香港三年，反而不是那樣懷念了。一般人也許會覺得奇怪，因為靠得更近，應該更思念。但也正因靠近了，看得更清楚了，在知道了大陸裡面的現實之後，我的詩一樣的、夢一樣的懷念倒要修正了。」[36]我們可以了解，香港對余光中的重要性：對中國大陸看得更真切，使得一樣是以中國為主題的創作，內容及取材有了明顯的轉變，一開始的濃郁鄉愁，轉為現實沉潛，到後來為文化造像。在香港時期無法完成的夢，縱使時間到了一九九二年九月，余光中有了北京之行，首次得以回到他夢寐以求的故國后土，

---

34 余光中：〈十載歸來紫荊賦——自序〉，《紫荊賦》，頁 2。

35 同前註，頁 5。

36 夏祖麗：〈去國千日談感觸——余光中訪問記〉，《握筆的人》（四版）（台北：純文學出版社，1983），頁 58。

地理的鄉愁雖解，但時間的鄉愁卻永遠無法解開，正如余光中在談《夢與地裡》內的作品時說：「我的中國情結仍然是若解未解，反而在海峽形勢漸趨和緩之際，似乎愈結愈綢繆了，以致同題的〈中國結〉先後竟有兩首。中國情結更甚於臺北情結，並不是回大陸就解得了的。」[37]或是二○○三年他表示的：「鄉愁是無解的。回去大陸不下廿次，照理說，鄉愁應該已經解了，其實不然。故鄉的樹、小時候的玩伴，大都不在了，童年世界永遠無法回去。這樣的鄉愁，不是買張船票、機票，回去就能解了。」[38]鄉愁是在「離開」之後所產生的思緒[39]，我們可以說，倘若選擇回到臺灣定居的余光中，臺灣結可以稍稍得到緩解，那麼永遠無法解開的只剩中國結，以及因中國結與臺灣結而衍生出來的香港結了。

對於余光中香港時期的三本詩集，我們可以從書名及其內容大致將之歸類：《與永恆拔河》是對中國故土的永恆鄉愁，《隔水觀音》是對臺灣的深深眷顧，《紫荊賦》則是離港前對香港的不捨之情。至於散文集《記憶像鐵軌一樣長》則兼而有之，但多數篇章是對沙田山居的記錄。若我們試圖對余光中的「香港」作品做個總結與評價，首先，必須肯定他為那一片沙田山水作畫，留下永恆的美麗之作，也因為他的沙田山居，營造了盛名一時的「沙田文學」，並對香港文

[37] 余光中：《夢與地裡》後記（台北：洪範書店，1990），頁190。
[38] 徐如宜：〈余光中的鄉愁「是無解的」〉，《聯合報》A13版（2003年12月10日）。
[39] 關於鄉愁的詳細定義，可參考翁柏川：《「鄉愁」主題在臺灣文學史的變遷——以解嚴後（1987年－2001年）返鄉書寫為討論核心》（新竹：國立清華大學臺灣文學研究所碩士論文，2006），頁3。

學造成重大影響。另一方面，我們也可以嚴格地站在香港本位這樣說，除了書寫沙田之外，雖然余光中客居香港的十年確實對香港文學造成重要的影響，但是沒有對香港社會的關心或對香港其他地區或地方特色做描繪，亦無對香港人民的關懷，香港只是為他提供了遙想中國、懷念臺灣的絕佳位置，只固守著馬料水山上那片絕世美景的余光中，對香港而言，怎麼看都是一個遺憾。

第二節　追尋・探親・新移民
——八〇年代的香港社會景況

自十九世紀中葉開始，在列強侵略中國的刀光劍影之中，香港逐步被英國割佔和租借，一八四二年，英國強迫清朝政府簽訂中英《南京條約》，正式割讓香港島予英；一八四三年，英國維多利亞女王頒布了《英王制誥》，宣布設置「香港殖民地」。一八六〇年，英國強迫清政府簽訂中英《北京條約》，割讓九龍。一八九八年，英國再度通過與清廷簽訂《中英展拓香港界址專條》及其他一系列租借條約，強行租借九龍半島北部、新界和鄰近的兩百多個離島（九龍城寨除外），租期九十九年。自此，整個香港地區便在英國殖民統治之下，直至二十世紀末的一九九七年，香港主權才正式交還中國。

香港缺乏天然資源，但因地理位置優越，英國人佔領香港以後，宣布香港為自由港，將香港發展成為遠東重要的轉口港。為了發展自由港的貿易，吸引商船和商人來港，港英政府必須採取有效的措施與統治政策以確保香港的平靜、穩定與安全。正因為英國佔領香港主要是看上它的貿易經濟利益，而非強取豪奪其人力或自然資源，相較於對其他殖民地的高壓剝削，英國對於香港的統治基本上採取了相對開放的手段，尤其在文化上，對於港人的中國文化傳統未加以限制，使其得以自然發展。香港在英國的治理下，於二十世紀中葉逐漸發展成一個經濟發達的城市，而後成為世界上重要的貿易商業城市，香港社會繁榮安定，使得「政治英國，文化中國」的意志在香港人民內心長久以來根深蒂固。

一直要到一九六〇至七〇年代，受到「文化大革命」影響的一九六七年香港大暴動，以及七〇年代的香港經濟起飛，加上戰後一代香港本地出生的香港人慢慢成長，本土的生活經驗與方式漸漸取代對中國傳統文化的感情，一部分人開始認為自己是「香港人」而非「中國人」，香港人的主體意識才開始建立。尤其到一九八四年「中英聯合聲明」發表後，反思香港自身的文化身分更為熱烈，包括殖民地身分、香港本土身分、中國身分三種身分的糾纏與撞擊，造成香港本身身分的複雜多元，也迫使香港人進一步面對並思考「我是誰？」這個問題。

八〇年代對於中國大陸、臺灣與香港三地，是個熱鬧且有重大轉變意義的時代。歷經文革的摧殘破壞，鄧小平掌政後的中國大陸走向改革開放道路，積極發展經濟，進行災後重建；臺灣則在一九八七年七月由總統蔣經國宣布解除戒嚴令，禁絕了四十年的兩岸關係才開始有了初步互動，其中包括了臺灣人民赴大陸探親；香港則因九七日近，中、英雙方對香港問題開始進行協商與談判，雙方共進行了二十二次談判，才終於在一九八四年十二月十九日正式簽署《關於香港問題的聯合聲明》，確定香港前途。在八〇年代，因為中國大陸的改革開放，香港湧入一批「新移民」；因為兩岸開放探親，香港成為兩岸人民交流的交會點；因為自身前途問題，居住在香港土地上的人民開始在「英國人」與「中國人」之外，追尋第三種身分——即「香港人」的可能。八〇年代的香港就在兩岸三地的劇烈變動中忙碌地呼吸著，就在這個時期，生活、居住在香港的臺灣作家，亦用他們的筆記錄這歷史的變動，見證八〇年代的「香港熱」[40]。

一、「香港熱」與九七預言

一九九七香港前途問題是國際史上一個複雜的難題，也是中國歷史上一個隱隱作痛的傷疤。一八四〇年英國發動鴉片戰爭，迫使清朝政府於一八四二年簽訂《南京條約》，永久割讓香港島。一八五六年英法聯軍發動第二次鴉片戰爭，英國於一八六〇年再度強迫與清朝政府締結《北京條約》，永久割讓九龍界限街以南的土地。一八九八年英國又趁列強在中國劃分勢力範圍之時，逼迫清朝政府簽訂

[40] 一九八〇年代的「香港熱」一詞，既指香港社會內部對於本土追尋、身分認同和對九七回歸問題的關切和浮動，亦指當時香港外部的中國或其他國家學者對於香港問題的高度關注。筆者在本文指稱的香港熱，專就前者而言，特此說明。

《中英展拓香港界址專條》，強行租借九龍半島北部、新界和鄰近的兩百多個離島（九龍寨城除外）等大片土地，租期九十九年，一九九七年六月三十日期滿。這便是香港九七大限及其前途問題的緣由。

一九八〇年代，香港前途問題開始引起香港及英國政府的關注。一九八二年九月，英國首相柴契爾夫人（香港譯為戴卓爾夫人）訪問中國，在北京與中國領導人鄧小平展開針對香港前途問題的討論，當時雙方無法達成共識。九月二十四日，柴契爾夫人在北京召開的記者發表會上聲稱：「這三個條約（指一八四二、一八六〇、一八九八年英國與中國清朝政府簽訂的不平等條約），從國際性來說是有效的，我們現在的一切行動，也是以這三個條約為根據的。」英國政府希望堅持不平等條約的效力，以繼續維持其統治香港的正當性。中國很快對此做出反應，中國外交部新聞司發言人說：「中華人民共和國政府的一貫立場是：不接受這些不平等條約的約束，在條件成熟的時候收回整個香港地區。中英雙方都希望保持香港的繁榮和安定，為此通過外交途徑進行商談。」這一階段會談，中英雙方沒有共識。

一九八三年七月十二日，中英兩國正式展開香港前途談判。英國堅持提出以主權換治權的方案，遭到中國斷然拒絕，雙方就主權問題爭論，使談判再度陷入僵局，令香港出現信心危機。香港市民對前途憂慮，使物價飛漲。一九八三年九月港元兌美元曾跌至九點六港元兌一美元的歷史低點，市面出現搶購糧食等情況。香港股市恆生指數也一度暴跌到七百點，金價暴漲，金融市場一片混亂。一九八四年四月，談判出現曙光，英國就香港主權問題做出讓步，並宣佈一九九七年後將香港的主權和治權交還中國。一九八四年九月二十六日，中英聯合聲明的草案在北京人民大會堂，由中方團長周南及英方團長伊文思代表簽署，香港前途談判結束。至草簽為止雙方共進行了二十二次的談判。一九八四年十二月十九日，中國總理趙紫陽與英國首相柴契爾夫人在北京人民大會堂正式簽署《關於香港問題的聯合聲明》和三個附件。聲明指出英國政府將於一九九七年七月一日把香港地區（即包括香港島、九龍及新界）的主權交還中國政府，中國將成立香港特別行政區，並在「一國兩制」的原則下確保社會主義制度不會在香港特別行政區實行，香港本身的資本主義制度及民主制度維持五十年不變，香港特區政府維持高度自治。中國將草擬《中華人民共和國香港特別行政區基本法》確立這些要點。一九八五年五月二十七日，中英兩國政府在北京交換批准書，中英聯合聲明正式生效。[41]

自一九八二年中英就香港問題展開談判開始，九七問題便開始深入香港人民的日常生活，舉凡香港的政治、經濟、文化等各方面，無不受其影響。香港的街頭巷尾、報章雜誌、廣播電視，無不討論香港前途的何去何從，甚至開始追尋香港的歷史與文化身分。根據王宏志的研究，香港的本土意識開始於二十世紀七〇年代，在此之

---

[41] 詳細的中英談判的過程及當時香港社會景況介紹，可參考 Frank Welsh 著，王皖強、黃亞紅譯：《香港史》（北京：中央編譯出版社，2007），頁 555-567。或元邦建：《香港史略》（香港：中流出版社，1987），頁 281-290。

前，由於英政府「尊重華人習慣」，香港人都過著與中國內地人相同的生活模式，所以香港沒有能夠建立自己特殊的身分，絕大部分香港人都始終把自己認同為中國人，沒有以香港為家，且時常跑回大陸去，在這情形下，「香港意識」是不可能建立起來的。因「文化大革命」的影響，在香港的極左路線份子於一九六七年策動反英大暴動後，絕大部分香港人都不認同這些親中暴徒的行徑，香港居民第一次認定港英政府是他們「自己的」政府，而政府亦著重加強「香港為家」的觀念，於是「香港意識」得以建立，這裡更重要的還在於，七〇年代的香港已產生「生於斯，長於斯，除了香港以外，根本也沒有別的『家』」的新生代，他們很為自己是香港人而驕傲。[42] 香港人一方面憂心九七前途，一方面積極探尋其「本土性」，整個八〇年代的香港幾乎籠罩在這樣的社會氛圍中，這是八〇年代的「香港熱」。

（一）白先勇的九七預言

就在香港問題炒得沸沸揚揚之際，幾位身在香港的臺灣作家也感染了這股「香港熱」，或寫詩或為文，左寫香港現實社會，右對香港九七大限提出了擔憂或預言。其實，早在六〇年代，白先勇即對香港問題率先提出預言。白先勇與香港的緣分始於一九四九年，當年他與家人在戰亂中離開中國大陸，逃難至香港，接著進九龍塘小

[42] 參考王宏志：《歷史的偶然：從香港看中國現代文學史》（香港：牛津大學出版社，1997），頁3-8。

學、喇沙書院（中學）就讀，一直到一九五二年初才離開香港到臺灣定居。[43]歷史上，香港在一九六三至一九六四年面臨嚴重旱災，生活用水供應不足以支持急速的人口增長，政府施行限制供水政策，每四天只有四小時有水供應，市民需要每次儲存四天的用水量。這些旱災促使港府要求中國大陸出售生活用水，雙方終於在一九六四年正式簽訂協議，並從一九六五年三月起由東江供水到香港。一九六四年六月發表在《現代文學》第二十一期上的〈香港——一九六〇〉即以六〇年代香港罕見的旱災為背景開展小說故事內容，白先勇雖然寫的是一個丈夫死後來到香港的「師長夫人」余麗卿的故事，但這篇小說真正的主角其實是香港這個城市，白先勇寫余麗卿就是在寫香港，她們實際上是一體兩面、互相說明的關係：余麗卿和香港都「沒有過去」也「沒有將來」。過去的歷史對余麗卿／香港而言不堪回首，而余麗卿／香港對未來又看不見希望，他們能抓住的只有眼前的「現實」，但這個現實是：余麗卿命中注定要和吸鴉片的男人「滾在一堆」、「身體爛得發魚臭」、「五臟早就爛得發黑了」；而香港的現實則是「快被曬乾了」，「在深藍的海水中，被太陽曬得一寸一寸的萎縮下去」。余麗卿與香港的「現實」，所表現出來的便是一種徹底的絕望之感。[44]

---

[43] 關於這段時期白先勇在香港的活動與經歷，請參閱劉俊：《情與美——白先勇傳》（台北：時報文化，2007），頁 52-55。後來白先勇又與香港有深厚的關係，可參考頁 328-338。

[44] 同前註，頁 329-330。

外來人口的急遽增加，使香港在一九六三至一九六四年連續發生旱災，如此水荒加上自然資源的匱乏，使香港人處於缺乏安全感的恐慌之中。社會上，從大陸來的難民不斷湧入，銀行搶案及射殺員警事件頻傳，白先勇筆下香港的「一九六〇」，是一個混亂、恐慌又對未來絕望的世界。於是，白先勇對於香港的未來做了一個悲觀的預言：

> 香港就快完結了，東方之珠。嗯！這顆珠子遲早總會爆炸得四分五裂。那些躺在草地上曬太陽的英國兵太精了，他們不會為這顆精緻的小珍珠留一滴血的。但是我不會等到那一天。我才不會呢！我要在這顆珠子破裂的前一刻從尖沙咀跳到海裡去。
>
> （《寂寞的十七歲》，頁 270）

在當時白先勇的眼中，香港是個沒有希望的島嶼，「有一天香港的居民都會乾得伸出舌頭像夏天的狗一般喘息起來，他們會伸出鳥爪一般的手臂去搶水和食物。水——他們會喊道。餓呀！他們會喊道。他們的皮膚會水腫得像象皮一般，霍亂會瀉得他們的臉個個發黑。有一天那些難民會衝到山頂把有錢人從別墅裡拉出來統統扔到海裡去。」（《寂寞的十七歲》，頁 271）這是六〇年的香港景況，也反映出當時香港人們對於未來，普遍充滿了不確定感及絕望感。

（二）余光中與鍾玲的九七預言

一九六四年白先勇發表〈香港——一九六〇〉，當時香港社會已相當混亂與不安，兩年之後，大陸上發生了震驚世界的文化大革命，使文化情感上一向依靠中國的香港人更加惶恐。從社會運動的歷史角度看，一九六七年引發的暴動事件，乃至後來由學界發起的「中文運動」，倡議政府將中文納入正式的官方語言，與英語享有同等的地位；還有一九七一、七二年開始的「保衛釣魚臺」及「反貪污、捉葛柏」事件等，都顯示了這塊殖民地上部分知識份子或普羅階層對時政的關注、對自身民族文化的捍衛和思考；只是，七〇年代中期以後，香港的社會及經濟已逐漸安定下來，社會運動的熱潮才逐漸消滅，代之而來卻是一股強烈的「本土意識」的萌長。[45]香港人開始追尋建立「香港人」身分的可能性，並思考香港的未來到底該如何走。這樣的「香港熱」到了一九八二年中英開始展開針對香港前途問題的談判，以及一九八四年中英發表「聯合聲明」後達到高峰。當時客居香港中文大學的余光中，雖然之前的作品對於香港社會並無著墨，但在這樣的熱潮感染之下，也開始關心香港的前途。他在一九八三年七月二十日首先寫了〈過獅子山隧道〉一詩：

---

[45] 洛楓：〈香港現代詩的殖民地主義與本土意識〉，收錄於張美君、朱耀偉編：《香港文學@文化研究》（香港：牛津大學出版社，2002），頁230。

不過是一枚小鎳幣罷了
就算用拇指和食指
緊緊地把它捏住
也不能保證明天
不會變得更單薄
但至少今天還可以
一手遞出了車窗
向鎮關的獅子買路
鎳幣那上面，你看
也有匹儼然的獅子
控球又戴冕的雄姿
已不像一百多年前
在石頭城外一聲吼
那樣令人發抖了
而另外的一面，十四年後
金冠束髮的高貴側影
要換成怎樣的臉型？
依舊是半別著臉呢還是
轉頭來正視著人民
時光隧道的幽秘
伸過去，伸過去
——向一九九七

迎面而來的默默車燈啊

那一頭，是甚麼景色？

（〈過獅子山隧道〉，《紫荊賦》，頁 111-113）

從沙田開車進九龍，經過獅子山隧道，需繳交一元路費，看似平常不過的事情，余光中卻以此延伸，反映當時香港的社會並遙想香港的未來。手握著鎳幣「也不能保證明天／不會變得更單薄」說的是當時港幣貶值的問題；錢幣背面圖案「控球又戴冕的獅子」則指英國，戴冕的獅子是英國皇室的象徵，英國在十八世紀曾是世界強國，殖民地遍佈全世界，有日不落國之稱，曾經在世界上擁有控球權（控制整個地球），又在鴉片戰爭時直逼石頭城（今南京），清朝政府只得被迫簽訂《南京條約》求和，曾經那樣令人顫抖的雄獅，如今威風不再，這是英國的現況；而錢幣正面「金冠束髮的高貴側影」則是英女皇伊莉莎白二世，「半別著臉」的女皇暗指英國政府間接統治香港，並未正視人民的需求，在改朝換代以後，香港的治理者是否會「轉頭來正視著人民」？這是余光中提出的疑問。而時光隧道的那一頭——一九九七之後的香港會是什麼景色？這是所有香港人的疑惑。當時中英雙方對於香港問題的談判仍未有定論，所以誰都無法確定香港的未來會是怎樣的光景。同樣寫於一九八四年十二月「中英聯合聲明」正式簽署之前，余光中關於香港九七前途問題的尚有〈山中一日〉、〈致歐威爾〉、〈別門前群松〉、〈紫荊賦〉、

〈香港四題〉等詩[46]，詩人對於香港前途未明充滿擔憂之情，且看〈香港四題〉中的〈天后廟〉：

來問你，同船該怎樣過渡
——不是問嚼完了燒烤
渡船的歸途是吉呢是凶
是問有一隻更大的渡船
船頭究竟有沒有舵手？
紫荊花十三遍開完
究竟要靠向怎樣的對岸？

禱聲喃喃，籤筒窸窸
爐煙嬝嬝的幻景裡
一切海難者的守護神啊
且問九十七號
是上籤呢還是下籤，究竟？

（〈香港四題〉，《紫荊賦》，頁 157）

詩人到大廟灣邊的天后廟旅行燒烤，既然到天后廟，當然也順便求籤問卦一番，他把香港喻為一艘大渡船，而問卜的內容：船頭

46 這些詩作都收錄於詩集《紫荊賦》內。

究竟有沒有舵手？究竟要靠向怎樣的對岸？是上籤呢還是下籤？這是所有香港人心頭共同的疑問。只是香港前途問題尚未拍板定案，答案恐怕只有天知道。一九八四年十二月「中英聯合聲明」終於正式簽定，香港前途終於塵埃落定，而這時，在香港居住了十年的余光中也即將離開，回到臺灣。一九八五年六月，余光中與妻子搭乘的飛機即將降落東京的機場，因為時差的關係，妻子要丈夫把手錶撥成東京的時間，詩人卻想「留住香港的下午」，觸動了即將告別香港之離情，余光中從自己離開香港的大限，想到香港的九七大限：

> 歲月伸出的一對觸角
> 仍敲著六百萬人的朝朝暮暮
> 米旗未下紅旗未掛的心情
> 邊境到中環加速的節奏
> 鋼軌從牛年敲叩到何年？
> 金屬的節拍啊敲到天荒地老
> 堅貞的金屬會否疲勞？
> 五十年不變嗎？我不敢預言
>
> （〈東京上空的心情〉，《紫荊賦》，頁 186-187）

詩人即將離開香港，九七大限對於他，似乎不太重要，但到了要離別時，才猛然打出一個香港結，針對香港前途，余光中和所有港人一樣，對於中國政府的「一國兩制」、「港人治港」、「資本主義制度及民主制度維持五十年不變」等承諾充滿疑慮，真的「五十年不變嗎？」是詩人對香港的擔憂。同年，同樣居於香港的鍾玲亦有〈港灣外的浮標——詠香港〉一詩，表達對香港未來的關注。鍾玲的籍貫為廣州市，一九五〇年來臺，與香港的緣份起於一九七七年，直到一九八九年才又回到臺灣。在香港的十一年時間，前一半在電影界渡過，後五年則在香港大學教書。[47]一九八五年人在香港的鍾玲也用詩表達了對香港前途的不確定感：

金光閃閃一個圓球
在外海蕩蕩搖搖——
脫了鎖鍊的浮標
香港，這顆小小的浮標
即使脫離航線
不知飄向何處
依舊光彩奪目
一顆東方明珠。

---

[47] 鍾玲，廣州市人，高雄女中畢業。臺灣東海大學外文系學士。國立臺灣大學外文研究所肄業。美國威斯康辛大學麥地生校區比較文學系碩士及博士。曾任教紐約州立大學比較文學系及任中文部主任，並任教香港大學中文系翻譯組。自一九八九年起在高雄國立中山大學外文系任教授，曾任系主任、研究所所長及中山大學文學院院長。二〇〇三年再赴香港，任香港浸會大學文學院講座教授兼院長、國際作家工作坊主任。其成長過程及主要文學作品皆在臺灣出版。

渺小的浮標
感受天地每一絲變易：
風向的轉移
烏雲的投影
洶湧的暗流。
香港，這顆小小的浮標
感受世事的無常變換：
美金一點點漲落
一波一波難民潮
龍王殿上走馬換將
受千絲萬縷的牽扯
卻維持鋼索上
平衡的腳步。

張牙舞爪的蛟龍
這個一口把它吞沒
那個張口噴它上天
翻個觔斗三百六十度
風暴沖不倒的不倒翁。
香港人，就像這浮標
風浪再大也受得了
漫長的一百四十年

多少大起大伏
適應力最強的罕有生物
他們不怎麼暈浪。
僅容立足的浮標上
怪異地棲息一隻山雞
不知怎麼來的？
也不知會逗留多久？

（〈港灣外的浮標——詠香港〉，《芬芳的海》，頁 69-72）

在鍾玲眼中，儘管香港曾是一顆閃耀奪目的東方明珠，香港人也因一百多年來受英國殖民統治而培養出堅忍、適應力極強的性格，但一九八五年的香港，金融市場與社會的混亂不安，就像汪洋中一顆脫鍊的浮標，原本是替人指引方向的，現在自己反倒失去了方向。余光中和鍾玲的詩作同樣透顯出一個現象：即使中英兩國已就香港問題達成共識，發表「聯合聲明」，但香港人普遍對於「回歸中國」的未來抱持著不安、懷疑的態度，而這股不安的氣氛連客居香港的臺灣作家都深深感受到，並在文學作品中反映出來。

一九六六至一九七六年中國大陸的十年文革浩劫，使得香港人對於回歸中國統治產生重大疑慮，懷疑與不確定感籠罩整個八〇年代的香港，沒想到，就在八〇年代即將結束的一九八九年六月，中國大陸再度發生了震驚世界的「六四事件」（又稱「六四天安門事件」、「八九民運」、「八九學運」等）。事件起端於對病逝的前中共中央總書記胡耀邦的悼念活動，學生透過悼念表達對社會各種弊端的不滿，並隨著民眾對反官僚、反腐敗、自由、民主的呼聲高漲，學潮最終漫延全國。期間北京城區實施戒嚴，但未能完全平息民間抗議，在各派系互相角力下，中共中央最終出動軍隊鎮壓學生，與民眾爆發嚴重流血衝突，抗議活動隨鎮壓而結束，但餘波未了。事後，全國展開大規模緝捕行動，趙紫陽所代表的開明派倒臺，中華人民共和國國際形象受重挫，歐美多國向中國大陸實施不同程度制裁。中國大陸改革陷入空前困局，這種情況直到鄧小平南巡和安排新一屆領導上臺後雖然有所改變，但未能消除派系矛盾，中國大陸短暫的自由氣氛隨之消失，政治改革停滯不前，自此中央加強對傳媒控管；事件亦在香港等地引發一連串政治效應。六四當晚香港有大遊行，並有三百萬人到新華社香港分社門外簽署弔唁冊，悼念在北京死去的學生和群眾。六月七日，全港罷工、罷市、罷課，甚至引發了持續至回歸前的香港移民出走潮。

「六四事件」無疑是讓對未來感到惶惶不安的港人頭頂再罩上一層烏雲，香港人對中國政權更加不信任，開始疑慮中國政府將如何處理香港政權的問題。就在事件發生後的六月二十二日，余光中儘管已離開香港近四年，仍寫了〈讚香港〉一詩，表達對香港的關懷：

你也是那樣的一位
敢於獨立的豪傑
敢在更大的坦克之前

仰對更重噸的威嚴
發出響亮的怒吼
在世界的旁觀下
只有你獨臂抵擋
歲月的坦克隊當頂輾來
一九九〇
一九九一
一九九二
一九九三
一九九四
直到最後是怎樣的
一九九七

（〈讚香港〉，《安石榴》，頁97-98）

在這首詩中，余光中先讚美六四民運勇敢的年輕人，再稱許「你」（指香港）面對更重的中國政權的威脅，能獨臂抵擋更大的坦克車隊。當時間繼續開始倒數，香港究竟會面臨怎樣的一九九七？余光中再次表達出內心的憂慮。

對於香港前途的悲觀看法，同樣在鍾玲身上看得到，在香港居住了十一年的她，毅然決然在一九八九年——「六四事件」發生的這一年，離開香港回到臺灣，她回憶當時：「一九八九年因為考慮到香港將在八年後『回歸』大陸，所以我決定及早『回歸』臺灣，回到我長大的城市高雄，到中山大學任教。」(〈香港的小詩友〉，《日月同行》，頁204。）雖然鍾玲未提到決定回臺之確實原因，但其時間點頗為巧妙、敏感，加上後來在二〇〇三年時，鍾玲再度應香港浸會大學之邀赴港任教，我們可以合理推測當時的她應該是受到「六四事件」的影響，對香港的未來感到失望與悲觀。鍾玲的心境頗似施叔青：為了不願在中共統治下討生活，「九七」未到便先行撤退。[48]八〇年代的「香港熱」，是香港人追尋身分、探索前途所引發的熱潮，不幸的是，最後卻追尋到一個不安、悲觀的未來，臺灣作家有幸趕上這一波香港熱，並用作品留下永恆的印記。

二、兩岸開放的時代見證——朱天文的〈世夢〉和〈帶我去吧，月光〉

八〇年代臺灣作家的「香港熱」，不僅僅表現在對香港前途的關心上，更有作家將關注焦點放在香港社會與時代的特殊交會點上。一九八七年是臺灣歷史上重要的一年，自從一九四九年宣布戒嚴以來，經過三十八個年頭的封閉與隔絕，臺灣與中國大陸幾乎斷絕往來，直到一九八七年解除戒嚴，兩岸人民好不容易才又開始進行交流。解嚴是臺灣社會由戒嚴威權時代走向民主開放的里程碑。社會秩序的重建、經濟發展的轉變、政治板塊的位移，乃至海峽兩岸重

[48] 施叔青：〈文明的嚮往〉，《回家，真好——原鄉的變調》（台北：皇冠文化，1997），頁178。

啟協商大門，解嚴後的這段關鍵時期對於兩岸，甚至香港的發展都有深遠的影響。香港位於兩岸之間，是當時兩岸交流的窗口，臺灣作家朱天文便在這樣特殊的時代，寫了兩篇以香港為時空背景的小說作品〈世夢〉和〈帶我去吧，月光〉[49]，見證了那樣的一個時代，以及當時香港在兩岸之間所扮演的角色。

雖然〈世夢〉和〈帶我去吧，月光〉皆是以解嚴後臺灣人民赴大陸探親為背景的小說，但仔細查閱兩篇小說的完成日期，與當時政府政策開放的期程一對照，便可發現有趣的現象。一九八七年七月十五日零時起臺灣正式解除戒嚴，朱天文的〈世夢〉完成於七月卅日，同年十一月二日政府才正式開放臺灣民眾赴大陸探親的申請登記，而〈帶我去吧，月光〉則是完成於一九八九年七月廿日的小說。〈世夢〉一篇確實寫於解嚴後，卻完成於正式開放臺灣人民赴大陸探親的政策實行之前，可以視為是解嚴初期發燒的「返鄉探親熱」的產物。不同於此後同題材的小說和散文作品，朱天文的〈世夢〉主要場景在香港，尚未進入中國大陸內部，兩岸親人僅能透過香港這個「第三地」相會，反映了那個時代的特殊性，也顯示這部作品寫作的特殊時間點。〈世夢〉的內容主要是女主角楊必嘉陪同退休的父親前往香港，會見父親多年未見的五姐（必嘉的姑姑），姑姑和茂培表哥則從南京申請至香港會親，於是兩岸親人的「團圓」劇碼便

---

[49] 〈世夢〉收錄於小說集《炎夏之都》（台北：三三書坊，1987）。〈帶我去吧，月光〉收錄於小說集《世紀末的華麗》，一九九〇年由三三書坊與遠流出版社出版，本文所引內文為遠流出版社於一九九二年出版之新版版本。

在香港上演。整個故事便透過兩岸親屬間的對話，表現臺灣與中國大陸在食衣住行與習慣等各方面深刻的對比，例如：

> 必嘉道：「我們都不穿尼龍，喜歡純棉。」
>
> 表哥道：「棉的我們不要穿。不過出來一趟我發現，先以為香港花得什麼，怪嘍，這裡女人比我們的樸素多，昨兒跟我母親說，表妹頭髮也直直的，穿一身黑，白襪子，跟女學生一樣。」
>
> 必嘉笑道：「很多人這樣穿啊。」
>
> 表哥道：「是。不興化妝好像，你看這些店員小姐，都很隨便，短頭髮。我們現在，又搨藍，又抹紅，頭髮燙得蓬蓬的，外邊不興。」
>
> 「比較喜歡有質感的東西。」必嘉道。
>
> 表哥道：「你們是活到頂了，活回頭。國內水平總差那麼一截。」
>
> （〈世夢〉，《炎夏之都》，頁 196-197）

兩岸的差距除了反映在對物質的審美觀上，其實更深刻地表現在兩岸親友間的「偏見」上，例如楊必嘉的好友阿燦所言：「探親我看太多了，出來的都要錢……不曉得什麼心裡呢，想你在外面過好日子，我在裡面受苦，現在要要回來似的，怨氣沖天……其實他們現在好多了。就這邊老覺得對不起人家，儘可能補償，但錢也不能儘給儘給，胃口養大了，好像我們都是應該。」（〈世夢〉，《炎夏之都》，頁 180-181）或是楊父總認為親人在大陸上吃不好也吃不飽：「平常他們哪吃到這些，出來不容易，回去也吃不到了」（〈世夢〉，《炎夏之都》，頁 202）所以在香港的每一餐都盡量招待豐盛，花錢如流水。結果，從大陸出來的「姑姑」不僅婉拒必嘉相贈的金鐲子，對於楊父的鋪張浪費也頗有微詞，如「中午那一餐照父親叫的，硬撐也沒吃完，付帳時姑姑問多少，港幣一百四十，走回旅館一路默然。晚飯時姑姑講話了，希望吃家常菜，減量，清素，不喜父親把他們當客人招待。」（〈世夢〉，《炎夏之都》，頁 204）〈世夢〉裡所呈現的大陸親人的形象相當正面，不因為經濟上的差距而像臺灣人認為的那樣勢利、唯錢是問。

在此值得注意的是，〈世夢〉完成的時間雖是解嚴後，卻是未開放臺灣人民赴大陸探親之前，此時的朱天文也尚未陪父親赴大陸探親，所以合理推測這篇小說內容可能是根據借道香港探親的「前人經驗」而做的創作，其中呈現的兩岸生活差異及臺灣人所持的「偏見」，可說是正式開放探親前，臺灣居民對對岸的諸多揣想之表現。而小說內容所反映出來的這一「事實」——臺灣人對大陸人的偏見——若置於臺灣解嚴後的社會脈絡來觀察，可以發現，正與當時整個臺灣社會所營造出的氛圍有關。

這種社會氛圍的營造，除了前面提到海外作家赴大陸之見聞及其影響不容忽視之外，與其他如開放赴大陸探親申請作業正如火如荼展開時，報章雜誌以大篇幅版面報導、宣傳亦有相當大的關係。

像是《家庭月刊》就在一九八七年十一至十二月分上下兩集刊載〈返鄉探親備忘錄〉一文，以專文方式提醒即將或欲返鄉探親者一些需注意的事項。舉凡「探親前先尋親」確定能與親人取得聯繫才不會到時對方不願或不敢相認，或一趟探親之行需花費多少錢，該買多少禮物，有哪些方便的第三地可供轉機，或是提醒探親者入境要隨俗，對於衛生和乘坐交通工具要能「忍」等等事項，皆分項仔細說明，可說是一篇詳細的探親指南。其中最引起筆者關注的是探親「應有的心理準備」一項，此處羅列了幾位專家學者或知名人士的建議，提醒返鄉者注意家鄉親友於共產黨四十年統治下，在個性、價值觀、倫理觀上可能的改變，即使至親，也可能變成陌路。文章最後的結論是「不必對親人重逢抱太多的奢望，也不必因勢利、人情冷暖而感覺失望，因為那是冷酷制度扭曲了人性，大陸親人其實是受害的一群。能夠認清這點，才能『乘興以赴，帶愛而歸』。」[50] 無論是已赴陸的海外文化人，或是具官方色彩的媒體，幾乎都對臺灣民眾塑造中國「頹敗落後，人民困苦勢利無情」的形象。而受此般「教育」出來的臺灣人，便帶著既定印象前往探親，表現出像〈世夢〉裡楊父和阿燦的無知與偏見。以此再對照大陸出來的姑姑之純樸、親切，臺灣人的「上對下、鄙視、提防」式的成見和心態，不也是另一種兩岸距離的展現嗎？朱天文在小說〈世夢〉所表現出的

[50] 家庭月刊編輯：〈返鄉探親備忘錄（上）〉（《家庭月刊》134 期，1987 年 11 月），頁 25。

觀點與官方或前行文化人所建構的思想大相逕庭，確實提供我們在閱讀探親書寫作品時不同的思考面向。

然而，以〈世夢〉時的朱天文，對照後來的小說〈帶我去吧，月光〉，可以發現其筆下大陸人的形象有所改變，滯留大陸的親人並非全都是那麼親切體貼的，事實上，一九八八年，朱天文曾跟隨父親朱西甯返鄉探親，旅途所見及其感觸，可見其幾篇散文所錄[51]。寫於一九八九年七月的小說〈帶我去吧，月光〉則可視為朱天文陪父親返鄉後的「有所感」。

臺灣開放赴大陸探親後，禁錮已久的心靈得到釋放，許多人在一片歡欣的期盼下，捨得花大把鈔票，或一解鄉愁，或炫耀財力，攜家帶眷前往對岸。〈帶我去吧，月光〉裡的程太太是典型的例子，她「當了大半輩子小學老師，年前退休就開始辦手續想去南京上海尋舊……程太太執意要回去看看，叫佳柏佳瑋一齊辦了入港證」(〈帶我去吧，月光〉，《世紀末的華麗》，頁 77-78)。程太太平日節檢，舊的東西樣樣都捨不得丟，如今光榮返鄉，面子行頭與伴手禮可含糊不得，「他們選了兩件羽絨雪衣，去外銷成衣又買了十件男女毛衣，三件石洗牛仔夾克……程太太不厭其煩詢問純羊毛內衣褲的款樣大小，打算買男女的各一套……磨蹭轉去選皮夾和皮帶。天啊那是 DUPONT，佳瑋激動的說」(〈帶我去吧，月光〉，《世紀末的華

[51] 包括〈上言加餐飯〉、〈走吃千里〉、〈秭歸〉等，原收錄於王成華編：《大地有愛》(台北：業強圖書出版社，1989)。後又收錄於朱天文作品集 5《有所思，乃在大海南》(台北：印刻出版有限公司，2008)。

麗》，頁 110-111）、「程太太恨不得能帶走的都帶，準備到香港再買一批玩具糖果旁氏面霜。程太太把灰雜髮染得烏黑，早前牙也修補了一番，打算帶兩架彩電進去，一對兒女同行，浩浩蕩蕩返鄉」（〈帶我去吧，月光〉，《世紀末的華麗》，頁 112-113）、「程太太仍然要買一條真皮皮帶和皮夾，合臺幣約六千塊，豁出去了，執意買下」（〈帶我去吧，月光〉，《世紀末的華麗》，頁 115）、「坐地鐵去中環大華國貨，買兩架樂聲彩色電視，直接南京提貨」（〈帶我去吧，月光〉，《世紀末的華麗》，頁 116）。四十年的鄉愁，讓戰後輾轉來到臺灣的外省第一代無論如何也得風風光光的衣錦還鄉。

有人熱烈地返鄉探親，當然也有猶豫不前、不敢跨越海峽到對岸的人，像是「程先生那邊的兄弟親戚倒有幾個，可是早些年喊三通四流時，連轉封信也不敢，深怕受處分停發退休俸。現在可以過岸去了，仍不敢，幹情報的。對方一定有記錄，進去了出不來怎麼辦，不去不去」（〈帶我去吧，月光〉，《世紀末的華麗》，頁 78），就連程佳瑋的父親也是一例。但是佳瑋的母親熱切地購物返鄉探親，她自己卻是為了追求愛情才陪母親到香港，對於大陸那邊的親戚，佳瑋「沒有興趣，也不想認識。南京、上海，永不及雜誌上看來的東京、涉谷……她一點也不想介入母親的鄉愁中」。

（〈帶我去吧，月光〉，《世紀末的華麗》，頁 112）

不僅兩代之間對於「返鄉」這件事有著天壤之別的認同與想法，就連「盼望返鄉的一代」真正踏上對岸的土地之後，面對人事全非、與想像中完全不同的景象時，也只想趕快離開。因為長時間的隔離，兩岸間的親情變得淡薄，大陸上的親人甚至極力剝削「呆胞」（臺胞），使得返鄉人變成絕望的失意人，就像程太太「提前兩天回來，上海也沒去，本來還要提前，臨時改機票沒有位子。滿滿的去，精光光的回，香港一下機程太太就癱了」（〈帶我去吧，月光〉，《世紀末的華麗》，頁 124）、「登上中國民航，她朝佳柏嘆一聲，人事全非，就此昏睡不醒」（〈帶我去吧，月光〉，《世紀末的華麗》，頁 145）、「程太太自從回來以後，壓根不弄飯了……程先生沒見過程太太這樣晝寢，任憑家中荒廢，灶不暖茶不燙，行李敞在一邊也沒整理」（〈帶我去吧，月光〉，《世紀末的華麗》，頁 127）。相較於返鄉前的殷殷期盼、興高采烈，相隔四十年的差距與現實給外省第一代人的打擊太大，甚至讓人心智喪失。因為長久的隔絕，住在臺灣的外省人對於中國大陸的懷念與嚮往之情發酵成許多不切實際的幻想，要等到實際踏上對岸土地、接觸對岸人民之後，才發現日日思念的親人與故鄉竟是「十億人民九億賭，還有一億在跳舞」（〈帶我去吧，月光〉，《世紀末的華麗》，頁 124）、「毛主席兒子上前線，林彪兒子去政變，鄧小平兒子搞欺騙，趙紫陽兒子倒彩電」（〈帶我去吧，月光〉，《世紀末的華麗》，頁 125）的光怪陸離的地方。

大病初癒後的程太太有了新的體悟，「在活過這麼大歲數邁向人生最後一段旅程上，有了機會一新耳目，看看以前和現在，自己和別人。總之是在這裡住下了，以後若再去那邊，做客囉，隨境隨俗罷」。(〈帶我去吧，月光〉，《世紀末的華麗》，頁 146）一趟探親之旅，把返回對岸中國的「返鄉」變成「做客」，並且要「在這裡住下了」，外省第一代的家／國認同於此有了重大轉變，這個過程無疑是他們長久以來對臺灣的「過客」心態的裂解，同時也形成了臺灣認同的意識。而佳瑋的行為與反應則可說明臺灣政府開放人民赴大陸探親，這對嬰兒潮一代的「中國情結」及懷舊夢想產生相當大的衝擊。外省第二代被迫重新檢視自身的「中國情結」，並以現實的角度來看待繼承自上一代的故土懷舊夢。[52]

朱天文的〈世夢〉和〈帶我去吧，月光〉，其間關於返鄉探親的片段貼近其對世代斷裂的喟嘆，前者和父親，後者和母親，一同返回「原鄉」尋找其身世的源頭。前者只是記錄而非喟嘆，後者則是藉著返鄉完成世代的斷裂。[53]不論是輾轉來臺的外省第一代還是承繼上一代家國記憶的第二代，都不得不對自己的身分認同做出選擇。如同朱天文在陪父親朱西甯返鄉探親時所寫的散文〈秭歸〉所言：

> 來大陸之前，我們住了十五年的家，後山給剷平了，準備蓋別墅住宅，一家人討論是否需要訂一棟新屋，父親忽然很感慨，說這幾天正在想，日後如有統一的一天，到底是回去住

[52] 呂金霙：《解嚴之後朱天文的小說創作傾向研究——以《世紀末的華麗》、《荒人手記》為探討對象》(台北：私立東吳大學中國文學系碩士在職專班碩士論文，2006)，頁 53。
[53] 同前註，頁 54。

的嗎？老家或是南京？或不論哪一個地方？好像都不成。從此今生，該就是住在臺灣了罷，沒想到自己就成了臺灣人。

（〈秫歸〉，《有所思，乃在大海南》，頁 225）

在國族神話崩解的年代，許多新思潮和舊理念相衝擊，在政治版圖上錯生紊亂複雜的認同經緯，八〇年代和九〇年代之交的臺灣政經社會結構面臨前所未見的大變動。[54]臺灣在一九八七年底開放赴大陸探親，一九八八年開放對大陸轉口貿易，一九八九年開放兩岸民眾間接通話（報）及改進寄信件手續，一九九〇年開放對大陸地區間接輸出、間接投資及技術合作，一九九一年開放金融機構辦理對大陸間接匯款等逐步開放的措施，直到二〇〇八年十二月十五日兩岸全面平日包機直航為止，香港一直是海峽兩岸間最為重要的中轉地，其中包括了兩岸人民在此上演一幕幕賺人熱淚的團圓劇。香港便是這樣一個中介於兩岸，提供臺灣人對於國／家認同緩衝、省思的空間，為那樣一個巨變的時代做了重要的見證。

三、香港浮世繪——施叔青筆下八〇年代香港的上層社會與下層社會

八〇年代香港社會的「香港熱」除了表現在對於本土身分的追尋、對於未來前途的預言外，也在呈現香港成為臺灣與中國大陸兩

---

[54] 同前註，頁 53。

岸重啟交流之重要且必經的渠道。除此之外，大量移入香港的新移民也成為另一股為八〇年代香港熱注入活力的元素。一九七七年起隨丈夫客居香港十七年的臺灣作家施叔青，用她的「外來之眼」，在「香港的故事」系列與「新移民」系列短篇小說[55]中描繪、剖析八〇年代這群分別隱身在香港上層與下層社會的「外來者」的生活百態，並且在長篇小說《維多利亞俱樂部》[56]中，揭發香港最古老、最尊貴的維多利亞俱樂部所發生的受賄醜聞。施淑青因為她的職務與身份之便，能夠周旋在名流貴族雲集的香港上層社會，亦能走訪探查藏匿在社會角落的邊緣人物，一篇接著一篇的「報導」，正是香港八〇年代的社會寫照。

出生鹿港的施叔青，一九七七年因丈夫任職美國銀行香港分行之故而隨之客居香港；一九七九年二月獲邀擔任香港藝術中心亞洲藝術節目策畫主任，至一九八四年二月底離開香港藝術中心，專心創作；一九九四年才告別居住十七年的香港，回臺北定居。雖然一九七七年到達香港的施叔青遲至一九八一年才有第一篇以香港為背

55 「香港的故事」系列與「新移民」系列小說，分別收錄於《愫細怨》(1984)、《情探》(1986) 與《韭菜命的人》(1988) 三本小說集內，由台北洪範書店出版。「香港的故事」系列包括〈愫細怨〉、〈窰變〉、〈票房〉、〈冤〉、〈一夜遊〉、〈情探〉、〈夾縫之間〉、〈尋〉、〈驅魔〉、〈晚晴〉和〈黃昏星〉等十一篇；「新移民」系列則包括〈都是旗袍惹的禍〉、〈韭菜命的人〉與〈妖精傳奇〉等三篇。此說法是根據《她名叫蝴蝶》附錄的寫作年表而來，施叔青另有〈相見〉和〈最好她是尊觀音〉也是以香港為題材的作品，卻未將之歸屬於系列作品中。

56 《維多利亞俱樂部》雖於 1993 年出版，主要故事內容卻以八〇年代的香港上層社會為背景。本文所徵引之相關文本內容與頁碼，皆為 2006 年之新版《維多利亞俱樂部》為主。施叔青：《維多利亞俱樂部》(二版)(台北：聯合文學出版社，2006)。

景的小說〈愫細怨〉問世，但其接著在八○年代創作的一系列「香港的故事」和「新移民」系列短篇小說，以及九○年代的長篇小說《維多利亞俱樂部》和「香港三部曲」（包括《她名叫蝴蝶》、《遍山洋紫荊》、《寂寞雲園》）等巨著，使她繼余光中後，成為對香港文壇具重要影響力的臺灣作家之一，甚至被寫入多部香港文學史中。直至目前，施叔青及其以香港為題材的這些作品，仍是臺、港兩地，甚至是中國大陸文學研究者在探討香港八、九○年代香港文學時，必定特別關注的重要作家及作品。

「香港的故事」、「新移民」系列小說與《維多利亞俱樂部》雖然以香港為時空背景，但故事裡真正道地的香港人並不多，有些人是從臺灣到香港奮鬥的，如〈窰變〉的方月、〈冤〉的吳雪、〈夾縫之間〉的李凌等；有些是從上海來的外來客，如〈票房〉裡的那一群票友和《維多利亞俱樂部》的徐槐；也有在外國成長後返港的，如〈愫細怨〉的愫細；還有些是從中國各地偷渡到香港討生活的下層社會人物，如〈都是旗袍惹的禍〉的王曼、〈韭菜命的人〉的辜易、〈妖精傳奇〉的朱英。他們都是從各地匯聚到香港生活的「外來者」，施叔青或以諷刺之筆，或用憐憫之情，寫盡八○年代香港社會的眾生相。

（一）「香港的故事」

一九八○年代的香港，經濟急速起飛，成為亞洲地區一個重要的國際貿易城市，因為商業發達，處處是燈紅酒綠的都市街景、紙醉金迷的宴會派對、衣飾講究的政商名流、逢場作戲的男歡女愛、珠光寶氣的社交名媛，這一切奢華的景象都被施叔青攝錄於作品之中。如「等待黃昏最後一抹光隱去之後，有如仙女的魔棒一揮，燈一盞盞此起彼落亮了起來，頃刻間照亮了半天的輝煌，把香港變成一顆璀璨閃亮的寶石。」(〈愫細怨〉,《愫細怨》，頁 86）或是「這一晚，他們驅車過海到麗晶酒店二樓的法國餐廳……這間佈置典雅的餐廳，沿著海岸而築，窗外就是維多利亞海港，海的那一邊是香港有名的夜景。」(〈窰變〉,《愫細怨》，頁 134）又如「幾分鐘之後，鏡子出現一襲高腰長裙，海灰藍的底調，垂吊一串串抽象化了的綠藻，三宅一生得自海浪、水石的靈感。牽曳輕軟如無物的長裙，她在試衣室的華麗沙發椅坐了好久，設計師以前短後長、兩邊不對稱的稜角來標明裙子設計的終結，他甚至連裙襬都不肯平白放過。」(〈黃昏星〉,《韭菜命的人》，頁 187-188)、「女主人引以為豪地把我讓進去。浴室還是以金色為主調，鍍金的水龍頭、掛毛巾的金掛鈎、冷冷的鏡子鑲著金框。」(〈驅魔〉,《情探》，頁 186）或是「他惡戲地擺弄那條長舌，自我嘲笑一番，最後還是趴向床上為激情所扭曲的肢體，重複前一個晚上的動作，從一個身體流浪到另一個身體。」(〈驅魔〉,《情探》，頁 194）等。

這些上流社會的生活場景、男男女女的愛情金錢故事，確實是「香港的故事」。儘管這些場景出自基於好奇好玩、嘆世界的自願，或是身不由己陪著丈夫出現在宴會、雞尾酒會應酬、交際時的觀察[57]，但施叔青絕不滿足於把香港上層社會的景象呈現給讀者而已，正如同施叔青同意她姊姊施淑的評析一樣，香港的故事「表面上是有聲有色的酒肉爭逐，事實上是達到否定的批判作用」[58]，「香港的故事」所展現出來的是金錢與慾望對香港社會的滲透及破壞，展示了種種社會弊端與陰暗面，具有明顯的批判色彩。〈愫細怨〉中的印刷廠老闆洪俊興，因為富有而背著家庭在外面勾搭女人，他外遇的對象正是愫細，「他白天馳騁於商場，為了賺更多的錢，夜晚來她這兒找安慰，又回去做她的模範丈夫、父親。」（〈愫細怨〉，《愫細怨》，頁 104）洪俊興不願意為了愫細犧牲自己一手建立起的事業與家庭，又不能給愫細一個名份與交代，只得靠金錢與物質討好他的情婦，但這不是愫細要的，她要的是真正的愛情。故事結局當然是兩人不歡而散，這是金錢使婚姻與愛情變態的例子；〈一夜遊〉中原本任職於廣告公司的雷貝嘉，因不滿足於現狀，於是一邊處心積慮討好英國籍殖民地文化官男友，另一邊用盡心機混入高級宴會，想攀著男人往上爬，最後男友另結新歡，雷貝嘉落得兩頭空。這是金錢與慾望使人心異化的例子；〈票房〉中原為北京京劇班演員的丁葵芳，在「文革」歷劫後跑到香港，原本想搭個京劇班子重起爐灶，沒想到把持票房的是一幫財粗勢大的闊太太，她們疏通了關係，這群「票友」外行欺壓內行，讓堂堂正印花旦的丁葵芳在演出時只得

[57] 施叔青：〈序：我寫「香港的故事」〉，《情探》（台北：洪範書店，1986），頁 2。這篇序文是施叔青修改自她與舒非的對談內容，舒非：〈與施叔青談她的「香港的故事」〉，收錄於《九十年代月刊》184 期（1985 年 5 月）。

[58] 同前註，頁 5。

輪落到陪闊太太唱配角。果真如乾爹所言：「香港是個唯錢是論的地方，只有她丁葵芳裝清高不談錢。」（〈票房〉，《愫細怨》，頁 157）在香港不談錢、不靠錢，就只能遭受屈辱，這是金錢使藝術變質例子。這些小說是香港上層社會的鮮明寫照，同時也赤裸地揭露了金錢的無所不在，香港上層社會被困在金錢與慾望編織成的罪惡網中，無法掙脫。如此敏銳的觀察，並大膽地在作品中曝露上層社會的現實面，這是施叔青獨特且極具貢獻之處。

八〇年代，在香港這個「借來的空間和時間」[59]生活的香港人，對過去一直存在著無根感，對於未來更充滿著強烈的不確定感，形成生活於此的人們只能崇拜物質、享受當下，競相爭逐物慾、短視近利，耽溺在短暫的滿足與快樂之中，猶如〈情探〉一文所描述的：

> 初初剛到香港，莊水法曾經堅決抗拒這種腐蝕人心的空氣，輕易不肯到商場流連，早兩年為了求心理上的平衡，過海到九龍，故意不開自家車，和人家去擠二等的渡輪，他迎風站在船頭，大口吸入濃濁的汽油味，記取從前貧無立錐之地的日子，而致眼眶濕潤。

[59] 語出 Richard Huges 的"Hong Kong, Borrowed Place, Borrowed Time"，London：Andre Deutsch，1968。一九七六年修訂再版更名為" Borrowed Place, Borrowed Time: Hong Kong and Its Many Faces"。

然而，在這種物質過分膨脹的地方住久了，成天價日，眼睛看到的、耳朵聽的，無非是商品，久而久之，人被同化，虛榮了還不自覺，猶自沾沾自喜，相互炫耀。

（〈情探〉，《情探》，頁 68）

施叔青所架構出的香港上層社會視景，表面上是華麗繽紛的物質世界：穿名牌服飾、開高級轎車、住半山豪宅、出入昂貴餐廳、參加豪華宴會，這是某些香港人被金錢與物質物化的結果。物質文化的豐富正映襯出精神文化的匱乏：「香港是個世間少有的城市，住在這裡的人除了吃就是講究穿著、爭逐名牌，觸目盡是鱗次櫛比的商場貨品，找不到一間可以消磨片刻的畫廊或書店。」（〈情探〉，《情探》，頁 68）香港充滿金錢氣味的空氣，讓每個踏上這塊土地的人，除非不呼吸，否則不管你多麼想抗拒，最後都只能一起沉淪。[60]幾乎所有「香港的故事」結局都不是圓滿的，主人公的人生之路並未走完，面對嚴酷的現實，他們還是得掙扎、奮鬥。[61]以施叔青的話來說，這就是她用外來者的眼光挖掘問題，這些問題往往是真正的香港人習以為常而忽略的。「香港的故事」是出於施叔青自身經歷，為她「既厭惡又同情，既想批判又迷戀其中」的香港上層社會所畫下一幅幅的浮世繪，同時也是發自肺腑提出的批判與警言。

---

[60] 施叔青：〈序：我寫「香港的故事」〉，《情探》，頁 5。

[61] 潘亞暾：〈施叔青及其《香港的故事》〉，《香江文壇》9 期（2002 年 9 月）。

（二）《維多利亞俱樂部》

提到施叔青對於香港上層社會的批判，更明顯的例子便是她的長篇小說《維多利亞俱樂部》，一九八一年二月十一日，香港維多利亞俱樂部的職員岑灼向廉政公署告發英籍經理威爾遜與上海出身的採購主任徐槐串謀收賄的貪污醜聞，小說如此拉開序幕。而後廉政公署行動組的調查主任法蘭西斯・董被派遣調查此案，被告徐槐則聘請從前英女皇御用的律師傑・碧加和陰險的事務律師吳義替自己辯護，徐槐被抓入大牢等候宣判，留下他的情人馬安貞在外面憂心忡忡等待判決結果，這是整個故事的梗概。維多利亞俱樂部裡的會員盡是殖民地官員或是飛黃騰達的華人顯貴，小說藉著主角徐槐從上海到香港的浮沉際遇，窺探維多利亞俱樂部，這個香港最古老、尊貴的俱樂部的黑暗面。延續著「香港的故事」系列小說的基調，施叔青描繪著這些俱樂部裡的達官貴人如何「吃盡穿絕」整個世界。與「香港的故事」的不同之處，在於《維多利亞俱樂部》更加上了整個香港歷史的大架構，在八〇年代香港討論其歷史與未來的「香港熱」中，替小說增加了深度與廣度。

首先，殖民地最高榮譽象徵的俱樂部爆發醜聞，顯示其華麗、虛矯的外表暗藏著內部的貪汙、腐化，而以俱樂部經理威爾遜為首的一班殖民地特權者，一面歌頌殖民統治，一面暗地中飽私囊，在醜聞曝光後卻又勾結司法，將罪行全推給上海人徐槐，自己逍遙法外，這是施叔青對殖民政權的腐敗與司法不公的強烈控訴；此外，在香港亟欲追尋自身歷史的同時，施叔青在《維多利亞俱樂部》中也反映了英國殖民政策對香港殖民地人民意識型態的掌控。香港作家盧瑋鑾說過：「香港在四〇年代以前，歷史感是很濃的。左派反國民黨，右派反共產黨，整個五〇年代就是左與右的對立。然而英國人用很巧妙的方法，讓我們忘記歷史，忘記很多事情。因此香港人沒有明天，沒有歷史感，只能憂慮生活，想著如何活下去、活得更好。」[62]就像小說裡所寫「吃東印度公司鴉片的，是一八四〇年的中國人。吃教育鴉片的，是一九七五年的香港學生。」（《維多利亞俱樂部》，頁 72）或是「二次大戰期間香港淪陷被日本統治四年，對馬安貞來說，只是中環那塊抗日烈士紀念碑，加上九月廿五日香港重光放假一日而已。」（《維多利亞俱樂部》，頁 145）殖民者刻意淡化殖民地人民的歷史感，透過經濟的發展與繁榮掩飾香港人內心的焦慮與歷史失憶症，而香港人也被教育鴉片麻痺，沉浸在物質享樂的歡愉之中，這是施叔青在小說中隱含的針砭之意；在小說錯綜複雜的情節之中批判了上層社會（尤其是殖民者）的腐化並指點香港人缺乏歷史感之外，最後，關於八〇年代香港最火熱的九七議題，施叔青也將之融入小說中。面對「九七」日近，維多利亞俱樂部——英國殖民者最高貴、尊榮的象徵，卻也抵不住時間的洪流，在香港這麼寶貴的「借來的時間」裡慢慢腐朽。醜聞的爆發，「這座殖民地身分象徵的俱樂部，名譽毀於一旦」（《維多利亞俱樂部》，頁

---

[62] 參考李恩慈：〈九七對話〉，《幼獅文藝》（1994 年 6 月號），頁 44。

8)，與八〇年代現實中的中、英兩國談判相對照，「維多利亞俱樂部」的崩毀代表著英國殖民統治即將黯然退出香港，王德威言「眼看他起朱樓，眼看他宴賓客，眼看他樓塌了」[63]是《維多利亞俱樂部》與英國殖民史最貼切的寫照。

（三）「新移民」系列

施叔青一方面向讀者展示香港上層社會的聲色犬馬，一方面也透過情節的推展、場景的描繪、人物的刻劃，暗諷這些人表面亮麗風光，實則被金錢吞噬、心靈空虛寂寞，甚至揭發英國殖民統治的黑暗、敗壞。後來，她離開了浮華的上層社會，將眼眸一轉，轉而關懷那些由中國大陸偷渡、逃難而來的香港社會底層人民。施叔青脫下名牌，換上樸素外衣，採訪了遍居港、九各地，從事各行各業，不論性別老幼的「新移民」，而根據口述錄音整理出「新移民」系列的三篇小說〈都是旗袍惹的禍〉、〈韭菜命的人〉與〈妖精傳奇〉。[64]

香港所謂的「新移民」是指七〇年代中期以後，因為政治、經濟等因素，由大陸湧入香港的一批批移民，他們幾乎都擁有坎坷的命運與困頓的生活，而香港正是集繁華與機會於一身的冒險天堂，因此吸引眾多來自中國大陸內地的人民來此尋夢。但當他們真正來到香港這個地狹人稠、寸土寸金的富貴地時，才發現想在此白手起

[63] 語出王德威：〈眼看他起朱樓，眼看他宴賓客，眼看他樓塌了〉一文標題，收錄於施叔青：《維多利亞俱樂部》（二版）。

[64] 關於這三篇小說的由來，參考白舒榮：《自我完成　自我挑戰——施叔青評傳》（北京：作家出版社，2006），頁 200-201。

家而至飛黃騰達可比登天還難，甚至連維持最基本的生活所需都成問題。此外，由於大批的移民湧入爭搶工作機會，使得本來就得辛苦攢錢的香港人面臨強大挑戰，甚至引發香港本地人對新移民的抱怨與排斥。從顏純鉤的小說〈橘黃色毛巾被〉裡梁先生所說的這段話，便可了解香港社會如何看待中國大陸來的新移民：「香港都是你們這些人搞壞的，一下子來那麼多人，什麼都做，工錢給你們拖低了，物價上漲了，股市垮了……最多不過是移民，我看你們將來怎麼死？」[65]雖然並非所有香港人都有這樣的想法，卻也真實反映了某些香港人的心聲，他們視外來移民為損害自身利益、破壞社會安定的入侵者。耶魯大學人類學教授蕭鳳霞亦對此現象提出分析：「一直以來，香港都是一個移民社會……在他們（指一九七〇年代來自中國大陸的新移民）大量定居香港之際，正是本地人對自身的將來越來越擔心之時。面對著這批新移民，受過高等教育的本地精英每每覺得難以容忍，把他們想像成為來自中國的禍患……本地一般工人都因而感到生計備受威脅，怨說新移民把他們的飯碗砸碎……新移民被貶低的形象成為在香港土生土長的居民劃分『我們香港人』與『他們大陸人』的基準。」[66]正如蔡益懷的分析：這種「港人視角」往往表現出一種文化上的優越感，特別在審視大陸人時，總表現高高在上，流露出香港心

[65] 顏純鉤：〈橘黃色毛巾被〉，收錄於《天譴》（香港：天地圖書有限公司，1992），頁26。

[66] 蕭鳳霞：〈香港再造：文化認同與政治差異〉，《明報月刊》31卷8期（總368期）（1996年8月），頁20。

態。[67]大量移民的湧入，確實帶給香港經濟、政治和社會一定的衝擊，進而影響當地人的生活與利益，但香港人帶著長期被殖民宗主國影響的優越心態，把來自中國的新移民視為畏途與禍患，卻也在雙方之間築起一道優劣分明、難以跨越的高牆。

相對於香港本地居民的想法，臺灣作家的觀察視角顯得超然與客觀許多。或許因為同是外地至港的「外來者」，他們對那群被迫從中國大陸離鄉背井到香港討生活，卻又處處碰壁、難以安定溫飽的新移民，有著同情的理解，如施叔青「新移民」系列作品即是一例。其實早在「香港的故事」裡的〈票房〉一篇，施叔青便已觸及此議題，來自北京京劇班的幾個演員，來港後為了生存問題，不得不放下自尊、委曲求全。原工丑生的王孝轉職打鼓，靠老闆太太賞錢過活；扮相俊美的小生潘又安為了生活只能周旋在一群票戲的有錢太太之間；就連正印花旦的丁葵芳也只能委身陪闊太太唱配角。從這裡便可看見從大陸到香港討生活的人，有多麼辛苦。這些都還是在上層社會的景況，若要真正了解來自大陸的新移民的辛酸，則要觀察施叔青以「報導文學」形式呈現的「新移民」系列小說。〈都是旗袍惹的禍〉的主角王曼，原本在上海是位中學教師，在文革時因穿了一次旗袍，被指為是國民黨而下放青海勞改，後來逃到香港卻只能出賣勞力當傭人。王曼面臨的不只是經濟上的難題，曾被「改造」

[67] 蔡益懷：《想像香港的方法：香港小說（1945～2000）論集》（北京：中國社會科學出版社，2005），頁 246。

過，卻又身為社會主義的逃兵，在面對一九九七香港主權即將改弦易轍之日，她也面臨了政治上的窘境，不得不深思生存問題：

> 九七年，臺灣不收容我，香港待不下去，海會收容我的，潮水總不致把我推上來吧？！我的生不由我選擇，我的死期就是一九九七年六月三十日。
>
> 七月一日插上紅旗，除非共產黨寬大，還讓我待在香港。
>
> （〈都是旗袍惹的禍〉，《韭菜命的人》，頁 125）

同樣的困境也發生在〈韭菜命的人〉的辜易身上，他是大陸著名大學數學系畢業的高材生，同樣被下放到粵北農場勞改，為了「呼吸自由的空氣」來到香港，為了養家餬口，只能委身在地盤當勞工，卻又因高學歷成為其他工人眼中升遷的絆腳石，變成眾人排擠的對象，對於未來毫無期望；而〈妖精傳奇〉中的大陸年輕女性，到香港後受物質社會的汙染，憑著幾分姿色，開始勾搭男人，靠送往迎來、出賣身體靈魂過生活，有人最後仍然栽在花言巧語的男人手上，人財兩失。這是朱英講述的故事，她還看過一支舞，簡直是香港男女的縮影：男女合為一體的獨舞，上半身，男的摟女的溫存，親熱恩愛，下半身呢，老天，忙著掏對方口袋裡的鈔票，相互計算、鬥智，就是這麼一回事！（〈妖精傳奇〉，《韭菜命的人》，頁 168）這些是施叔青筆下大陸新移民的血淚史，她曾在「香港三部曲」的《寂寞雲園》提到：

> 我走在中環的街上，與一波波叫做「表哥」的大陸人擦肩而過，他們穿著五〇年代式樣的西裝，抬著政治勞動曬過太多陽光的臉，在中環鬧市好奇的東張西望，對香港人鄙夷不歡迎的目光似是渾然不覺。
>
> （《寂寞雲園》，頁 231）

僅管有些論者認為施叔青的「新移民」系列作品並不成功，如白舒榮說：「這三篇文本看起來顯得比較平面和單薄，不夠出彩。」[68]魏文瑜道：「顯然施叔青的嘗試並不成功，因為作品所呈現出的訪談是很浮面的。」[69]王德威也認為：「施叔青這系列的作品乃以『怪』（grotesque）取勝，她對採訪對象的身世背景是抱著應酬式的熱誠，更多是關注於他們身上特有的人事風情。」[70]僅管施叔青企圖為「新移民」系列小說營造客觀、報導式的寫作風格與內容引起諸多文學評論者的質疑，但不可否認的，她試圖呈現香港下層社會人民的困境，其中的憐憫之情是值得肯定的。

---

68 白舒榮：《自我完成　自我挑戰——施叔青評傳》（北京：作家出版社，2006），頁 202。

69 魏文瑜：《施叔青小說研究》（台北：國立政治大學中國文學系碩士論文，1999），頁 100。

70 王德威：〈從傳奇到志怪——評施叔青的《韭菜命的人》〉，《閱讀當代小說》（台北：遠流出版社，1991），頁 266-267。

（四）施叔青的香港傳奇

施叔青「香港的故事」、「新移民」系列小說與《維多利亞俱樂部》的重要性在於，她以自身遊走於香港上層與下層社會之間的經驗，把八〇年代的香港做了精彩而真實的描繪與呈現。如白先勇所言：這些小說與一些土生土長或久居香港的作家所寫的香港故事有一個基本的差異，香港作家看香港是從當事人的眼光，所以香港種種現象視為當然，而施叔青雖然在香港居留的日子不算短，但她寫香港卻完全是從一個外來者（outsider）的眼光，所以香港在她的筆下，事事新鮮，光怪陸離。也許在香港人看來極為平常的一個「派對」，施叔青卻寫得興致勃勃，鉅細無遺（如「一夜遊」）。施叔青的小說可能港味還不足，但香港在她筆下卻有一份外來者看到的新鮮感及浪漫色彩，也就帶著幾分傳奇的成分。[71]施叔青不滿足於僅呈現香港的一個面向，所以能成就這些經典的香港「傳奇」。

整個八〇年代，正當香港人將精神全灌注在對九七前途問題的思考時，施叔青這個從臺灣來的「外來客」在此之外，反倒將關心的焦點放在香港社會的景況上，她筆下生動的香港社會百態，看似有些超現實的誇張，卻又皆有所本[72]，為當時香港殖民地社會的特

[71] 白先勇：〈香港傳奇——讀施叔青「香港的故事」〉，收錄於《韭菜命的人》（台北：洪範書店，1988），頁 3-4。

[72] 施叔青說：「我原是寫作的人，香港現有這麼些有趣的人與事，觀察一段時候，手癢之餘，就動筆了。」引自〈序：我寫「香港的故事」〉，《情探》，頁 1。

殊風貌留下寶貴記錄，也為香港文學留下許多珍貴的「傳奇」[73]。而香港也為施叔青提供了絕佳的寫作環境，她說：「我覺得全世界找不到第二個地方像香港這樣有利於我的寫作。我是從臺灣來的，臺灣的社會比較封閉，沒有香港的『國際性』，我也住過紐約，但在那裡寄人籬下，很寂寞。」[74]香港與施叔青相輔相成，互相成就。

---

[73] 此處「傳奇」一詞語出白先勇：〈香港傳奇——讀施叔青「香港的故事」〉，收錄於《韭菜命的人》。

[74] 轉引自趙稀方：《小說香港》（北京：三聯書店，2003），頁170。

第四章　香港九七回歸前臺灣作家的末日狂想

一九七〇年代開始，香港出現「國族」認同與「身分」危機，「香港意識」逐漸浮現。[1]一九八一年左右，香港大學文社的《新火》雜誌推出專文，鼓吹「香港文學的本土化運動」，而眼看「九七回歸」逐年逼近，這種「鼓吹」內化而變成了文化焦慮症。[2]時間來到關鍵的九〇年代，對香港人而言，從八〇年代開始焦慮的神經，到了九〇年代則更加緊繃。一九八九年中國大陸發生「六四事件」，香港社會開始疑慮中國政府將如何處理香港政權的問題。一九九〇年四月四日，中華人民共和國全國人民代表大會正式接納《中華人民共和國香港特別行政區基本法》作為主權移交後，香港特別行政區的憲制性文件。以鄧小平為首的中國領導人以及《基本法》均表明，香港原有的社會制度等各方面將於主權移交後「五十年不變」。然而，真的五十年不變嗎？這是所有香港人共同的疑問。

1　洛楓：〈文藝刊物（二）〉，《聯合文學》8卷10期（總94期）（1992年8月），頁38。

2　李奭學：《三看白先勇》（台北：允晨文化，2008），頁90。

不管香港人如何焦慮與恐慌，香港回歸中國已是迫在眉睫之必然，也無論香港的處境是否為從一個「殖民者」歸屬到另一個「殖民者」之間[3]，或是與大陸祖國母子團圓的完美結局，在中、英搶奪香港「監護權」的爭奪戰中，香港已然自英國養母的羽翼下成長茁壯，孩子的歸屬，不應只是兩個大人間的明爭暗奪、協商談判的結果，香港自己也應有表態的權力。經過歷史的追尋、本土化的強調，香港人的身分認同顯然還搖擺不定，一邊亟欲確立自己「香港人」的地位，一邊卻也得在「英國人」和「中國人」之間做出抉擇。儘管香港與中國生母有文化及血緣的民族情感，但九〇年代初爆發的移民潮無疑也說明了香港人對中國共產黨政權的失望與不信任；面對英國養母所給予的安定與繁榮，香港人亦表現出依賴與不捨，如同臺灣作家施叔青所言：「身為旅居香江的外來客，我很是不能理解同屬外來的侵略者，何以香港人對英國的長期統治，比日本人三年零八個月短暫的佔據要來得心悅誠服，甚至在中國決定「九七」收回主權之後，立刻引起港人恐慌的移民外逃。」（《寂寞雲園》，頁189）香港學者李小良也說：「對英國殖民文化的融洽無間，香港揉性身分認同的無可避免，這正是香港殖民地狀況弔詭的死穴。」[4]

姑且不管九七究竟是「危機」還是「轉機」，雖然香港無法在政治舞臺為自己的前途問題發言，但九七問題確實引發了不少論述與

[3] 可參考周蕾：〈殖民者與殖民者之間——九十年代香港的後殖民自創〉，《寫在家國以外》（香港：牛津大學出版社，1995），頁 91-117。

[4] 李小良：〈揉性的身分認同〉，收錄於王宏志、李小良、陳清僑合著：《否想香港——歷史・文化・未來》（台北：麥田出版社，1997），頁 250。

文學創作。回歸在即的九七過渡時期，仍有多位臺灣作家用他們的作品見證香港歷史性的時刻：施叔青趕在回歸前以「香港三部曲」獻給她居住了十七年的香港作為大禮；同樣來自臺灣的易之臨、張曼娟與平路也用她們女性敏銳的眼光及細膩之筆，透過社會、文化觀察，記錄下香港回歸的過渡與陣痛。她們讓我們清楚了解身為一位「外來客」，這些臺灣作家如何書寫九七前香港的社會景況，除了香港作家的本土「自述」外，臺灣作家作品的參考價值亦是不容忽視的。

第一節　悲情與慾望
——施叔青「香港三部曲」的歷史重構與香港末世空間

筆者於前文提過，施叔青在《維多利亞俱樂部》中曾替香港的歷史失憶症把脈，隱約提醒香港人不要被過度繁榮的商業經濟麻醉而忽視自己的歷史。後來，頗具企圖心的施叔青不僅開始鑽研香港的歷史，更趕在一九九七年香港回歸之前，完成歷史巨著「香港三部曲」，為她所認同、居住了十七年的香港重構歷史，她說：

> 之所以萌生如此龐大的計劃，全由八九年大陸學生爭取民主運動間接促成。「六四」槍聲一響，對我個人和創作是個重要的轉捩點，我認同了旅居十多年的香港，自願與六百萬港人共浮沉，參與每一次遊行示威，中共屠城的事實令我因一己

的無力而消沉，經過長時間反思，我不得不回到原來的位置，只是比以前更執著。我應該用筆來做歷史的見證，除了描寫一八九四年的香港，更必須接著往下寫，把故事主線集中在黃得雲以及她的後代，緊貼著香港社會變遷，寫到九七大限為止。[5]

香港的歷史，最早可追溯到新石器時代。在今天的南Ｙ島便有當時留下的文化遺跡。而見於史籍者，亦可上溯至宋明，不過當時香港還只是個無名島。不管香港歷史研究者葉靈鳳如何費盡努力追尋香港的名字，總是一場空。[6]以致一般談論香港史時，都由西元一八四二年講起，即香港開埠的那一年。

香港無可追尋的歷史起源，正如同施叔青筆下十三歲在東莞天后廟前被綁架至香港的黃得雲一樣。施叔青以一個失根的妓女黃得雲做為一段家族史（同時也是香港史）的開端，其書寫架構迥異於其他大河歷史小說的恢弘之貌。爾後她的兒子黃理查成為富商巨賈，她的孫子黃威廉竟能披上法官袍，一躍成為殖民地的執法者。以母姓為開展的黃家的百年興衰對映著香港在殖民統治下的社會、經濟變遷，黃家的傳奇故事正說明了香港是個傳奇之地。透過施叔青的想象與重構，「香港三部曲」表現出不同於屬於男性或殖民者的

[5] 施叔青：〈我的蝴蝶——代序〉，《她名叫蝴蝶》（台北：洪範書店，1993），頁2。

[6] 王宏志、李小良、陳清僑合著：《否想香港——歷史・文化・未來》（台北：麥田出版社，1997），頁158。

歷史論述。「香港三部曲」的主角或敘述者皆為女性，從首部曲《她名叫蝴蝶》與二部曲《遍山洋紫荊》的黃得雲，到三部曲《寂寞雲園》的黃蝶娘及敘述者「我」，「香港三部曲」透過女性身體承載歷史，或藉女性之眼述說香港變遷之意圖，甚為明顯。而以妓女建構香港的被殖民史，亦企圖顛覆傳統男性及殖民者權力掌控下的歷史主導權。

「香港三部曲」不僅是純粹的歷史書寫，如同施叔青自己所言：「香港是一座幻影似的港口城市。它沒有固定的形貌，沒有樣式，任由島上的住民捏塑改造，一直在變形。」(《寂寞雲園》，頁 95)香港學者也斯（梁秉鈞）也說：

> 他們都爭著要說香港的故事，同時都異口同聲地宣佈：香港本來是沒有故事的。香港是一塊空地，變成各種意識型態的角力場所；是一個空盒子，等待他們的填充；是一個漂浮的能指（signifier），他們覺得自己才掌握了唯一的解讀權，能把它固定下來。[7]

正因為香港具有太多的可塑性及可言說性，許多文學作家在書寫香港時從不同角度呈現香港的各種面貌，而施叔青選擇以黃得雲為始的黃氏家族史為經，輔以香港歷史事件為緯，成就了屬於她的香港史。而以往研究者在討論施叔青的「香港三部曲」時，大多從後殖

[7] 也斯：〈香港的故事：為甚麼這麼難說？〉，收錄於張美君、朱耀偉編：《香港文學@文化研究》（香港：牛津大學出版社，2002），頁 12。

民的角度切入，強調殖民者／被殖民者之間的對立關係，筆者在此則試圖從「空間」的角度著手，探討施叔青的「香港三部曲」中，如何藉由種種的歷史、人物或物體的意象，打造香港城市的特殊氛圍。本文將從「悲情城市」及「慾望城市」兩個面向分述之。

一、悲情城市——天災、疾病與殖民者

施叔青在「香港三部曲」的第二部曲《遍山洋紫荊》序中提到：

> 開始構思三部曲之後，幾年來古老的香港與我形影不離。年初，帶女兒到馬來亞曬太陽度假，黃昏母女坐上古風的三輪車，在檳城舊首府喬治市的老街繞轉，風自近處海傍，當年英國船艦登錄的舊關仔角海灘吹來，在維多利亞女王時代巴洛克式建築的迴廊穿進穿出，霎時之間，我以為自己置身香港；殖民風情依舊的香港中環海傍，百年前的香港。也曾經被大英帝國殖民的檳城，在麻六甲海峽之北為我保存了昔日的香港，驚喜之餘，不免悵然，後悔發現得太晚了。我早已費盡心力在我的心中重新搭建百年前的香港，完成了第一、第二部曲。倘若在動筆之前，踏上這因沒有發展而幾近完整保持殖民時期風貌的活佈景，我將如何面對它？[8]

---

[8] 施叔青：〈施叔青序〉，《遍山洋紫荊》（台北：洪範書店，1995），頁 3。

從這段敘述我們可以清楚知道，施叔青欲透過對於歷史的追尋，在「香港三部曲」打造她心中百年前的香港。我們在探討「香港三部曲」所塑造的城市空間時，自然不可忽略其中最重要的要素——歷史背景，「香港三部曲」的情節發展，大致上與香港的真實歷史契合，但有趣的是，我們可以發現施叔青用來標誌情節轉折或故事敘述骨幹的重大歷史事件幾乎都塑造了「負面的」城市空間意象，整個「香港三部曲」敘述的百年歷史中，充滿了疾病、天災和戰亂。筆者於是用「悲情城市」概括施叔青以歷史事件為背景所塑造出來的香港城市空間意象。

香港本無史，連它的名字都是殖民者構造出來的[9]，「香港三部曲」的敘事時間與英國殖民統治香港的時間疊合，也就是這段時間的香港歷史等於英國殖民史，或是等於「英國敘說的香港史」。既是透過殖民統治者視角敘述的歷史，香港作為一個空間的載體，必然呈現出殖民者因偏見而建構出來的城市景觀。所以「香港三部曲」首部曲《她名叫蝴蝶》開頭便出現這樣的場景：

> 得雲眼中的異鄉，在初期英國殖民者心目中，也是窮山惡水、一無是處的蠻荒孤島，人人視之為畏途。當時英國人流行一條「香港，你去我沒分」的歌曲，被派調到在當年太平洋區最落後的女王城，等於變相的放逐，即使野心勃勃的年輕行

---

[9] 可參考王宏志、李小良、陳清僑合著：《否想香港——歷史・文化・未來》（台北：麥田出版社，1997），頁 147-169。

> 政官員，也無法欣然就任，將之視為以後升遷的資本。守衛的海軍英兵，本來打著吃軍糧終老的主意，一住進西營盤軍營，立即改變初衷，井水使英國人水土不服，紛紛病倒，甚至連走私貿易的大班，也難以忍受岸上惡劣的天氣。
>
> （《她名叫蝴蝶》，頁 21-22）

香港原本被判斷是「水陸環繞的地形，是世上無與倫比的良港」，在中英南京條約後，殖民者登陸，香港這塊新殖民地卻被英國人視為極惡之地，是個「連間磚屋都沒有的荒涼小島」。甚至於香港人民的生活情況也令殖民者大吃一驚：「光屁股的孩子在污泥坑和豬隻打滾，母雞立在土炕邊緣拉出綠色的雞屎，地上曬著魷魚、生蠔，人一走進，蒼蠅嗡一聲嘩然飛起；被颱風打翻葵棚的熟食攤，勉強用石頭繩索支撐，無暇修整；男人把辮子盤在頭頂，赤足蹲在竹凳上，吃瓦碗瓦碟中的炒蟹仔、腸粉牛雜，湯汁汗水混合沾濕了胸前，也騰不出手擦拭；為數眾多的食客蹲在塵土飛揚的大牌檔，窮凶惡極、歪嘴咧牙的吃喝，完全不理會打扮怪異的亞當・史密斯的出現。」（《她名叫蝴蝶》，頁 47-48）這是殖民者眼中的香港，島小無耕地、水源不足、氣候惡劣、島民粗俗無禮，種種的因素都指向香港就是個蠻荒之邦。更可怕的是，殖民者萬萬沒想到，在城中舉目所及除了落後的、蠻荒的形象之外，緊接著竟然是各種疾病的爆發，包括瘧疾、霍亂、傷寒與一八九四年最嚴重的鼠疫：

> 老鼠死得太多、太快來不及清理，一到下午，鼠屍鼓脹，端午前驟熱的天氣，發出難聞的屍臭。
>
> 老鼠屍體的鼓脹蔓延到人的身上，脖子、腋下、鼠蹊突起硬硬的腫核，病人四肢向外攤著，體溫上升到華氏一百零二度，沉重的呼吸時而間斷，人們可聽到尚未死絕的老鼠垂死前的呻吟聲。女王城變成疫區，對抗鼠疫的藥在那個年代還沒有發明。
>
> （《她名叫蝴蝶》，頁 23）

鼠疫的爆發讓香港成為一座魔鬼之城，殖民者更視為畏途，但這也替他們大力整頓這個城市（或華人）找到了合理的藉口，殖民者築起「一道牆」，實行種族隔離政策，畫出華人與洋人的生活界線，港督頒布「歐人住宅區保留法例」，太平山山頂與半山區不准華人居住。他們把華人隔離在山腳下，被迫擠居於狹小的蝸舍，殖民者仍不放心，命令華人進行大掃除，最後甚至強令居民搬遷，一把火燒了疫情嚴重的華人地區屋舍，只因「鼠疫像雨一樣的灑下」、「上天開始懲罰那些罪有應得的不信主耶穌的異教徒了」。於是，疫情獲得控制後，放火的殖民者成了英雄。

這些敘述，都是以殖民者的角度「觀看」被殖民者的生活空間，但施叔青不做如此單面向的描寫，當我們仔細尋找字裡行間的線索時，發現有些細節的敘述頗具深意，例如「在瘟疫期間狄金遜山頂加利道下午茶仍照常舉行」（《她名叫蝴蝶》，頁 24）當殖民地人民生活在鼠疫橫行的水深火熱之中，殖民者卻能一如往常地享受下午茶，一句淡淡的描述卻深深刺中了殖民者醜惡的心；另外，在多年之後，當黃得雲與亞當・史密斯的兒子黃理查長大成人，陪著女朋友在九龍倉碼頭散步，看到停泊在岸邊的貨輪上，一串老鼠沿著鐵索爬上岸，他喊：「美秀，快看，外國老鼠偷渡上岸了！」（《她名叫蝴蝶》，頁 35）筆者認為施叔青並非無來由的插入這一段看似與故事情節無關緊要的敘述，這裡的「外國老鼠」頗耐人尋味，似乎暗指、反諷多年前的那場鼠疫起因是殖民者帶來的病源，殖民者卻誣陷當地華人，認為這一定是上帝對這些低等劣民的懲罰，進而壓迫這些無辜的人民。香港這座南方之島，雖因先天環境與氣候的限制而成為殖民者眼中的可悲之島，但透過施叔青強力描述殖民者視角與行為後再以輕描淡寫的方式加以諷刺，實為表現出對於香港人民而言，當時在殖民者醜陋心態下被統治的香港才是真正的悲情城市。

上述的香港城市景況尚只停留在英國統治之初，若我們撇開殖民者／被殖民者之間的壓迫／被壓迫的關係來看施叔青在「香港三部曲」裡插入的眾多歷史事件背景，便可看出香港接下來的百年間仍天災、戰亂不斷，確實是座悲情城市。首先，英國在佔領香港島後，以平地稀少難以發展又缺乏屏障為由，看上了對岸的九龍半島，於一八六〇年「強租」九龍（後變成正式佔領）。而在一八九四年奪去無數人命的鼠疫過後，香港總督羅便臣頒布更嚴厲的建築法例，計畫拆除全香港不合衛生的唐樓，比例高過十分之一，兩萬華人為反抗政府的新住宅條例，攜家帶眷離開香江回到廣東鄉下，展開歷史性的大遷徙。一八六二年英國瓦南特里神父首次用望遠鏡「發現」在九龍旁遺世獨居的桃花源「新安縣」，深入調查後發現是塊肥美之地便開始覬覦，終於在一八九八年與中國政府簽訂「展拓香港界址專條」強租新界九十九年。此舉引發新界居民不滿，對「鬼佬」加以抵抗，形成雙方的戰鬥，英國以武力強攻，最後用大砲攻破同德圍的城門，新界十萬人口終於還是失去土地權。慘死的鄉民，屍首遍野。

一九一九年香港發生大旱災，連日不雨使儲水的池塘近乎乾涸，政府採取三級制水措施。到了一九二二年，黃理查與妻子黎美秀結婚的大喜之日，卻碰上香港開埠以來第一次大罷工，起因是服務於英美、荷蘭等外國船公司的華人海員要求僱主加薪百分之三十未果，導致平常貿易繁忙的維多利亞港變為死港，水路交通癱瘓，陸地上的火車、電車工人也響應罷工，到最後連郵電、飯館、報社，以至傭僕、轎夫、廚師各行各業多達十萬多人一齊罷工。(《寂寞雲園》，頁 51-52）整個香港陷入停擺狀態；黎美秀人生中第二個大日子，她為兒子黃威廉擺彌月酒，剛好又碰到一九二五年香港工人支援上海「五卅慘案」的省港大罷工，這次的事件的嚴重性超乎政府想像：

> 回廣州的香港人加入當地追悼「五卅慘案」以來各地被屠殺的死難同胞，十多萬由學生、農民、士兵組成的示威隊伍，在經過沙面英租界對岸的沙基時，遭到租界水兵射擊和軍艦

砲轟，當場死五十二人，重傷一百七十多人，輕傷無數，造成嚇人聽聞的「沙基慘案」。消息傳來，原來還抱著觀望態度的一些工人，如電報局職工、洋人住宅的傭僕、酒樓茶室、理髮廳、清道夫、市場賣鮮魚、蔬菜的小販，如烈火燃燒，相繼罷工。工潮進一步擴大，至此已超過二十五萬人離港回廣州。

（《寂寞雲園》，頁 73）

香港悲慘的命運尚未結束，一九四〇年日軍攻打香港，開戰才五天，新界、九龍相繼陷落，沒想到短短十八天駐港的英軍就不堪一擊投降了。在日軍攻佔下的香港死傷無數，大批居民逃亡，日軍入城當天甚至要求開闢軍妓所，「看護的中外護士慘遭強姦、輪姦，無一倖免，三名英籍義工被凌虐至死。」（《寂寞雲園》，頁 191）這是香港史上最黑暗的一頁。施叔青在「香港三部曲」中，將這些香港歷史上的傷痛一一再現，呈現在讀者面前，從天災、疾病到殖民者的人禍，毫無疑問的，在施叔青筆下所架構出的「香港三部曲」的城市空間是一座擁有百年歷史的悲情城市。

二、慾望城市——性與權力

城市擁有各種不同的面貌，大體上卻是人類慾望的形塑，城市反映了人類的想望與行動，人類有對於經濟的慾望，城市內的高樓便一層一層加高成為商業中心；人類有對於賭博的慾望，賭場便一間一間開幕成為賭城：人類有對於性的慾望，妓院便一家一家設立，成為紅燈區，世界上每個城市都有自己獨特的面貌。施叔青早在「香港的故事」系列短篇小說中便深刻描寫在現代香港都市中的各類聲色男女。到了「香港三部曲」，我們更能從中發掘香港自開埠以來一直到九七回歸前，始終是個慾望匯集的城市，其中的慾望包含了「性」與「權力」，故筆者下列將從「性與城市」、「權力與城市」兩方面的關係，探討施叔青在「香港三部曲」的書寫裡如何將香港打造成一座慾望城市。

「香港三部曲」的主角是年輕時在故鄉東莞被綁架到香港賣為妓女的黃得雲，從她不幸的遭遇為起點，開展了施叔青筆下香港的百年發展史。為什麼選擇妓女作為主角？有的論者質疑將妓女的命運與殖民地的興衰等同觀之具有政治寓意，但究竟是為女性鳴不平，或是再度剝削女性身體的意涵？[10]有論者則認為妓女是通往過去（殖民史）的門檻，黃得雲象徵了遭到壓抑、扭曲的過去。[11]筆者認為施叔青以妓女作為香港身世的影射有其貼切之處，黃得雲被賣到香港，在妓院裡遇到她的第一個愛人——香港潔淨局幫辦亞當・史密斯，這位不得志的殖民者卻牢牢地控制了黃得雲的感情，讓她心甘情願成為他的情婦，恣意在她身上逞獸慾，這正是英國對

10 王德威：〈也是傾城之戀——評施叔青《她名叫蝴蝶》〉，《眾聲喧嘩以後——點評當代中文小說》（台北：麥田出版社，2001），頁289。

11 廖炳惠：〈從蝴蝶到洋紫荊：管窺施叔青的《香港三部曲》之一、二〉，《中外文學》24卷12期（1996年5月），頁91-104。

香港殖民的隱喻。而施叔青在虛構黃得雲故事的同時，穿插了這樣一段史實：

> 一九〇三年，香港政府在此處的填海造地工程完成，然而，這一大片新填地卻可惜無人開發，而相距不遠的水坑口，卻是酒樓、妓寨雲集，相形之下，石塘咀尤為冷清。殖民政府想出一個絕招，明文下令以水坑口地方太過狹窄，無法容納日益膨脹的妓寨，限期封閉，往西移到石塘咀，以妓寨、酒樓來繁榮這片移山填海的新土地。
>
> （《遍山洋紫荊》，頁 169）

石塘咀經過娼家與酒樓的拓荒經營，逐漸變為冠蓋往來、夜夜笙歌繁華無比、遠近聞名的「塘西風月」煙花地。由此可知，當時妓院興盛有一部分的原因是因為政府的支持。而妓院正是黃得雲與英國殖民者相遇的地方，也因為有此次的相遇，開始了她一連串在男人間流浪，進而一步步向上層社會流動的契機。

在黃得雲的一生中，「性」是極其重要的一環，沒有性，她不會結識亞當・史密斯，更不會有之後的飛黃騰達。性，是她的天賦，也是她的武器，她用性來顛覆原本妓女身分的地位，她用她的身體使亞當・史密斯這個殖民者陷入無可自拔的深淵，雖然在床上他仍恣意駕馭她。到後來的屈亞炳，黃得雲一反被動的態勢，在床上採取主動攻勢，甚至到最後的西恩・修洛時，她已完全掌握英國高階統治者的心，西恩・修洛被塑造為性無能者，正是女性對自己身體主導權的勝利。黃得雲在男人間流轉：亞當・史密斯——姜俠魂——屈亞炳——黎健東主——王福——西恩・修洛，她不但沒有迷失自己，反而利用她僅有的身體為工具，一步步踩著這些男人向上爬，黃得雲從無到有的一生並非一部妓女的哀歌，反而是女性身體自主意識抬頭的謳歌。黃得雲的發跡史象徵著香港的發展史，當性成為自主意識發展的工具時，從黃得雲前後的兩個英國男人身上可得到象徵英國殖民統治的隱喻：一開始的英氣風發、盡情剝削到後來的衰落無能。妓女與性的意象對於香港而言未必只能從負面看，英國男人對於性從「有能」到「無能」，正是香港主體建構的過程。

黃得雲與英國男人的性關係若以政治與文化的角度視之，應可視為是中、西方政治與文化的「雜交」。雖然黃得雲第一個愛人亞當・史密斯最後狠心棄她而去，但他們倆已產生愛的結晶——中、西雜交之後產生的後代黃理查，繼承母親黃得雲的腳步，成為香港地產界的富商。此外，黃理查也與英國女子英格麗有過一段情，一開始英格麗是「在上面」的主動者，後來黃理查被激怒，為了證明自己是完全的男人，於是把她「壓在下面」，與他母親同樣，成為「性」關係上的主導者。施叔青透過被殖民者與殖民者的身體接觸並逐漸掌握主導權的書寫，隱喻兩者之間權力的更迭。我們可以說黃理查與其母親黃得雲一樣，是施叔青用來象徵香港身世及發展的載體，「雜交」一詞指涉的既可以是黃得雲，也可以是黃理查，更是香港這個城市的隱喻。但值得注意的是，「雜交」在這裡並非完全是負面的意涵，就如同施叔青援用來代表香港的「洋紫荊」：

> 香港的花以洋紫荊為代表。它屬於不育的雜交種，……英國人班遜姆所著的《香港植物誌》，於公元一八六一年出版，收集了一〇五六種香港本土的花木名目，按種類分別編目，洋紫荊樹並不在列。遲至十九世紀末，香港總督亨利・卜力才將之命名為洋紫荊，將它當做香港的象徵。
>
> （《遍山洋紫荊》，頁 73）

這個因殖民者命名並用來標幟香港的洋紫荊，直到今日仍是香港精神的象徵，雖然這種花屬於不育的雜交種，但就像《遍山洋紫荊》書末所描述的，洋紫荊的生命力極強，顏色極其鮮豔燦爛，漫山遍野怒放得不可收拾，開遍整個香港。

除了「雜交」的象徵意義之外，筆者所指稱的「慾望城市」不僅僅代表著放浪形骸的「性」，也包含了文本中所透顯的權力慾望，在「香港三部曲」裡，另一個值得注意的，便是女性掌握話語權的慾望。

「香港三部曲」是一部香港百年發展史，也是一部黃氏家族史，前兩部曲《她名叫蝴蝶》、《遍山洋紫荊》以黃得雲為起點與主體，小說寫作方式到了第三部曲《寂寞雲園》時驟然一變，打破之前線性式以黃得雲為主的敘述脈絡，改由兩位女性之眼述說、重現屬於黃家的歷史，一位是黃得雲的曾孫女黃蝶娘，一位則是敘述者「我」。

以妓女黃得雲為敘述主體的家族史，中間經過的兩代（皆為男性）卻著力不深、輕輕帶過，直接把故事後半段的重擔交到同樣為女性的黃蝶娘身上，施叔青為何採取如此的書寫策略？答案不言而喻，施叔青藉由此方式真正使女性在歷史論述中掌握發言權力。或許有人質疑將黃得雲設定為「妓女」，是不是對女性的雙重剝削，但我們從黃得雲一開始被宰制的命運，到後來慢慢掌握自主權，最後成就與權力甚至超越男性的整個歷程來看，女性與男性權力間的顛覆是相當明顯的。如下列這段敘述：

> 史密斯腳一伸，重重踢了匍匐在他腳下的女人一腳，立即想離開這娼妓的屋子。他在凌亂的被褥找尋自己的衣褲，他的赤裸的腰從後面被狠狠抱住，出奇有力的把坐著的他按倒回床上，躺回他原來的位置。那個被他踢過的女人，雙眼發光，反過來騎在他身上。史密斯感到被侵犯了，試著掙脫，女人卻插入他血肉裏，和他連在一起，變成他的一部分。她撩撥他，施展所擅長的媚術蠱惑他，使他感到有如千萬隻螞蟻的腿在血管裏抓爬，史密斯禁不住撩撥，不只一次興奮起來。在放蕩的惡行過後，他躺在那裏，比以前更感到孤獨。他意

識到身體的某一部分已經不屬於自己，他控制不了它。他出賣自己的感官，做不了自己完全的主人。

（《她名叫蝴蝶》，頁 70）

此處可以清楚地看到男性與女性主客易位的關係，「插入」原本是男性對女性所做的行為，現在卻變成女性的行動，女性插入男性的血肉，使男性無法再當自己的主人，任由女性控制、擺佈。從起初的低賤到最後的發達，施叔青塑造了一個貼近香港歷史與平民的形象，似乎暗示我們，黃得雲從無到有的女性奮鬥史，正是香港人百年發展過程的歷史與象徵，香港精神便是存在於這樣的一個「母體」原型。

在黃得雲之後，延續象徵香港歷史的黃氏家族發言權，不是落在黃得雲的兒子黃理查，也不是她的孫子黃威廉身上，而是直接交棒到了她的曾孫女黃蝶娘——又一位女性手上。黃蝶娘名中的「蝶」字，正是取自被稱為「黃翅粉蝶」的黃得雲而來，學者王德威也說：「黃蝶娘淫佚妖嬈，不啻是她曾祖母的化身；……藉著翻版的情景、對位式的人物，施叔青必有意使三部曲前後呼應，連成一氣。」[12]我們從多處蛛絲馬跡可以看出黃蝶娘繼承她曾祖母黃得雲取得女性發言權的位置，而「生平無大志，以玩樂為正職」的黃蝶娘，大膽、放浪的作風更是現代香港成為一座慾望城市的最佳寫照。

---

[12] 王德威：〈寫不完的香港史——評施叔青《她名叫蝴蝶》〉，《眾聲喧嘩以後——點評當代中文小說》（台北：麥田出版社，2001），頁 296。

「香港三部曲」裡，掌握話語權的女性除了黃得雲及黃蝶娘之外，在《寂寞雲園》才登場的敘述者「我」，更是明顯地企圖掌控整個故事的發聲權力。先不管這個敘述者是否等同現實中的作者施叔青本人[13]，「我」確實介入了整個故事的敘述，並大膽發言且議論，例如：

> 身為旅居香江的外來客，我很是不能理解同屬外來的侵略者，何以香港人對英國的長期統治，比日本人三年零八個月短暫的佔據要來得心悅誠服，甚至在中國決定「九七」收回主權之後，立刻引起港人恐慌的移民外逃。
>
> 今年八月香港慶祝脫離日本統治的重光紀念日，電視上又出現老百姓捧著當年日本人強制兌換、戰後形同廢紙的車票，要求日本政府賠償，而幾個慰安婦被隱去顏面，首次在螢幕上控訴日軍的獸行。
>
> 我感覺到香港人是在借題發揮，大事指責日本軍國主義統治時的暴虐，其實憂慮中國收回主權後重蹈覆轍。坊間大量出版日佔時期的書籍、歷史圖片，渲染日軍當年的殘暴，甚至以港人抗日為背景的電影也相繼出籠，雖然寫的、演的是過去的歷史，明眼人一看即知是在含沙射影，會心的微笑

13 施叔青在《寂寞雲園》的自序中有這樣一段文字：「我創造了黃得雲的曾孫女，活躍於七〇年代末期的黃蝶娘，連『我』也粉墨登場，扮演起串場的角色。」引自《寂寞雲園》，頁2。

的同時，又不免為香港的未來而憂心忡忡。(《寂寞雲園》，頁189)

諸如上述這段文字般，對香港的現象與歷史赤裸裸、近乎自白的敘述，而且是出自一位女性外來者的視角，使我們不得不對施叔青的書寫策略產生一個合理的懷疑：作者欲藉由「香港三部曲」的文本，在過去長期屬於殖民者、男性的歷史論述中，找回被壓抑、被忽視的「女性話語權」，而黃得雲、黃蝶娘及「我」即是最佳的見證。

「香港三部曲」被稱為是施叔青創作生涯的高峰，這三部小說也寄托了她對香港深厚的感情。施叔青以香港開埠後整個百年歷史為故事背景，在這個骨架上仔細以歷史事件、人物、場景環境與物質意象填上血肉，成就獨特的香港城市發展史。她以妓女黃得雲為起始，影射香港悲慘的殖民歷史開端；又以這個妓女努力奮起的過程為故事主體，象徵香港從逆境一步一步發展成為耀眼的東方之珠。在施叔青筆下，香港是一個從落後到現代、從無到有的傳奇之地。

所有的傳奇故事都來自香港這個城市空間，雖然幾乎所有論者皆從「史」(時間)的角度來討論、檢視「香港三部曲」，但筆者在此從「空間」為主要切入面向，歷史部分成為配角，探討施叔青在「香港三部曲」文本中，如何用歷史事件與人物打造出香港特殊的城市空間。最後我們可以發覺，「悲情城市」與「慾望城市」是整個香港殖民史的空間寫照，隨著時間的推移，到了九七回歸大限前夕，「悲情與慾望」依舊是「香港三部曲」裡的末世空間意象。從施叔青在《她名叫蝴蝶》所寫的代序可以看出她為香港書寫歷史的意圖強烈，施叔青經營「香港三部曲」的寫作也耗費極大的心力，正如同王德威對於「香港三部曲」的看法：「她的香港崛起於亂世，幾經風雨，竟成東方的花都，集蠱惑與奢靡、機運與風險於一身。這裡的人事升沉快過金錢流轉；權力的遞嬗有似江湖幻術。」[14]施叔青在空間之上，以歷史與人物譜寫出一部充滿悲情及慾望的香港城市傳奇。

第二節　回歸的陣痛與過渡

九〇年代，臺灣作家除了施叔青努力爬梳、想像並重構香港的歷史之外，一九八六年起旅居香港、從事新聞工作的易之臨[15]，一九九六年十二月底始定居香港、專事寫作的蔡珠兒，一九九七至九八年執教於香港中文大學的張曼娟和一九九七年香港回歸時刻人正在香港的平路[16]，也都用文學作品見證了九七前後的香港社會景況與氛圍。

---

[14] 王德威：〈異象與異化，異性與異史——論施叔青的小說〉，收錄於施叔青：《微醺彩妝》（台北：麥田出版社，1999），頁23。

[15] 一九八六年三月底到香港的易之臨，自一九九〇年六月應《中時晚報》之邀，撰寫「香江筆記」專欄，書寫她對香港的觀察與感受，這些文章後收錄於《世紀末風情——香港文化寫真》一書中，一九九二年由台北：張老師出版社出版。而書中亦收錄其一九八八至八九年刊載於《中時晚報》之作品，筆者將一併納入探討。

[16] 一九九七年六月三十日至七月一日前後平路正在香港開會，此刻的平路在香港應是短暫的停留，其於香港長時間的客居是在二〇〇三年赴港擔任光華新聞中心主任之後。

在九七前的這段過渡期間，香港的發展雖受制於中、英兩國共同簽訂的條約，但英國仍為這塊土地的統治者，中共當局不放心任其操縱香港的政經政策，欲藉「基本法」來主導香港的發展方向。中國對香港影響力與日俱增，面對中、英雙方在過渡期間的政治角力，在夾縫中求發展的香港正面臨挑戰。過渡時期英國的香港政策圍繞在三個不同的考慮中轉動：「光榮撤退」、「對港人負道義上的責任」、「爭取英國在過渡期內乃至特區成立後的利益」。後兩者常觸動北京政府敏感的神經，例如一九八九年六四事件後，香港出現一股向外遷出的移民潮，英國政府為了穩定港人信心，通過了「一九九〇年英國國籍法」給予五萬香港家庭居留英國的身分。一九九一年香港政府又制定《香港人權法案條例》，把《公民權利和政治權利國際公約》適用於香港的條文收納入香港法律，並使之在香港法律中享有凌駕性的地位。北京政府對這些舉動大加抨擊，認為是英國破壞了聯合聲明的內容。北京政府認為其制定的「基本法」中並沒有提到人權法，港英政府不應在九七年立下先例，把個別的法律提升到準憲法的地位。但此時英國仍對香港擁有管治權，北京政府儘管不滿其政策，也只能以抗議恫嚇的手段表示意見。

不過，在港督衛奕信提出港口及機場發展計畫後，中、英兩國的位置有了明顯的轉變，因為只要北京政府不願合作，港英政府在融資上立刻發生問題，使計畫難以進行。經過雙方長時間的磋商後，在一九九一年七月簽署了「香港新機場建設諒解備忘錄」，這份備忘錄被視為是第二份「聯合聲明」，因其中規定所有跨越九七的重大事務都要兩國政府磋商決定。從此，中共當局便能透過制度化的途徑參與香港政府的決策。有了機場問題的經驗，北京政府懂得以經濟手段間接控制香港，像是一九九三年十一月又宣稱：所有與香港政府締結的合同、契約、協議等，除土地契約外，凡是跨越九七的，都必須得到中國確認，否則在九七年七月一日起便失效。這個聲明發表後，香港股市創下史上最大跌幅，之後，北京政府只要發表一些不利香港經濟的言論，香港市場皆迅速反應，導致資金撤離、人心恐慌，構成對香港的壓力，逼使港英政府在政治上讓步。中國對香港的影響日深，新華社、國務院港澳辦公室、中英聯合聯絡小組和中英土地委員會，愈近九七，中國的影響力愈是單方向地向香港伸展，在九七前中國當局幾乎已否定了香港的自主性，九七後的「港人治港」真能如願？[17]

儘管日本的東洋史學者濱下武志提醒我們：雖然香港在英國的殖民統治之下，但中國一直對香港行使著政治的影響力，故此一九九七年的香港回歸，並非自一八四二年以來香港與中國完全沒有關係的、一件突如其來的變化。[18]但香港主權即將易手，這對長久以來政治經濟安定繁榮的香港社會確實造成了不小的震撼。對香港人而言，九七回歸是一個無法選擇的既定事實，我們要關心的是：既然香港回歸的日期已確定，香港人會在怎樣的條件與心

---

[17] 相關論述請參閱翁松燃、鄺英偉：〈九七與中、臺、港關係〉，收錄於朱雲漢等著：《一九九七前夕的香港政經形勢與臺港關係》（台北：業強出版社，1995），頁 375-377。

[18] 濱下武志著，馬宋芝譯：《香港大視野——亞洲網絡中心》（台北：牛頓出版社，1997），頁 188。

情下迎接一九九七年七月一日的到來？從臺灣作家的觀察可窺知一二。

一、回歸前的陣痛——以易之臨《世紀末風情——香港文化寫真》為中心

香港從「殖民地」過渡到「特別行政區」，這是全世界史無前例的一件事，對於香港有著非常重大的意義。八〇年代末至九〇年代初，對剛解嚴不久的臺灣人而言，香港不僅是絢爛的「東方之珠」，更因其地理位置關係，隱約透顯著中國大陸的神祕氛圍。而香港這塊尚飄揚大英帝國米字旗的殖民地，卻在愈接近九七的同時，愈感受到來自中國的壓力，無論透過政治或是經濟的介入，中國那一雙無形的手已然在背後操控著香港人的生活，如臺灣東亞政治研究者李英明的觀察：隨著九七的逼近，來自北京的政治力量以及中資的大舉入侵，使得港人的政治自覺面臨烏雲罩頂的壓力。[19]而此時的香港，便提供了臺灣作家思考中國問題的寬廣空間。

九七香港回歸問題不單是中國大陸與香港雙方的終身大事，連臺灣都備受影響，影響所及包括了九七後的臺港關係、兩岸關係和兩岸三地關係都將出現微妙變化。更甚者，「一國兩制」在香港能否實行成功關係著中共當局對臺統戰策略是否有效，以及臺灣該走向

[19] 李英明：《香港學》（台北：揚智文化，1997），頁45。

怎樣的未來。在英國自由主義統治下的香港，臺灣勢力有一定的活動空間。臺灣和大陸之間則由於過去的敵對，在一九八七年以前基本上是隔絕的關係。香港乃成為了臺灣當局能觀察大陸、發動輿論抗衡以至與大陸接觸溝通的管道。[20]一九八七年後兩岸逐漸開放，香港更是兩岸間的溝通橋樑，舉凡貿易、通航等兩岸間的交流事務，都必須經過香港這個「第三地」才能順利進行。然而，在九七回歸後，香港再也不是英國管轄下的第三地了，臺、港之間交流在某種程度上可算是臺灣政府與中共政權的「間接接觸」，而時間日久，可能演變成兩岸之間的「直接接觸」，那麼，香港的中介地位將逐漸淡化。香港回歸一事影響之大可說是直接衝擊中、英、港、臺的利益與未來發展，於是，在回歸過渡期身處香港的臺灣作家當然把中國對香港的影響視為借鏡，忠實地反映給臺灣讀者。臺灣作家易之臨一九九〇年起在《中時晚報》「香江筆記」專欄的一系列文章中，便有不少是與中國問題相關的。

（一）政治層面

相較於八〇年代英國在談判桌上還能運籌帷幄，九〇年代的英國對於香港事務管治卻已處處受制於北京政府，一九九一年的「香港新機場建設諒解備忘錄」是最好的例子。一九八九年十月，香港政府決定在當時位於市區中心的啟德機場外，另蓋一座新機場

---

[20] 翁松燃、鄺英偉：〈九七與中、臺、港關係〉，收錄於朱雲漢等著：《一九九七前夕的香港政經形勢與臺港關係》（台北：業強出版社，1995），頁 370。

（赤鱲角機場），以應付未來經濟蓬勃發展之需要。這個決定時間點就在回歸前夕，香港未來不明，而興建新機場的費用預計需一千二百七十億港元或者更多，英國想在撤出香港之前留下可以萬世留芳的東西，此被香港人稱為「玫瑰園計畫」。但這個需要動用近乎天文數字的計畫引來北京政府的關切與不滿，認為港府將香港財務用盡，未來特區政府接手的將是空蕩蕩的財庫。於是中共當局利用經濟手段迫使英國簽下備忘錄，自此，中國也順理成章介入香港內部事務。而臺灣作家易之臨稱之為「中（共）方對香港內政採取了『井水犯河水』的干預政策，宣示了香港『後過渡期』的正式來臨」（〈送你一座玫瑰園〉，《世紀末風情——香港文化寫真》，頁 93）。

中、英雙方在香港政務的競爭角力同樣可在立法局選舉看出端倪。一九九一年九月的香港立法局選舉是香港殖民地時代，首次舉行立法局的直接選舉，在立法局六十個議席中，闢出十八席由民間以直接選舉的投票方式選出。這是英國統治香港一百多年來的創舉，也是中、英雙方針對九七主權回歸而精心設計的一個逐步邁向「民主化」過程的第一步，臺灣作家易之臨如此觀察：

> 在香港，雖然不存在獨立與否的問題，不過，自從九七問題當頭罩下之後，也激起了一股崛起於民間的政治勢力，那就是主張香港能獨立於中（共）、英之外，擁有自己的民主政治架構的「民主派」……國籍問題，竟然在香港這個歷史性的

選舉中，成為一個基本課題，在使人嘖嘖稱奇外，也頗可以發人深省。

（〈立法局選舉，民主派所向披靡！〉，《世紀末風情——香港文化寫真》，頁188-190）

在這次選舉中，高舉「自由、民主」旗幟的民主派獲勝，可視為中共接手香港的風向球，顯示香港人亟欲自由民主社會，提醒北京政府不可忘了「港人治港」的承諾。另一方面，易之臨也觀察到一個有趣的現象，在一九八九年六四事件與一九九〇年英國通過「國籍法」之後，不少港人搶著申請「居英權」，希望拿到英國護照作為九七之後的護身符。但這次立法院選舉的候選人卻紛紛宣傳自己未持有外國護照，宣示與港人共存亡的決心，自然受到選民較多青睞。「國籍問題」在香港成為一個基本課題，成為香港人投票考慮的重點，也是拜九七問題所賜。

（二）法律層面

九七回歸前夕，中國對於香港的影響除了表現在政治層面外，也顯露在香港的法律層面。九〇年代開始，香港治安日壞，尤其香港黑社會組織從大陸高薪延聘至港作案的「省港旗兵」，犯案手法高明、武器精良，嚴重威脅香港社會治安，街頭搶劫、槍案頻傳。這些非法從大陸入境香港的黑槍與偷渡客造成易之臨所說的：

踏入一九九一年，從四面八方飄來的漫天烏雲，使得香港各界似乎都籠罩在一片陰霾之中，心情相當沉重。

新年伊始，縱情狂歡的情緒很快就被「過緊日子」的小心翼翼態度取代。

「打工仔」們眼睜睜看著百物騰貴，卻不敢再奢望任何加薪，但求不被炒魷魚已屬慶幸。香港人在過去二、三十年來，雖然號稱「歷經了無數大風大浪的考驗而能面不改色」，然而，面對這個被稱為「恐怕是近代史上最多災難的一年」，的確也很難叫他們再淡定下去。

（〈惡鄰居來叩門？〉，《世紀末風情——香港文化寫真》，頁 104）

這群大陸來的「惡鄰」使得原本就焦躁不安的香港社會更蒙上一層陰影，於是，香港人開始討論「治亂世，用重典」的可能性：香港在九七前夕面臨社會轉型的挑戰，「用重典」的呼聲高唱入雲。不過，以立法局辯論的結果決定廢除死刑來看，香港有識之士擔心的，倒不是目前社會上不法之徒乘機作亂，而是九七後中共是否會濫用死刑條例對付香港人，這點憂慮與稍早設立的「人權法案條例」的動機如出一轍，為的是防止中共在九七後踐踏香港人的人權。[21]面

[21] 相關論述可參考易之臨：〈悲情亂世中的殺伐之聲〉，《世紀末風情——香港文化寫真》，頁 158-160。

對中國勢力及影響力節節進逼的香港「後過渡期」[22]，已然成為一個為九七之後預先立法的時代。

面對九七來臨，香港的法律制度將有大幅度的調整，做為英國殖民地，香港的法律跟隨英國，屬海洋法，法庭上除了法官以外，審判的結果也需經由陪審團裁決。一旦回歸中國以後，香港的法律勢必改用另一套法律系統——大陸法，而且是極具「社會主義特色」的大陸法。雖然「中英聯合聲明」及「香港基本法」兩份文件都聲明了香港的司法制度在九七後維持五十年不變，並且賦予香港法院終審權，不過，九七後的香港法律真能自外於中國的掌控而獨立運作，真正成為「一國兩制」嗎？這是極令人擔憂的。首先，香港的法律是英國的殖民地法律，就中國而言，這無異於是國恥的烙印，中國能夠忍受？其次，當香港與中國法律有了衝突時，究竟該如何取捨？雖然中國聲稱香港擁有終審權，但若有特殊情況出現，中華人民共和國的法律可能向香港特區的法律低頭嗎？面對種種疑惑，易之臨如此觀察：

> 由於香港是個法治社會，所以凡事有法可跟，有理可循；由於香港是個法治社會，所以辦事不必走後門，毋需靠關係……，而最重要的是，由於香港是個法治社會，所以它能

[22] 引用易之臨語，出自易之臨：〈送你一座玫瑰園〉，《世紀末風情——香港文化寫真》，頁93。

夠維持「國際金融中心」地位於不墜，吸引外資無數，繼續繁榮安定。

不過，面對「九七」的來臨，這個法治社會已經蒙上陰影。

（〈香港律師「莫法度」？〉，《世紀末風情——香港文化寫真》，頁 110-111）

香港人對於香港法律在九七後能否一如往常繼續給香港帶來長治久安的生活仍有所疑慮。

（三）經濟層面

因一九八九年六四事件的影響，九〇年代初期香港爆發大規模移民潮，外移的移民不單只是普通居民，也包括不少香港城內的富豪大亨。其實早在中英簽署聯合聲明前，老牌英資洋行蛻變成的怡和集團便把公司註冊從香港移往百慕達，雖然仍以香港為主要經營地區，所屬公司仍在香港股票市場掛牌、上市。到了一九九五年，怡和宣佈旗下五間公司全部從香港撤資，改以新加坡為股票的買賣市場；之後，一九九〇年匯豐集團亦宣布在倫敦成立匯豐控股，並對香港匯豐集團進行全面收購，變相遷冊倫敦；此外，香港的娛樂界鉅子邵逸夫家族亦把資產移往加拿大。這其中又以匯豐集團的遷冊倫敦對香港影響最鉅。一九九〇年十二月十七日香港上海匯豐銀行宣布在英國成立母公司，使得百年多來匯豐這家香港最主要的中央結算及發鈔銀行，頓時成為一家英國控股公司的附屬公司。此舉對香港人的傷害極深，一直以來，匯豐與香港人共渡了許多風雨、奮鬥的時刻，也幫助香港奠定作為國際金融中心的地位[23]，卻在九七回歸前夕拋棄香港另謀退路。連印鈔票的匯豐都離開了，確實重創香港的經濟市場和香港人對未來的信心，易之臨形容這是「兵敗如山倒」的末世景觀（〈匯豐遠走高飛〉，《世紀末風情——香港文化寫真》，頁 99）。

滙豐集團遷冊英國、成立滙豐控股，但集團總管理處仍然設在香港的策略是基於香港主權移交的不明朗政治因素。透過這個策略，使滙豐既可以避過香港主權移交可能產生的風險，又可以使滙豐所有收放及資本增值不受英國稅制和稅率的影響，有利於滙豐繼續獲取豐厚的利潤。如此一來，滙豐集團就處於一種「進退自如」的位置。商業集團自然想辦法替自己謀取最大好處，但是這樣大規模的調整行動，看在香港百姓眼底，卻是極度不安。連銀行都急著另尋出路，那麼九七年後的香港還能繼續維持繁榮的景象嗎？香港真的能夠維持五十年不變嗎？匯豐的大動作無疑是為這個問題打了一個大問號。一九八四年，香港本地的上市公司有九十五%是在香港註冊，到一九九四年，上市公司在香港註冊的比例已低至四〇%，而一九八四至一九九四年間，在香港新上市的公司共一百七十五間，其中的三十一%已將註冊地遷離香港上市公司逐漸離開香港，

---

[23] 滙豐集團截至二〇〇八年十二月三十一日，總資產高達 25,270 億美元，第一級資本比率及總資本比率分別為 8.3%及 11.4%，屬於全球資產規模最大，以及全球第三大銀行機構。

轉往他地註冊。[24]這種大規模遷冊的風潮說明大多數商人對香港九七後是否將繼續維持現行法治制度、一國兩制能否落實、經商環境會否變動，甚感疑懼。

無獨有偶，一九九一年七月，國際商業信貸銀行無預警倒閉，成為轟動社會的新聞，許多畢生積蓄化為烏有的存戶呼天搶地的畫面透過電視鏡頭播出，迫使一向冷漠的香港人也被這股亂世氣氛感染。接著流言四起，傳說數家銀行均出現財務問題：

> 人們奔相走告，一窩瘋到銀行擠提，從港基、道亨、萬國寶通，一直蔓延至香港二家發鈔銀行之一的渣打銀行。謠言並沒有止於智者，相反，「寧可信其有，不可信其無」的買保險心態大行其道，渣打銀行在上週五一天內被提走二十億港元現款。人們放下工作，大排長龍，甚至漏夜排隊提款的畫面，寫下了這個時代的歷史鏡頭。
>
> （〈黑色夏日？〉，《世紀末風情——香港文化寫真》，頁 177-178）

從八〇年代中、英雙方談判開始，香港人對九七後的前途一直充滿疑慮，至六四事件後，香港人對中國接手後的香港已然期待全失。在經濟層面，匯豐銀行的大動作遷冊行動，更是重創香港的信心，於是人人自危，只要一點流言便可牽動香港人過度緊繃的神經，瘋

---

[24] 參考李怡：《香港一九九七》（台北：商周文化，1996），頁 203。

狂銀行擠兌的畫面說明了社會大眾對香港的現況與未來毫無信心，這是臺灣作家易之臨筆下所記錄的香港回歸前的末世景象。

（四）情感認同

從歷史演變與文化發展來看香港，可以發現香港是個極為特殊的地方。香港自古屬於中國邊陲地區的領土，在一八四〇年代英國佔領之前，是個沒沒無聞的荒蕪之地，卻在英國百多年的統治之下一躍成為國際金融中心及重要商業大城；香港的社會組成絕大部分都是大陸移民過來的中國人，在英國殖民者不干預本土文化的政策下，香港居民得以保留與中國同樣的習俗與生活習慣；香港人日常生活的主要語言是廣東話，英語和普通話（中國官方語言）都是次要語言，也因為殖民者包容的統治政策，使得廣東方言文化得以與英國或中國語言文化並駕齊驅，甚至凌駕其上。香港對於帶給其繁榮安定生活的殖民者英國，有著身為國際第一等城市市民的驕傲與不捨；對於祖國中國，雖有血緣與文化上的歸屬情感，卻又因中國的現實政治與經濟環境而對其有所保留與排拒。

愈接近九七，香港人的認同情感拉扯愈加劇烈。港人的自我認同，有理想性的一面，也有現實性的意義。在中英談判過程中，港人便受到這兩方面的壓力，使港人形成既矛盾卻又實在的自我定位，即港人一方面承認自己是中國人，另一方面，又非常現實地要凸顯港人的意識。可以預見的將來，港人會受這兩方面認同的擠壓，而北京則會以「作為中國人」要求香港人的自我認同符合北京的期待；但是在基本法的架構下，若要維持經濟與社會的自主性，港人的自主意識也會不斷昂揚，這是牽動香港在九七之後政治發展的主體脈絡。[25]這時港人的認同情感現況如易之臨所言：

> 中國對香港年輕一輩來說，只是他們父母輩的家鄉，一個貧窮、落後、無知，且又充滿問題、令人不屑一顧的書本上遙遠的過去，與他們全然無關。
>
> 他們只有在「六·四」一類事件或國際賽事實會時而向「中國人」這個概念靠攏，但他們對於中國的文化內涵，並沒有任何感情或認同；相反地，在香港高速的效率、先進的市容、帶領潮流的的時裝及 Anita Mui「梅艷芳」的歌聲與周星馳的電影中，他們才真真正正落實了他們的身分認同。
>
> 他們的籍貫不再是父祖輩的新會、順德，而是令他們「與有榮焉」的「香港」。
>
> （〈香港淪陷〉，《世紀末風情——香港文化寫真》，頁 201）

六四民運在北京爆發後，香港人忘我地進行示威遊行、醞釀罷工，以行動支持中國大陸的民主運動，而後香港方面也有秘密組織暗中引渡潛藏在中國的異議人士出境，以尋求西方國家的政治庇護，此行動稱為「黃雀行動」[26]。香港高漲的民主情緒及一連串的作為被

---

[25] 李英明：《香港學》（台北：揚智文化，1997），頁 11。

[26] 詳情可參考 Stephen Vines 著，霍達文譯：《香港新貴現形記》（台北：時報文化出版社，

北京官方指稱為「叛亂的顛覆基地」，從此北京對香港存有戒心，香港人對北京政府也更加疑懼。縱使老一輩的香港人還對家鄉與祖國有難以割捨的情懷，但對於在香港出生或自幼成長於香港的一代而言，中國則是相對陌生的，或許如沈君山所說：「香港的回歸，照常理來說，應該是件大喜事，但是卻有這麼多港人徬徨忐忑，抱著無可奈何，花將落去的心情。一個時代，一種生活方式，就這樣的將消逝了，而真的生活在其中的人，從沒有被諮詢過……年輕的一代，已經沒有這些過去，他們都非常實際，要求安定繁榮，過有點自由的好日子。」[27]新一代香港人，其身分認同不是殖民者英國，也不是父祖輩的家鄉中國，而是現實的香港——令他們驕傲的香港本身。

於此同時，在進入九七倒數計時的九〇年代初期，香港社會卻出現了一個有趣的現象，各界有心人士紛紛舉辦各式各樣的迎接九七活動，其中不乏邀請中、港、臺三地的當紅歌手錄製唱片或參加音樂會。易之臨便從中觀察到，在這些為了迎接九七到來而唱的「九七之歌」中，一向在香港位居配角的「國語」及臺灣歌手竟然成為主角，她說：「在這些為撫慰那批不能做任何選擇的香港人而作的『九七之歌』中，格外引人注目的是，臺灣歌手與國語歌曲竟扮演了一個頗為重要的角色……似乎在在傳達了一個極為強烈的訊號：

2000)，頁69-91。

[27] 沈君山：〈他山之石可以「驗」錯〉，收錄於李怡：《香港一九九七》(台北：商周文化，1996)，頁7。

香港人在九七後雖將回歸北京，但他們在感情上，卻正在不斷地向臺灣靠攏」(〈九七之歌〉，《世紀末風情——香港文化寫真》，頁43-44)。或許因為易之臨的臺灣人身分，而將國語及臺灣歌手的重要性在一連串的迎接九七活動中凸顯出來，但這的確是出自臺灣作家的特殊觀察與詮釋。

另一方面，除了臺灣歌手與歌曲帶給回歸前夕的香港人一點情感上的歸屬感及慰藉之外，易之臨也從一九九一年十月創校的香港科技大學的籌備過程，看出臺、港籍外國學人對九七香港回歸的不同態度。香港科技大學的創立是因為一九八〇年代經濟結構轉變而起，香港政府預計香港經濟會轉型為以高科技與商業為主，而工商業要求有更多大學生配合，所以當時香港政府就決定興建第三間大學[28]，以配合這個需要。在籌設期間，港府用了一筆可觀的資金興建校舍、延攬人才，不僅以高薪聘請，更給予良好的居住環境及研究自由。面對優渥的條件，留美的香港學人卻反應冷淡，因為九七將屆，香港的前途有太多未知數，如曾榮獲數學界的諾貝爾獎——菲爾茲大獎的哈佛大學教授邱成桐表示：「返港實在等於自掘墳墓。」[29]或是曾移民而又回港的學者說：「我們是要鋪好後路才敢回來，因為面對中共，我們有的只是被閹割的無力感！」[30]身處香港，

[28] 一九九一年創立的香港科技大學，是繼一九一〇年成立的香港大學及一九六三年設立的香港中文大學之後，香港的第三間大學。後有香港理工大學、香港城市大學、香港浸會大學、香港公開大學、嶺南大學、私立樹仁大學等為香港目前法定的九所大學院校。

[29] 引自易之臨：〈延續六十年代的夢〉，《世紀末風情——香港文化寫真》，頁64。

[30] 同前註，頁64-65。

曾貼身經歷中國的血淋淋之感，香港人這種對中共政權的強烈懷疑與排斥感，是臺灣學人不曾有過的體會。於是，按照易之臨的說法，在香港科技大學招聘到的高層人才中，竟有四分之三屬臺灣人，而且其中一大部分均曾因參加當年的保衛釣魚臺運動而被放逐海外者。他們的心態是：

> 參與穩定香港，並不是對香港認同，而是要藉用香港的有利條件來帶動大陸發展。他們雖多年身處異域，但夢魂卻無時不縈繞著「祖國」的江山，他們一心想做中國人，至少做個拿美國護照為中國人做事的中國人……他們腳踏香港這個如幻如真的歷史舞台，面對著故國大陸，六十年代的激情和夢想都還在燃燒著。
>
> （〈延續六十年代的夢〉，《世紀末風情——香港文化寫真》，頁 64-65）

對於籠罩在中國龐大陰影中的香港，這些臺灣學者與香港人相反，不但不逃避，反而心懷建設祖國、為中國人做事之壯志來到香港。面對九七，一般作家皆把關注焦點集中在港人的反應上，如此港、臺學者間心態的極大差異[31]，若非透過臺灣作家的特殊觀察，讀者很難察覺。這正是臺灣作家書寫香港的特出之處。

---

[31] 港台學者間心態之差異固然為原因之一，但仍有兩個因素不可忽略：因兩地大學數量差距，導致香港出身而在美國的學者人數遠少於臺灣出身者；有些學者也可能是被香

（五）社會氛圍

「九七回歸」開始倒數，中國的強大壓力在政治、法律、經濟和情感認同上，均對香港造成巨大衝擊，而九〇年代初期當時的社會氣氛又是如何？首先，一九八九年在北京發生的六四事件使更多香港人對主權移交後的前景感到悲觀和恐懼，令香港出現了大規模的移民潮。香港文化人李怡認為這是因為居住在香港的人，從來沒有自己主宰過香港的命運，英國人的統治不是香港的人選擇的，九七年「回歸祖國」也不是本地人選擇的。決定香港人的命運、決定香港前途的「中英聯合聲明」和「香港特別行政區基本法」，沒有在香港通過全民投票去認可。既不能主宰自己的命運，就很難有歸屬感。[32] 於是，對即將回歸中國的這個事實，不能接受的人則紛紛移民離開。

這波移民潮至少維持到一九九四年以後，持續達五年以上，加拿大、澳洲和美國是當時不少香港人移民的熱門之選。在移民的高峰期，一些像維德角[33]等小國也在雜誌上刊登廣告宣傳該國護照可供申請，可見當時移民需求市場之龐大。易之臨如此形容被移民潮衝擊的香港社會：「香港人即便再留戀香港，能走的還是都走了，留下來的人正在港府這隻『跛腳鴨』所打出的『安定繁榮』旗幟下，

港的「高薪」所吸引。箇中因素複雜，難以徹底了解真相，在此感謝黃維樑教授的提醒。

[32] 李怡：《香港一九九七》（台北：商周文化，1996），頁13-14。

[33] 維德角共和國（República de Cabo Verde），簡稱維德角，是一個位於非洲西岸的大西洋島國。西元一九七五年正式獨立前曾是葡萄牙的殖民地。

努力朝向『和平過渡』邁進。」(〈氣派「新人類」〉,《世紀末風情——香港文化寫真》,頁 20)儘管中共暴力陰影罩頂,畢竟能順利移民國外者都有些背景或財力,留下來的市井小民,只能跟隨虛有其表,已無實質自主能力的「跛腳」港英政府,努力一步步走向九七大限。這些留下來的香港人「已意識到他們『借來的時間,借來的地方』(借來的繁華?)已行將物歸原主,他們迎接九七、學習普通話(即國語),似乎正從這個冬季開始。」(〈氣派「新人類」〉,《世紀末風情——香港文化寫真》,頁 21)

面對九七「大限」,不僅香港本地人要走,就連在香港工作的外來者也趁著移民潮的變動之際離開香港,如蘇偉貞的小說《沉默之島》裡的主角晨勉:

> 晨勉因為工作關係,公司為她辦了身分,她的香港公民身分申請去新加坡工作十分有利,新加坡極需高級企業人才,香港面臨九七大限,新加坡開出條件藉以吸引菁英……她不確定自己不再會回香港,尤其小島是她認識丹尼的地方,她保留了島上的房子。情感上她肯定和丹尼的關係。
>
> (《沉默之島》,頁 137-138)

《沉默之島》發表、出版於一九九四年,其書寫期間正是香港移民潮如火如荼之際,主角晨勉出身臺灣,足跡遍及香港、印尼和新加坡等諸多島嶼,當她在香港工作一段時間後,因感情的現實,而在移民潮的背景下選擇了離開香港，前往新加坡。雖然晨勉的身體離開了香港，但作家在此留下了一個伏筆：「她不確定自己不再會回香港」、「她保留了島上的房子」兩句說明了晨勉的情感仍歸屬香港，而文中的丹尼是德國人，也是晨勉對香港眷戀的原因。於此，我們可以發現一個有趣的隱喻，蘇偉貞安排了在香港工作的晨勉於九〇年代初期香港移民浪潮之際離開香港，卻又未完全與香港這個「島」斷絕關係，而讓她無法與香港斷絕關係的竟是一個來自西方的男人——西方殖民者的象徵。此情況像極了當時的香港人，港人在中國的陰影下離開香港，卻又未完全斷了再次回香港的後路，認為只要等待時機到來，曾在英國殖民統治下高度發達的香港，仍大有可為，這也與後來在九七之前有一波的移民回流潮之現實景況相符。[34]

香港人一面如履薄冰謹慎地移動前往九七的腳步，一面尋求生活上的慰藉，除了前文提到的臺灣歌手與國語歌曲可提供香港人一點安慰之外，香港此時也興起一股「無厘頭」搞笑文化，「無厘頭」在廣東話裡意即沒頭沒腦的唐突，這種毫無邏輯的表達與搞笑方式在苦悶的香港人心裡，反而成了解悶的良藥。不僅電影、電臺、電視節目或唱片歌曲以無厘頭的方式為香港人找尋宣洩情緒的管道，就連日常生活也充滿了無厘頭對話。易之臨解析這是：「在九七陰影的籠罩下，香港人大量吸食著鬧劇的鴉片；而在現實生活中，可能

[34] 這裡需要特別說明的是，《沉默之島》主要是藉角色名字、性別、性取向、國籍、地點背景等混亂之元素，企圖將一切「固著性」的身分泯除，小說內容雖提及香港，但著墨不多，故筆者僅取與本文探討主題相關之段落，以為補充與參照之用。

也正以這種遊戲的態度來暫求解脫吧！」(〈「無厘頭」文化〉,《世紀末風情——香港文化寫真》，頁 38）臺灣學者李英明也注意到此一現象：隨著主權回歸問題的逼近，從八〇年代以來港人在重新追尋文化和政治認同問題上表現相當的焦慮和無奈，類似周星馳式的無厘頭電影相當程度能夠反映港人的這種內在心裡世界，虛無與誇張，現實與反現實，無奈與掙扎以及反深層主題探討等成為香港消費工業的主流。[35]除了無厘頭文化當道之外，九〇年代初的香港也掀起一波「毛澤東熱潮」，不僅市面上出版多本與毛澤東相關之書籍，就連九〇年的七、八月間，香港的亞洲電視和無線電視都分別推出以文化大革命為時代背景的連續劇。或許這些現象可視為是為九七回歸預先作暖身，但是易之臨另有見解，她說：

> 這兩個劇集的出現，無疑說明了香港人「政治冷感」心態的洗褪。文革的熊熊烈火，雖然已經燒過了十八年，不過，那片灰燼，至今還映得大地一片慘澹。對香港人而言，那既是一段沈重的歷史，也影射了驚懼的未來。香港人害怕「九七」，「六·四」事件卻喚醒了他們的鴕鳥心理。這大概也是為什麼商營電視台如此看好這題材的市場的原因吧！
>
> (〈「毛熱」回潮，來勢洶洶〉,《世紀末風情——香港文化寫真》，頁 58-59)

[35] 李英明：《香港學》(台北：揚智文化，1997)，頁 71-72。

九〇年代初期的香港人心裡，對於九七後的中共政權有著數不盡的質疑與恐懼，但到處都是為迎接九七回歸所做的活動，反覆提醒著香港人民這是個無法抗拒的事實，「於是，在陽光充沛、四處一片明豔的香港，我們聽到的，是一個用感性包裝妥當的七月，要叫人寬心接受命運的七月。」（〈九七之歌〉，《世紀末風情——香港文化寫真》，頁 43）無論如何包裝，中國日漸清晰的野心，自經濟、政治乃至社會各層面逐步介入香港，使得香港人感受到莫名的壓力。對香港人而言，這短短幾年的變遷，卻是整整一個朝代的距離。面對九七倒數計時，臺灣作家眼中的香港人，怎麼樣都開心不起來。

二、回歸時刻的香港景況

九〇年代初期有臺灣作家易之臨以冷靜而直接的筆觸，直書香港社會因日近九七籠罩在中國強大陰影下而出現的各種現象；時至九七回歸前後，香港人的態度如何？香港社會又是怎樣的氣氛？香港回歸當時，臺灣作家平路與蔡珠兒剛好人都在香港，親眼目睹香港的回歸；而張曼娟也在香港回歸的一個月後踏上香港土地，親身體驗當時香港的氛圍，將之化為文字，留下永恆的記錄。

蔡珠兒在一九九六年底開始定居香港，當時距離九七回歸期限只剩下幾個月時間，甫到香港的她便記錄了當時的景況：

改朝換代的前幾個月，帝國斜陽無力地灑下最後光芒，郵票抹消了女王頭，文武衙門也摘下頭銜上的那頂皇冠，取而代之的，是一朵朵五星花心的洋紫荊，香港特區的新標幟。各機關紛紛打理新裝，戴上花兒迎接新老闆；唯有醫院、消防隊、救護車隊，傳來陣陣苦叫聲：「要我們戴花，這不是觸楣頭嗎？」本地習俗，戴花意味喪葬白事。港人素來講究「意頭」（兆頭），救難行業又整天出生入死，教人家怎能不嘀咕？

不過嘀咕歸嘀咕，新時代的巨輪已轟轟然滾來，輾碎吞沒嘈嘈切切的怨語，不管你喜不喜歡，這朵花是戴定了。

（〈紫荊與香木〉，《南方絳雪》，頁 52）

蔡珠兒的這段話巧妙結合了政治時事與香港的本地習俗，「戴花」既是象徵社會上對改朝換代的悲觀氣氛，似乎也預言著回歸中國之後的香港前途。而且，不管香港人願不願意，「這朵花是戴定了」，此句亦透顯出中共當局自八〇年代起，在處理香港前途問題時的蠻橫，不讓香港人參與談判協商，只是要他們接受既定的事實。蔡珠兒文字背後極富批判意味，而其表現手法則極為高明。

隨著九七時限的逼近，香港人們對於回歸後的光景顯得更加無助，回歸並不是一天的事，而是完完全全的改朝換代，由中國替換英國當家作主，政治體制也由完全的資本主義轉為納入社會主義框架之下，儘管中共當局承諾香港於回歸後維持現況五十年不變，但誰也無法保證是否真能如此。一切的質疑與恐慌皆起因於中國為香港量身訂做的「基本法」。一九九〇年通過的《香港特別行政區基本法》將作為主權移交後，香港特別行政區的法源依據，具備準憲法的地位。基本法雖然是根基於一國兩制、港人治港的前提下所產生的，但仔細研究其內文，不難發現北京政府未把自己與香港政府斷然區分，甚至相當程度維持了北京政府的政治主導權。首先就香港回歸後政府的自主性來看，雖然根據香港基本法第二、六、八條等條文的規定，賦予香港高度的自治權，而這「高度」可謂相當籠統，便使北京政府有插手香港政治的可能；此外，基本法提到保持香港基本生活方式五十年不變，何謂「基本生活方式」也無明確界定，造成文字上的想像空間；再者，雖然基本法賦予香港擁有法律上的終審權，但畢竟基本法屬於施行在香港特別行政區內的地方法，若其與中國大陸的刑法、民法等法律衝突時，該以什麼為標準？而根據基本法第十七和十九條的規定，香港立法機關的立法是否合法，最終裁判權屬於全國人大常委會，而且香港地區不得覆議或上訴，這就使全國人大常委會對香港立法機關所通過的法律擁有否決權。中國的法律行為將超越於香港所享有的自治權限之上；最後，香港特區政府的最高長官由北京委任，雖然美其名為港人治港，但很難讓人相信北京政府不會在背後下指導棋。[36]香港真能於九七回歸後維持現狀而自治？基本法留有太多政治操作的空間，無怪乎港人對

[36] 有關香港基本法的諸多問題，可參閱李英明：〈基本法問題〉，《香港學》（台北：揚智文化，1997），頁 23-48。

於回歸後的生活惴惴不安。與蔡珠兒相同，一樣在九六年底身處香港的施叔青，是九四年返回臺灣後再度以遊客的身分造訪香江，她用難得的散文形式紀錄當時的景況：

> 香港到處飛沙走石，大興土木，蘭桂坊又是一片繁華景象，九七陰影似是全無跡象。然而，無處移民勢必留下來的本地居民卻是另一番心情，九七未到，中共已然露出真面目，五十年不變的誓言已成明日黃花……如此不平等的對待，香港人有何前途可言？蘭桂坊的那些洋人只是過客，看不好可一走了之。(〈香江新貌〉,《回家，真好——原鄉的變調》，頁 86）

面對九七，香港本地居民與外國遊客的心境可說是南轅北轍，外國人可以看熱鬧的心態繼續在香港玩樂，香港人只得面對中共與日俱增的壓力，默默倒數回歸之日的到來。於是，施叔青形容當時（九六年）港人的耶誕節比往年黯淡許多，而「於半年後舉行主權移交典禮的新會議中心，正在日夜趕工，只見它跋扈的突出灣仔海傍，佔據了君悅酒店的海景，大剌剌的立於海中新填地。一個絕妙的象徵，讓港人知道誰才是主人。」(〈輝煌不再〉,《回家，真好——原鄉的變調》，頁 90）

「對居住在香港的人來說，九七年自然是一次巨大的改變，即使稱之為翻天覆地恐怕也不過分。這一天到來時，會是怎樣？生活、就業、閱讀、言論、談話，可能都會改變。很多人會認為這是一幅難以想像的圖畫。」[37]這是出自香港文化、政治觀察家李怡的體驗，港人之所以對九七之後的生活充滿疑慮，李怡的說法可解釋其根本原因：在中國大陸，努力要達到的境界只是「以法統治」，但在英國及英國治下的香港，實行的卻是「法的統治」。前者的「法律」，不過是統治者手上的工具；後者的「法律」，卻是凌駕於執政者之上的統治的原則。何況，目前在中國大陸，「以法統治」還未達到，基本上仍是「人治」的架構與行事方式。[38]儘管北京政府強調香港特區政府的事務依法（香港基本法）行事，但過去的種種經驗告訴香港人，在中國，政治權力絕對在法律之上，基本法無法徹底保障香港人的生活。

中共不僅在法律層面上無法做出確切保障香港法律不受政治干擾的承諾，甚至連香港人最重視的言論與新聞自由恐怕也將受到影響。早在一九八四年，當時中共國務院港澳辦公室主任姬鵬飛已說過，九七後的香港報紙可繼續生存，「如果對香港政府管理不好，而作出合理和建設性批評是可以的，但造謠、謾罵、污蔑、反對中華人民共和國則不行。」[39]而香港基本法則明訂「禁止任何叛國、分裂國家、煽動叛亂、顛覆中央人民政府及竊取國家機密的行為」。這些舉動便是警告香港居民或媒體不可持反對意見批評中共當局，否則可能會被視為是「造謠、謾罵、污蔑、反對」，甚至有被冠上叛國

[37] 李怡：《香港一九九七》（台北：商周文化，1996），頁25。
[38] 同前註，頁43。
[39] 轉引自李怡：《香港一九九七》，頁118。

罪名的可能性[40]，儘管香港基本法第廿七條明言：「香港居民享有言論、新聞、出版的自由」，但席揚事件足以證明中共當局隨時可能將顛覆罪的法網無限上綱，香港人言論與新聞自由的保障端賴中國政府的想法，這對香港作為一個國際金融中心及自由貿易城市的地位將造成極大傷害。無怪乎，整個香港社會到了回歸前夕仍瀰漫著如此不安的氣氛。[41]

「一九九七」四個字標誌著一個時代的終結和另一個時代的開始。對香港人來說，一九九七無疑是殖民地時期的結束，卻未必是一個好的開始。過去在港英殖民政府政策下蒙恩受惠或受苦受損的人，固然感受反應各有不同，在中共政權下生活過來的人，也因際遇和認知之差異而有見仁見智的表現。因為「九七」而患得患失，實在是一種八〇年代已相當普遍，九〇年代似乎無可避免的香港現象。[42]既然再多的擔憂也無法改變事實，香港人只能默默接受，最

---

[40] 香港《明報》記者席揚是一個著名的例子。一九九四年三月，席揚於北京被裁定竊取及刺探中華人民共和國國家機密，被判有期徒刑十二年。一般認為《明報》於一九九三年五月十一日報導〈大陸採措施吸引存款　儲蓄利率將提高二釐〉及同年七月二十八日〈朱鎔基昨視察京印鈔廠　央行決定拋黃金換外匯〉是所謂席揚竊取的「國家金融、經濟秘密」，而同樣報導其實早已在香港親中報紙見報（參考 Stephen Vines 著，霍達文譯：《香港新貴現形記》，台北：時報文化出版社，2000，頁 284-285）。而在一九九七年香港主權移交前夕，中國政府突然因為席揚表現良好，提前讓他假釋出獄，前後在牢獄中生活三年。

[41] 事實證明回歸後的香港新聞言論自由空間遭受打壓，如二〇〇六年的「程翔事件」：程翔是一個左派文匯報的記者，〇五年在中國被抓並判刑五年，理由是他收了臺灣基金會的錢。香港人一致認為這是莫須有的罪名，便發起救程翔的運動。深入探究其被逮捕的原因，恐怕還是因為他寫了些批評江澤民及時政的文章。以上參考馬家輝：〈言論自由，始終是香港命根〉，《誠品好讀》77 期（2007 年 6 月），頁 37-2。

[42] 翁松燃：〈香港九七，誰能不予以關注？〉，收錄於李怡：《香港一九九七》（台北：商

明顯的感受是到了回歸時刻，香港人將他們的不安與不滿化為漠然，當時人在香港開會的臺灣作家平路如此描述：

彌敦道上，雨霧中的霓虹燈平添了昏黃的色調，名牌貼著名牌，購物的紙袋在人行的縫隙裡摩肩接踵。

其實是平常的一個夏日傍晚。地下鐵裡擠著急急忙忙趕回家的人，以九七回歸為名，繼續以食為天，好好吃一頓、打幾圈麻將的派對正在進行中……

相較於香港人的淡漠，那份祖國啊母親啊長江大河的詠嘆調簡直有點歇斯底里。

中共在擺他的場面，對香港人意義卻實際得多：煙花也僅止於老少咸宜的餘興節目。

（〈場所的悲哀〉，《巫婆の七味湯》，頁 78）

身兼香港媒體工作者及文化人的曹景行也在回歸前夕針對此現象提到：香港人對回歸的信心危機早在十多年前就已嘗過了，現在回歸倒數已進入個位數的日子，他們反倒覺得沒有什麼特別的感覺。據調查，大約一成的人「逆向操作」，外人來香港湊熱鬧，他們反而離開香港去旅遊，並不在乎「見證歷史」的機會。另有一成的人那天仍會上班工作，只有百分之七的人會參加種類繁多的慶祝活動。更

周文化，1996），頁 2-3。

有超過一半的香港人那幾天不會外出，透過電視看回歸慶典和煙火美景，或者打麻將、睡覺、玩電腦等，其他一成多的人則會逛街逛商場。可見，對多數香港人來說，回歸前後那幾天就同平時放假差不多，沒有特別的欣喜，也沒有特別的傷感。[43]另一項統計數據則更為明顯，香港大學社會科學研究中心在七月一日當天進行了一項民意測驗，在接受訪問的人中，有百分之五十八對主權移交「沒有特別的感覺」。[44]

從英國人手中收回香港主權，是中國人平復一百五十年前喪權辱國之恥的重要時刻，大規模的慶祝香港回歸活動，亦是中國向世界展示其國際政治經濟實力最好的舞臺。相較於中共當局的歡欣鼓舞、大肆鋪張，「馬照跑、舞照跳」的香港人冷淡面對這一切，因為對他們而言，「回歸」代表著從前富足繁榮、自由安定的殖民地時代已走入歷史，而眼前接手的「祖國」卻無法保證香港人的生活是否依舊。香港人在政治上無力為自己的前途爭取發言權，回歸之時，索性表現出漠然的無力感，與中國的態度形成強烈對比。平路說：「對於北京伸得長長的手臂，香港的回應其實一派木然。過日子才是最重要的事。」(〈場所的悲哀〉，《巫婆の七味湯》，頁 79）施叔青也在她的散文寫道：「表面上這一天與過去其他許許多多的日子並沒什麼兩樣，比較明顯的不同，是五星旗除了在新華社大樓高掛之外，其

43 曹景行：〈香港街頭看回歸氣氛〉，收錄於《香港十年》(上海：上海辭書出版社，2007)，頁 14。

44 引自 Stephen Vines 著，霍達文譯：《香港新貴現形記》(台北：時報文化出版社，2000)，頁 33。

餘港、九各地，也都紅旗飄揚，點綴收復失土的喜樂氣氛。」（〈惡夢成真！〉，《回家，真好——原鄉的變調》，頁 98）中國政府的大張旗鼓與香港人民冷漠以對的兩種情味，饒富趣味，卻也極為諷刺。

中國政府曾經承諾九七後除外交和國防事務屬中央人民政府管理外，香港特別行政區享有高度自治權，包括行政管理權、立法權、獨立的司法權和終審權，香港現行法律不變，現行社會、經濟制度不變。有關中國對香港的方針由基本法規定之，並在五十年內不變。但是一九九二年新任香港總督彭定康上任之後，推動憲政改革，加快實現公務員本地化、法律本地化與香港的基本建設（包括一九九〇年提出的新機場計畫），並將立法局議員選舉的部分議席變相改為人民直選，希望藉著香港的民主化讓英國從香港「光榮撤退」。此舉惹惱中共當局，不僅九四年中英關於憲政問題的談判破裂，北京並宣布將不會有立法局的「直通車」[45]，九七後將把一切推倒重來，中共將另組臨時立法會。由於中英雙方對香港憲政的態度對立，使得「中英聯合聲明」中平穩過渡至回歸之時的基調有所改變。中共對香港有所顧慮，以致其掌握香港的雙手愈發緊握，例如當初中英聯合聲明訂下香港的立法機關由選舉產生，但在中共制訂基本法後，卻變成只有三分之一的議席是直接選舉，且九五年的大選因民主派大勝，北京政府乾脆宣布取消直通車，所有議員任期只到九七年六月三十日，回歸後將由臨時立法會接手，爾後再另行舉辦選舉；

---

[45] 「直通車」意指一九九五年香港選出的立法局議員，跨越九七，直至任期四年屆滿的一九九九年。

此外，原本一九九〇年中共全國人大通過有關香港特別行政區第一屆政府產生的辦法規定，到一九九六年成立香港特別行政區籌備委員會（簡稱「籌委會」）時才著手籌組九七年的特區政府，可是中國卻搶在九四年成立籌備委員會的預備工作委員會（簡稱「預委會」），並且公開針對許多香港自治權限內的事務發表言論，明顯越俎代庖地將九七後特區政府的工作預先劃出界線。[46]

中共當局在香港回歸問題上爭奪政治主控權，但是對香港人來說，回歸在政治層面上只是換了一個管理者，他們最在意的是經濟、日常生活是否照舊。平路細膩地觀察到香港人與中國官方兩者在面對「回歸」一事截然不同的反應，開始擔心，雙方態度如此巨大的差異是否將變成香港未來的隱憂：

> 一九九七香港一國兩制正式開始。此後的難題正是雙方不同的感情強度與一向歧異的表達方式：面對人家伸過來的熱情手臂，香港人怎麼做都顯得有點木然有點不知好歹。往未來看，二者的熱情若繼續不成比例，中方的一廂情願漸漸成了處處落空的希望，讓人好奇的是所謂「愛」，熱烈的愛，得不到回報的愛，究竟會不會變成「殘暴的上層建築」？
>
> （〈愛在一九九七〉，《女人權力》，頁 34）

[46] 詳細內容可參考李怡：《香港一九九七》（台北：商周文化，1996），頁 191-196。

其實早在回歸前的過渡時期，香港人便已明顯感受到中共政治掌控的壓力，一九八九年的六四事件更使香港人對共產黨政權心生畏懼，害怕回歸之後若有對政府不滿的示威遊行，是否也會像天安門廣場的學生群眾一樣遭到鎮壓。社會上普遍認為，九七回歸後的香港，絕對會比回歸前的香港少了一點言論自由的保障，於是，市場上出現了令人意想不到的商品，連香港回歸前的空氣也有人販售：

> 商場中堆滿了以九七年為賣點的T恤、茶杯、明信片、鑰匙圈……最不可思議的是賣空氣。是的，香港人連空氣也能賣。
>
> 一八四一年到一九九七年的英屬香港的空氣，被密封在精緻典雅的罐頭裡，以港幣五十元的價格出售。
>
> （〈等不到黛妃的香港〉，《溫柔雙城記》，頁 235）

這是出自張曼娟的觀察。平路也有同樣的經驗，她回憶道：「我記得六月三十日那一天，我剛好到香港來開會，當我在尖沙咀的路上閒晃時，看街上有很多人在販賣『香港瓶裝空氣』，彷彿想要留住九七前的氣氛。」[47]臺灣作家張曼娟於一九九七年八月至一九九八年七月執教於香港中文大學，同時，受邀於香港電臺甫成立之普通話臺，

[47] 平路、歐陽應霽：〈香港與我，十年對話〉，《誠品好讀》第 77 期（2007 年 6 月），頁 42。

製作主持文學性節目「文學的星空」及生活性節目「夢想的星空」。並於九七年十一月同時在香港明報與臺灣自由時報開闢專欄「溫柔雙城記」，以臺灣作家與現代女性的視野，深談對香港及臺北兩座城市的看法。在回歸後到香港的張曼娟，利用其工作之便，深入觀察甫經回歸的香港社會狀態，她解釋這種現象：「五十元販售的是一種情懷吧，西方世界曾經擁有，卻已徹底失去的，日不落國的美好夢想。」(〈等不到黛妃的香港〉，《溫柔雙城記》，頁 235）對西方人而言，九七前的香港可能是東西方文化美麗的交會，對香港人來說，九七前的香港卻是不可復得的美好記憶。跨過九七界線，似乎連空氣都不一樣了，除了「絕版」的英屬香港空氣成為熱門商品之外，香港因回歸而興起的一陣懷舊風也表現在對於殖民地時代錢幣的收集上：

> 來香港旅行的臺灣朋友不明白零錢何以匱乏至此？我告訴他們，大家都蒐集刻有英女王頭的硬幣，因為以後再也不會有了。
>
> 「蒐集到這種地步？未免太誇張了吧。」
>
> 但，我發現每一次取出零錢支付的時候，朋友變得謹慎，眼明手快，絕不讓任何一枚女王頭從指縫間溜走。離開的時候，竟也不知不覺蒐集了一小袋。
>
> 「留作紀念嘛！」朋友笑著說。

我明白，我明白的，這是一場莫名所以的集體催眠，無人可以倖免。

（〈蒐集與匱乏〉，《溫柔雙城記》，頁 192-193）

無論是九七前的空氣或錢幣，代表的都是一種對過去的懷想，也是對未來的一種茫然之感。香港社會之所以出現這些過渡的「怪現象」或許正如曹景行所言，是香港人「人格分裂」的表現，他說：「今日的香港猶如一個人，由經濟、貿易構成的下半身早就融入中國內地，而政治、文化的上半身則仍然分離在外，呈現奇特的『人格分裂』。」[48]香港人不願正視今後必須依賴中國的經濟發展過活的事實，仍企圖突顯兩者之差異，甚至急於表現出排拒、漠視之感，於是，社會上出現如此多的回歸怪現象。

在經濟掛帥的生活方式底下生存的香港人創造了富裕安定的生活環境，導致香港人由來已久的政治冷感症持續發作，縱然已回歸中國懷抱，港人對政治依然提不起太大興趣。張曼娟說：「有一陣子，覺得一九九七年彷彿永遠也不會過完似的，然後，學校停課了，我返回臺北度假，街道櫥窗貼著「歲末減價」、「年終出清」的字樣，九七年到底走到了盡頭。」（〈自備地鐵的城市〉，《溫柔雙城記》，頁 179）再度對照於北京政府的「熱情」，張曼娟筆下的香港人在回歸

[48] 曹景行：〈「中國因素」左右香港未來〉，收錄於《香港十年》（上海：上海辭書出版社，2007），頁 17。

後亦無明顯的喜悅與熱情，「九七年到底走到了盡頭」突顯香港社會平靜、淡漠的氛圍。

李怡說九七前的香港人看來是快樂的、自由的，具廣大包容性的人。他們的思想受西方和中國的薰陶，一方面保留中國傳統的觀念，如遵循中國的習俗、過中國的節日、對祖宗的尊重等等，另一方面又受西方思想影響。香港人帶著中西合璧的思想，既了解世界，又志在四方，可以到全世界發展各人的事業，但仍不忘在香港享受中國文化的特色，如上茶樓品茗，愛打麻將等等。香港人也很愛發表對時事的觀感和意見。[49]自由的、快樂的香港人到了回歸時變成了平路描繪的漠然、木然的香港人，回歸後又成了張曼娟眼中平淡、平靜的香港人。香港人的木然與平淡或許正如李英明所言，因為「香港不管是作為英國的殖民地，或是九七之後回歸中國大陸，香港的政治地位都是一種依附性政體的角色。殖民母國的政治決定，以及九七之後北京的政策，這些外在因素才是決定香港發展的終極因素。」[50]在政治領域毫無說話權力的香港人，既然無法決定自己的未來，只能被迫漠然以對。

甚至在回歸半年後，張曼娟感受到香港正在轉變：「可以聽懂的話越來越多，但，不再是帶著臺灣腔的國語，而是濃厚北京腔的普通話；上太平山頂的登山纜車上，幾乎全是大陸同胞；在經濟不景氣，隨時可能倒閉的威脅中，餐飲業的服務素質明顯下降了。曾有

49 李怡：《香港一九九七》（台北：商周文化，1996），頁227。

50 李英明：《香港學》（台北：揚智文化，1997），頁11。

一位香港作家認為香港正在死亡之中，因為許多惡質的現象日益繁多；我只是不得不承認，這城市在悄然的轉變著，而這轉變中確實有一些令人憂慮的成份。」（〈一種悄然的轉變〉，《溫柔雙城記》，頁194-196）張曼娟的憂慮正是香港人的憂鬱，無法自己掌握未來的香港人感受不到回歸帶來的喜悅，香港人的漠然與平淡似乎是一種必然。平路的一句話正可為香港人的內心下貼切的註解：「回歸的日子，這一天又過去了，還是過日子重要。」（〈場所的悲哀〉，《巫婆の七味湯》，頁79）

第五章　九七後臺灣作家的香港建構

若我們以九七為界線，回歸前的一、二十年時間，所有人關注香港的焦點主要是放在政治上的，而在九七之後，回歸大戲落幕後歸於平淡，於是，香港城市本身，諸如城市景觀、經濟發展及社會文化等面向，再度成為文學家關心的重點。

香港城市發展起於一九五〇年代，一九四九年後，國民黨政府退守臺灣，大量的中國人為了逃避新成立的共產黨政權而從中國大陸逃到香港，大批新移民提供了廉價勞動力，更重要的是他們把技術和資金帶到香港。緊接著，一九五一年韓戰爆發，聯合國宣佈向中國大陸地區實施禁運，使香港不能再依賴作為轉口港以支持經濟，適逢當時不少逃離中國大陸的人士都是具有一定資本的工業家，加上其他難民可以作為廉價的勞動力，使香港的工業得以開始迅速發展。往後的六〇、七〇年代，中國大陸進行文化大革命，呈現「閉關」狀態，香港成為貿易商品進出入中國的唯一通道，這門「獨家生意」讓香港依靠地利之便迅速發展貿易經濟，從工業社會逐漸轉型成為以商業貿易為主的城市。時至八〇、九〇年代，隨著中國大陸的改革開放，中國經濟快速發展帶動強勁的進出口需求，香港身為全球進入中國的重要門戶之一，成為世界重要貿易港口，更成為亞洲金融中心，香港股市恆生指數亦是亞洲經濟重要的參考指標。

香港由一八四〇年代英國人上岸時的小漁村，經過一個半世紀的洗禮，搖身一變成為全球重要的金融商業都市。摩天大樓首次興起於十九世紀末美國紐約市與芝加哥地價昂貴、用地不足之區域，此後世界各主要城市為了商業發展，在腹地有限的市中心增加更多營業面積興建摩天大樓，於是，一幢幢拔地而起的摩天大樓成為現代都市最顯著的特徵與景觀。對商業發達但土地稀少的香港而言，興建摩天大樓更是迫切的需求，隨著香港經濟在六〇至七〇年代開始出現快速發展，香港首棟摩天大樓——位於中環的康樂大廈（現已改名怡和大廈）——在一九七三年落成。其後隨著香港經濟的起飛，地產價格急速上升，香港亦逐漸發展成亞洲的金融中心，一些跨國機構開始在香港開設辦事處乃至地區性總部，對辦公室的需求上升，在中環、金鐘及灣仔等商業區內陸續出現摩天大樓。合和中心、中銀大廈及中環廣場在八〇至九〇年代曾先後成為香港甚至亞洲最高的建築物。[1]

---

[1] 「合和中心」位於灣仔皇后大道東，樓高六十六層，高度為二一六公尺，一九八〇年建成，是八〇年代早期亞洲及香港最高的建築物；「中銀大廈」位於中環花園道，由美籍華裔建築師貝聿銘設計，大廈樓高七十層，樓高三〇五公尺，加頂上兩桿的高度共有三六七點四公尺，在一九八九年建成時是香港最高的建築物，亦是當時美國以外最高的摩天大廈；「中環廣場」位於灣仔港灣道，樓高三七四公尺，地上七十八層，樓頂上的旗桿頂部裝有風速計，標高則為三七八公尺，於一九九二年建成時曾是亞洲及香港最高的建築物，目前為全香港第三高的摩天大樓，僅次於二〇一一年落成的「環

隨著經濟發展，世界各主要城市的摩天樓興建之速度有如雨後春筍，甚至競相「爭高」，摩天大樓成為一個城市發達程度的表徵。香港地狹人稠，是全球人口密度最高的城市之一，也是一個擁有大量摩天高樓的城市。若以一百五十公尺作為摩天大樓的界定門檻，香港現有的摩天大樓不少於二百一十五棟。香港的摩天大樓不限於商業大廈，不少住宅大樓同樣建得很高。據統計，全球最高一百棟住宅大樓中，最少一半是位於香港。[2]而維多利亞港兩岸，尤其是香港島中環至銅鑼灣之間的摩天大樓群景觀，已成為香港的象徵，這些建築體的樣貌已深深烙印在世人心中。

書寫香港，臺灣作家們自然離不開對香港城市景觀與社會文化的描繪，雖然這些文學作品亦有對摩天大廈——香港城市景觀的標誌做描寫，但我們可以看到除此之外，這些臺灣作家與一般人談及香港時採取不同的視角切入。首先，如平路、張曼娟和龍應台，她們深入巷弄，尋找一般人忽略的香港，她們用更多筆墨關心的是香港的庶民景觀與文化；其次，蔡珠兒利用「食物」作為特殊的媒介，搭建出以飲食為主體的香港味覺景觀，這樣的寫作方式在香港書寫中獨樹一幟。本章筆者便以上述兩個面向作為主軸，觀察臺灣作家所建構出的香港城市景觀與社會文化。

球貿易廣場」大樓（目前全港最高）和二〇〇三年落成的「國際金融中心二期」大樓。

2 Chun-Man CHAN : "ADVANCES IN STRUCTURAL OPTIMIZAITON OF TALL BUILDINGS INHONG KONG"，Proceedings of Third China-Japan-Korea Joint Symposium on Optimization of Structural and Mechanical Systems (Oct. 30 –Nov. 2, 2004).

第一節　庶民[3]文化與香港精神

香港長久為轉口貿易經濟及東、西方文化輸出與輸入的窗口，使它成為象徵繁榮的亞洲城市代表之一，一般人對於香港印象最深刻的，除了電影工業塑造出來的功夫明星（李小龍、成龍、李連杰等）外，恐怕就是維多利亞港兩岸櫛比鱗次的摩天高樓了，就連文學作家與學者亦然，如香港文化人兼作家陳冠中談香港的城市美學便是從城市的建築切入，認為混雜、擁擠的建築是香港獨有而且是美的特色，並指出香港已經擁有超越一般城市的地標數量了[4]，這裡透顯出陳冠中用來標誌香港的媒介是「建築」；此外，香港學者梁秉鈞在探討香港都市文化與文學的關係時，亦以香港的「建築」為主軸展開敘述，他說：

> 香港都市的外貌不斷變化。從灣仔乘車往中環，擡起頭來，可以看到一幢幢新建的大廈。左邊是剛啟用的太古廣場，修路的柵欄還未移去，樓下連卡佛的時裝店和電影院已啟用了。……右邊呢，先是金鐘中心，旁邊新落成的奔達中心像

3　這裡的「庶民」指的是香港的平民，並無古代封建思想之意涵。庶民一詞語出平路：〈蘭桂坊一隅〉一文（《浪漫不浪漫》，頁274），筆者係沿用文本內之用詞。

4　陳冠中：〈香港城市美學〉，《移動的邊界》（台北：網路與書，2005），頁48。本文亦收錄於《我這一代香港人》（增訂版）中，題名變更為〈香港作為方法〉（香港：牛津大學出版社，2006）。

一個披甲的武士，富有侵略性的外貌，遮去背後的大廈，僅露出閃閃金色的玻璃幕牆。左右兩邊的這些大廈由當中一道天橋相連，橋上露出一截木棉樹的枝梢，朵朵紅花倒映在天橋銀白色的金屬外殼上，化成抽象的紋理。[5]

由上述兩例可窺知，大部分人（就連香港本地人也不例外）在建構或探討香港的城市景觀特色時，首先便是從「建築」著手。所以我們在談臺灣作家的香港書寫時，必須提到對香港城市景觀的描述。城市如同一個文本，作家與城市的關係，首先是閱讀城市，然後才是對城市的書寫。臺灣作家以外來客的身分踏上香港土地，最初必然被當地城市景觀及特殊的文化氛圍所吸引。九〇年代的香港已是高度國際化的城市，高樓大廈林立、各色人種匯聚、商業氣氛濃厚，十足資本主義社會氣息。僅管有些作家對香港五光十色的物質生活有所批評[6]，但無可諱言地，由地標建築交織而成的活潑繽紛的香港景觀曲線總引起世人好奇的眼光，山與海與建築的交相輝映也令人流連忘返，這是所有人到香港的最初印象。就連曾任臺北市文化局長的龍應台在二〇〇三年秋天，初至香港城市大學客座時[7]，也對香港的摩天大樓建築群書寫一番：

---

[5] 梁秉鈞：〈都市文化與香港文學〉，收錄於張京媛編：《後殖民理論與文化認同》（台北：麥田出版社，1995），頁 153。

[6] 如易之臨言：「有好一段時間，我整天數落物質化的香港」，引自易之臨：〈自序・香江話懷〉，《世紀末風情——香港文化寫真》，頁 16。

[7] 龍應台於二〇〇三年秋，出任香港城市大學的客座教授，二〇〇四年八月出任香港大

北緯十六度，東經九度的交會點，北京兩千公里以南，和巴哈馬、夏威夷、墨西哥市平行。二百三十五個島嶼的聚集，一千零四十二平方公里的土面積，五十平方公里的水面積，七百三十公里綿延的海岸線。沙灣徑所在的這個島嶼，總共有七十七點五平方公里大，縱走三十八公里，橫行五十公里，每一平方公里上住了一萬八千個人，是人類最擁擠的城市。所以視野所及，無處不是鋼筋水泥在山谷中突兀拔起；無處不是「人定勝天」的驕傲展示。

（〈民國香港〉，《龍應台的香港筆記@沙灣徑 25 號》，頁 178-179）

這些「人定勝天」的建築是香港的標誌，總吸引無數人的眼光與讚嘆。閃著跨國企業公司耀眼名號的摩天大樓群，為香港身為全球著名金融商業城市下了最明白有力的註解。這些大樓代表的是崇高偉大的「標誌性建築」，具有紀念碑的功能、形式與結構。最重要的是，這些摩天大樓常成為塑造集體意志的城市景觀。但是，當我們更深一層探究臺灣作家筆下的香港時，可以發現，這些臺灣作家心中的香港特殊之處，並不在於那些高聳入雲的摩天樓，而把眼光伸入巷弄之中，香港的庶民景觀才是臺灣作家認定的香港象徵。如張曼娟所言：

學新聞及傳媒研究中心的客座教授。二〇〇五年九月，返回臺灣任國立清華大學講座教授，並創立清華思想沙龍與龍應台文化基金會。

第一次到香港客居，我選擇了灣仔，從高樓窗子探出頭，可以看見巍然聳立的中環廣場，如一柄寶劍直指天際。背後則是緜延好幾條街道的傳統街市，春園街。那裡面的囂嚷買賣，有一種現世安穩的妥貼感受……在臺灣，我四處尋訪鄉鎮的菜市；在香港，我心中藏著一座叫做春園的街市，我喜歡這種熱熱鬧鬧的趕集經驗，我喜歡這種斤斤計較的市民活力，我喜歡貨物屯堆如山的豐盈樣貌，這便是我想像中的太平盛世。

（〈心中藏著一座春園〉，《溫柔雙城記》，頁 171-172）

灣仔是香港最特殊的地區之一，它有維多利亞港沿岸最現代化的摩天大樓群，著名的中環廣場即位於此；也有如太原街（玩具街）、利東街（印刷街或喜帖街）和春園街等象徵傳統與庶民精神的空間；亦有樹立展示香港回歸紀念碑的金紫荊廣場。灣仔集現代商業、庶民傳統與政治意涵空間於一身，造就其混雜多元的空間特色，正如同香港文化人潘國靈所言：「找遍香港不同區域，很難找到一個比灣仔更時空壓縮的空間。」[8]一般拜訪香港的遊客，對於灣仔的印象多是維港岸邊西接中環、東壤銅鑼灣，由摩天大廈連結形成的絢爛屏幕，或是金紫荊廣場那一朵具高度政治象徵的紫荊花，很少人會刻意跑到這些大樓背後，仔細瞧瞧香港庶民生活的唐樓與街市。

---

[8] 潘國靈：〈灣仔作為城市微縮〉，《城市學：香港文化筆記》（上海：上海人民出版社，2008），頁 67。

社會學家班雅明（Walter Benjamin）提出一個我們在閱讀（read）都市時應該具備的重要觀點：都市文化不僅根基在著名地點（市中心、紀念碑、觀光景點）而且在都市生活的「空隙」（interstices）中——殘破的地下鐵車站、孩童的遊戲場、購物中心。這兒人們最可能分散心神的察覺城市，以及呈現出想像，而可以欣賞客觀意義。[9]對班雅明而言，其關鍵議題在於都市景觀如何詮釋，以及其意義在於每一個人經驗的脈絡中，他認為都市意義是經由個人生活所發生而詮釋的。臺灣作家張曼娟居住在灣仔這個香港最混雜、壓縮的地區，雖然她也注意到了摩天大樓在這個城市的至高「權力」，但她不認為那是真正的香港，一如香港文化人歐陽應霽所說：「千百年來，菜市場是最能反映一個社會甚至一個民族變與不變，超浮動同時超穩定的場所……那種興沖沖鬧哄哄的生活能量，那種甜酸苦辣愛恨混雜的生活滋味，卻是歷久常新不變。」[10]張曼娟認為真正的香港活力應該是展現在庶民生活經驗所在的街市。

在臺灣作家之中，不只張曼娟認為真正的香港精神是庶民景觀與文化，平路、龍應台和蔡珠兒[11]也都如此認為。例如二〇〇三年一月赴香港任臺北駐港「光華文化中心」主任的平路，漫遊在香港中環著名的酒吧區「蘭桂坊」時，雖然看到那些旅遊手冊上推薦的

[9] Mike Savage and Alan Warde 著，孫清山譯：《都市社會學》（台北：五南圖書，2004），頁 151。

[10] 歐陽應霽：〈三大香港九龍菜市場一日遊〉，《誠品好讀》41 期（2004 年 3 月），頁 16。

[11] 關於蔡珠兒及其作品的探討，詳見本章第二節的專論。

新潮、著名的店鋪，但她將更大的注意力放在隱身於這些店鋪二樓的一般人家的陽臺上，這是其他遊客不會察覺的地方，她說：

> 五彩的四角內褲，就讓它迎風招展。儘管緊臨「蘭桂坊」，但，帝力於我何有哉？這兩竿晾曬的衣服，鮮活、俗豔，還有點旁若無人，像是廣東話的勁道。我喜歡這種光天化日下的大剌剌，反映出理直氣壯的小市民生活。管你什麼鬼佬、觀光客，管你附近開了時尚店，反正我這裡佔著地勢，過街的人都要仰頭張望，看到我家的兩竿衣衫，醒目不？文化震撼你最好照單全收。生動而刺激，這是我心目中的香港一隅。
>
> （〈蘭桂坊一隅〉，《浪漫不浪漫》，頁 273）

當所有旅客都在讚嘆大樓建築的雄偉奇異、名牌店家的耀眼炫麗之時，平路卻關注著從民居陽臺上橫出的曬衣竿，這的確是香港特殊的庶民景觀，香港因為地狹人稠，住屋價格高昂，一般人家的居住空間相當有限，屋裡沒有多餘空間可供曬衣，只好用竹竿「向外伸展」，在公眾街道的上空爭取屬於香港居民特有的曬衣空間。平路說：「我現在暫住香港，將來有一天離開，心裡念念不忘的，既不是拔高像棒槌的 IFC，也不是瘤狀糾結的『力寶中心』、或者扭成麻花的『中信大廈』，更不是『長江集團中心』的點點銀光、或者貝大師幾何圖形的『中銀大廈』，比起那些高聳的都市地標，比起兀自反光

的冷寂樓面，我寧取這曬衣服的一方陽臺。」(〈蘭桂坊一隅〉,《浪漫不浪漫》，頁 274)

摒棄對香港著名地標的摩天大樓群的書寫與讚嘆，是這些臺灣作家的共同特色，她們觀察香港的視角與一般人不同，由俯覽取代仰望，她們不關注摩天大樓在天空糾結而成的權力曲線，她們只關心街道上、人群中的庶民香港，她們認為這才是真正的香港精神。張曼娟如此認為，平路亦是，不過最明顯的例子便屬龍應台。二〇〇三年至二〇〇五年龍應台受邀客座香港城市大學及香港大學，曾任臺北市文化局長的她，帶著銳利的眼光審視香港城市建設與文化，在港期間，針對香港的建設與文化發表許多犀利的言論與建議[12]，這是繼《野火集》、〈還好，我不是新加坡人〉和《啊，上海男人》等著作分別在臺灣、新加坡與上海造成熱烈迴響與討論之後[13]，龍應台在香港颳起的一陣不小的旋風，影響之大，更有論者稱其在香港「放火」[14]。

---

[12] 相關文章皆收錄於龍應台：《龍應台的香港筆記@沙灣徑 25 號》(香港：天地圖書有限公司，2006)。這些文章最初不一定直接以文字形式呈現，有些是公開演講的內容改編。

[13] 一九八四年龍應台在《中國時報》「人間」副刊的「野火集」專欄系列文章，後收錄於龍應台：《野火集》(台北：圓神出版社，1985)；一九九四年十月十日龍應台在臺灣《中國時報》的「人間」副刊上發表了〈還好，我不是新加坡人〉一文，後經新加坡的《聯合早報》轉載；一九九七年〈啊，上海男人〉在上海《文匯報》刊出，後《啊，上海男人》由上海：學林出版社於一九九八年出版。

[14] 馬家輝：〈龍應台如何在香港放火？——談「外來學者」的「知識介入」〉，收錄於龍應台：《野火集》(二十週年紀念版)(台北：時報文化出版公司，2005)。

龍應台以尖銳的言談或文字譜成一篇篇文章，而這些文章即是對香港人提出的一個個問號，逼著香港人必須面對、做出回應，而每個問號就像一把尖刀，直刺香港社會的心臟地帶。例如龍應台在〈香港，你往哪裡去？〉一文中因西九龍的開發而對香港文化政策與公共建設針砭時提到：「中環價值」壟斷了整個香港的價值觀，也就是對那些高聳入雲的摩天大樓所代表的商業經濟的追求，扼殺了傳統、文化的發展。於是，一些混亂、擁擠、老舊的地區建築如九龍城寨、調景嶺所凝聚的集體記憶與歷史情感，也只能因為「落後」，而被像垃圾一樣清除。龍應台認為香港整個城市被一種單一的商業邏輯所壟斷，經濟效益是所有決策的核心考量，開發是唯一的意識型態，於是「如果僅只在這些大商廈裡行走，你會得到一個印象：香港什麼都有，唯一沒有的是個性。大樓的反光，很冷；飛鳥誤以為那是天空，撞上去，就死。」(〈香港，你往哪裡去？〉，《龍應台的香港筆記@沙灣徑 25 號》，頁 31）在新舊建築所代表的城市商業及文化發展的衝突與取捨中，外來的臺灣作家龍應台和香港本土文化人兼作家陳冠中抱持著一致的看法，龍應台認為香港政府是「文化缺席」的政府，為了商業利益而把充滿歷史記憶的老區或新地都交給財團去開發[15]；陳冠中亦認為香港文化發展應採「附加法」，不是拆房子「以新代舊」，而是「留舊加新」，政府應把舊區深具多元、混雜的文化底蘊發揚出來、就地包裝，既可提升旅遊價值，又可維持社區記憶。[16]

---

[15] 可參考龍應台：〈香港，你往哪裡去？〉，《龍應台的香港筆記@沙灣徑 25 號》，頁 19-39。

[16] 陳冠中：〈香港城市美學〉，《移動的邊界》（台北：網路與書，2005），頁 42。

龍應台認為只有高樓商廈的香港並不是真正的香港，而且假如再一味地追求「中環價值」，香港將與其他城市無異，無法成就其地方特色，更吸引不了遊客的光臨與駐足。龍應台在二〇〇七年香港書展「香港十個沒打開的抽屜」座談會中再次提到：長久以來，象徵著「經濟」、「致富」、「效率」、「全球化」的「中環價值」成為香港的主流價值，而這單一的商業邏輯淹沒了深水埗、元朗、老街、屋村居民的聲音，淹沒了本地藝術家的創新，造成文化價值的嚴重缺位。[17]如果香港真的繼續無視文化保存，拆掉舊房子，全都蓋上高樓大廈，龍應台說香港就真的是走入死胡同了。[18]

除此之外，龍應台在〈誰的添馬艦〉一文中再度因為中環海濱的開發，對香港政府與人民提出質疑。添馬艦是中環到金鐘海岸線核心區因填海而多出來的一塊空地，香港政府計畫在此花費五十二億興建「文娛廣場」及四棟政府大樓，成為政府總部所在。如此一來，「香港的臉」——浪漫的維多利亞港景觀——將因政府大樓的落成而改變。解放軍大樓已在維港景觀中成為不倫不類的一景，難道香港還需要政府大樓來權充「地標」，為維港景色錦上添花？在商業大樓如雲的中環至銅鑼灣海岸線，難道還需要軍隊與官員點綴？正如龍應台一連串的質問：「一個城市政府大樓如果富麗堂皇，而且建在城市的核心，那通常表示，這個城市是個政權獨大的體制……中

---

17 柴子文：〈在民間歷史尋找香港未來〉，《亞洲週刊》21 卷 31 期（2007 年 12 月 8 日），頁 45。

18 同前註。

環最突兀的，是解放軍大樓。把軍隊擺在香港面向世界最燦亮的舞臺中心，等於是把兵器倉庫放到客廳裡去了，你能想像巴黎把軍隊駐在羅浮宮旁嗎？」(〈誰的添馬艦〉,《龍應台的香港筆記@沙灣徑25號》,頁84)如果新的政府大樓亦成為維港岸邊的地標建築的話，「香港一片璀璨，地標如雲，當地標被地標淹沒的時候，你還看得見地標嗎？地標還有意義嗎？」(〈誰的添馬艦〉,《龍應台的香港筆記@沙灣徑25號》，頁82)

陳冠中提出:「香港還需要新的地標嗎？普通建築才是主菜」[19]，龍應台也認為香港的地標建築大樓已經太多，已經不需要新的摩天大樓來代表香港。臺灣作家與香港文化人對於香港這個城市建設的觀點竟如此雷同，可見身為外來者的臺灣作家對於香港城市文化的深入體認，並不輸給香港本地人。更進一步，從香港土地開發談到香港精神的龍應台提出質疑：代表「香港精神」的，仍舊是「無敵海景」的酒店？仍舊是已經滿城皆是的購物商廈？這種意涵的「香港精神」,又是「誰」下的定義呢？地產商？還是灣仔、西環、屯門、大埔、深水埗的人民？(〈誰的添馬艦〉,《龍應台的香港筆記@沙灣徑25號》，頁83) 針對這個質疑，龍應台也給予解答：她心中真正的香港精神絕非滿城競豔的摩天高樓，而是庶民的生活景觀與文化。她說：

---

[19] 陳冠中：〈香港城市美學〉,《移動的邊界》(台北：網路與書，2005)，頁48。

更符合「香港精神」的，恐怕反倒是一萬個市民在晴空下圍坐吃盆菜，反倒是五千個人開心泡茶、聽音樂；反倒是四千個人在星空下肩靠著肩看露天電影，一起哭，一起笑。當世界看見的香港，不只是千篇一律的酒店和商廈，不只是冰冷淡漠的建築，如果世界還看得見香港的「人」——快樂的、悲傷的、泡茶的吃飯的、散步的追風箏的，憤怒示威的、激動落淚的，彼此打氣互相鼓勵的香港的常民生活，也就是一個有生活內涵、有人的性格的城市，那才真的是「世界級」的「香港精神」吧？

（〈誰的添馬艦〉，《龍應台的香港筆記@沙灣徑 25 號》，頁 85）

與此相關，平路也曾在香港大學圖書館的一場講座上提到複雜的身世是專屬於香港這城市的文化資產，但有許多極富意義的文化史蹟仍亟待修復。在香港，文化建設的速度及其受重視的程度遠遠趕不上經濟建設。因為擁有撰寫《行道天涯》[20]的經驗，平路在庶民之外，也特別強調歷史與香港城市文化的高度關聯，她建議香港政府可考慮將曾以香港作為革命思想基地的孫中山先生納為文化資產之一，豐富香港的城市文化內涵：「香港與孫中山，在文化意義上，這兩者可以互相體現……正因為香港用以做為『內容』的人文特色太缺乏，只在商業形象上打造高度，造出了摩天樓的現代都會，也很容

[20] 《行道天涯》一書講述的是孫中山先生與宋慶齡女士的革命愛情故事，一九九五年由聯合文學出版社出版。

易被後起城市的高度蓋過。」(〈城市與……記憶〉,《浪漫不浪漫》,頁 332) 孫中山先生的革命足跡,多處與香港的土地相密合,他的求學歷程,也與香港有千絲萬縷的關連。這些與孫中山先生有關的史蹟,亦是香港庶民文化資產的一部分,可惜香港政府在大力從事經濟開發之餘並未予重視。龍應台和平路等臺灣作家認為,香港的未來不能只靠摩天大樓,而必須厚實其文化內涵。

學者蔡益懷這樣形容香港:香港是一個華洋雜處、中西文化薈萃的地方,始終處在東西方文化激盪的前沿,是一個兩種文化交匯點上的文化驛站、文化碼頭,她的文化具有開放性、雜交性,既流著傳統中國文化的血液,又吸收著西方文化的奶水,這就決定了她同時具有中國的經驗、中國的色彩、中國的情懷,同時又有西方的影子、西方的情趣、西方的意識,應該說,「香港性」其實涵蘊著「中國性」與「世界性」。[21]這段話精準地描述出香港豐富的個性與面貌,文化薈萃的香港自然有著許多值得書寫的面向。香港具有千姿萬態,然而,龍應台發現在小學圍牆上貼滿的孩子的作品中,卻看不到真正的香港精神,她說:

> 在這些童稚的畫中,看不到灣仔擁擠的市場,看不到上環層層疊疊的老街窄巷,看不到大埔漁村也看不到沙灣徑淒美的夕照。在香港孩子們的想像和讚頌中,為甚麼我獨獨看不到

[21] 蔡益懷:《想像香港的方法:香港小說(1945~2000)論集》(北京:中國社會科學出版社,2005),頁 29。

香港？（〈我獨獨看不到香港〉，《龍應台的香港筆記@沙灣徑25號》，頁104）

蔡珠兒、張曼娟、平路與龍應台面對此時已是高度文化混雜且經濟發達的香港，竟不約而同的凸顯香港的庶民文化，她們書寫平民景緻、強調傳統精神，認為這些才是真正的香港精神。正如陳大為所言：「現代化、高密度、高速發展、中外文化匯集、依山臨海等條件，構成一個宏觀的香港城市意象……不過在這宏觀的圖景中，看不到香港人的都市生活情態，必須深入市井之中，才能真正了解香港的生活本質。」[22]

地方書寫一方面是凝聚認同並凸顯地方特色的策略，另一方面也是透過書寫——有意或無意間——進行地方文化的再建構。[23]蔡珠兒覺得香港市井街頭瀰漫的老火湯氣味，或是茶餐廳濃厚的草根味，正是香港精神[24]；張曼娟在商廈圍繞的傳統街市一隅發覺香港市民的活力；平路說：「我喜歡看見陽臺上熱烘烘的衣服，街市之中蹦蹦跳的鮮蝦，這才是我心裡的庶民香港」（〈蘭桂坊一隅〉，《浪漫不浪漫》，頁274）；龍應台則認為：「香港所需要的，反而是常民生活的沈澱，小街小巷老市場的珍愛呵護，讓『市井人文感』更醇厚

[22] 陳大為：《亞洲中文現代詩的都市書寫（1980-1999）》（台北：萬卷樓圖書，2001），頁46。

[23] 范銘如：《文學地理：臺灣小說的空間閱讀》（台北：麥田出版社，2008），頁36。

[24] 可參閱蔡珠兒：〈今晚飲靚湯〉，《南方絳雪》（台北：聯合文學出版社，2002），頁111-122；〈茶餐廳地痞學〉，《饕餮書》（台北：聯合文學出版社，2006），頁88-92。

更馥郁，而根本不是高大奇偉的所謂『地標』。」（〈誰的添馬艦〉，《龍應台的香港筆記@沙灣徑 25 號》，頁 82）這批臺灣作家所建構出的香港「庶民性」文化，足以與香港的「世界性」文化或「商業性」文化匹敵。

在二十世紀末與二十一世紀初的交會前後，當所有人仍關注香港回歸後的政治、經濟發展之時，發掘香港的庶民文化、書寫香港的平民景緻，是這個時期臺灣作家的重要貢獻之一，而這些正是維港兩岸「屏風樓」的玻璃帷幕所反射不出來的真正香港精神。

第二節　香港味覺景觀與記憶認同——蔡珠兒的另類建構

城市，是現當代文學作家最常觸及的創作題材之一，而香港作為一個獨特的都市空間，在政治與商業，殖民勢力與國族主義，現代性與傳統性等力量交相衝擊之下，香港還能屹立不搖，正是因為她的多變[25]，也是因為她的包容性。曾經只是座默默無聞的小島，在成了日不落國的殖民地後躍上國際舞臺，成為亞洲的一顆明珠，東西方政治、文化與商業經濟在此薈萃，使香港乍看之下有如大雜燴般毫無特色可言，然而，其中所蘊含的文化多樣性卻是其他城市罕見的獨特之處。

[25] 王德威：〈香港——一座城市的故事〉，收錄於《如何現代，怎樣文學？——十九、二十世紀中文小說新論》（台北：麥田出版社，1998），頁 280。

飲食，在中華數千年文化中佔有一席之地，從各種食材的挑選到烹煮方式，可謂博大精深。飲食雖是「文化」的表徵卻同時也是「物質象徵」，從古至今，「飲食」此一符號背後所隱含的權力關係使得食物不只是填飽肚子的東西，而成為具有象徵政治、文化或經濟上的「符號意義鏈」（signifying chain）[26]。尤其香港是一高度資本主義的商業社會，在中西文化的衝擊下，「飲食」亦成為各方力量角力的場域：在城市景觀上，傳統的茶樓、大排檔與西方的麥當勞、星巴克雜處爭客，飲食代表了其背後中西文化的彼此消長；在社會及政治上，有些人開始追求稀有、珍貴的食物以滿足口腹之慾的同時，亦造成了某些被排拒在精緻飲食外的貧窮階級人民，飲食遂成了劃分社會階層的媒介。

香港的紛雜、豐富及多樣性，也正是其難以定位與言說之因，如同香港學者梁秉鈞（同時也是作家也斯）所言：「他們都爭著要說香港的故事，同時都異口同聲地宣佈：香港本來是沒有故事的。香港是一塊空地，變成各種意識型態的角力場所；是一個空盒子，等待他們的填充；是一個漂浮的能指（signifier），他們覺得自己才掌握了唯一的解讀權，能把它固定下來。」[27]許多文學作家書寫香港，從不同角度呈現香港的各種面貌，蔡珠兒是其中的一個。

---

[26] 此借用廖炳惠「符號意義鏈」（signifying chain）之概念，詳見廖炳惠：《吃的後現代》（台北：二魚文化，2004），頁 54。

[27] 也斯：〈香港的故事：為甚麼這麼難說？〉，收錄於張美君、朱耀偉編：《香港文學@文化研究》（香港：牛津大學出版社，2002），頁 12。

蔡珠兒，出生於臺灣南投，成長於臺北與花蓮，臺大中文系畢業後赴英國的伯明罕大學拿到文化研究碩士，並曾任編輯、記者，現居香港離島專事寫作，自封為專業的家庭主婦，全職的自然及社會觀察員。這樣一位經歷特殊的臺灣作家深入香港社會、書寫香港，對於這個城市，她不禁要問：「山頂纜車，男人街女人街，熾熱的快活谷夜馬，公屋窗口迎風飄展的『萬國旗』……，這都是香港特有的視覺風景，至於香港的味覺風景呢？」[28]顯然作家有意識的欲利用「飲食」這個特殊的媒介來書寫香港並且刻劃香港的城市景觀，本節筆者即以此提問出發，從蔡珠兒定居香港後所出版的《南方絳雪》、《雲吞城市》、《紅燜廚娘》與《饕餮書》四本散文集中[29]，試圖探討蔡珠兒如何用食物標記或見證香港的城市景觀，以及建造完這些景觀之後，如何召喚與塑造其自身或香港居民對於城市的集體記憶與認同。

一、香港味覺景觀

「城市」作為一個空間、一個載體，容納各式的符號、規範、景觀，對不同的人而言，城市空間便有著不同的解讀方式與象徵意義。空間的特性是多重的，它是各種符號與關係的聚合，亦由多重

---

28 蔡珠兒：《南方絳雪》，頁 112。

29 蔡珠兒另有《花叢腹語》一書，唯其出版於一九九五年，當時尚未定居於香港，且內容無關乎香港之描述，故不在本文討論之範疇。

意義架構而成，要敘述或研究一個城市，可透過種種政治、經濟、文化現象等面向切入，當我們把將城市視為一個被觀看或解讀的客體時，與之相對的主體（描述者或研究者）的主觀意識也是應該關照的重要部分，城市的意義便來自於此客體（空間）與主體（人）間的交互作用，舉凡城市內的一切活動與景觀，皆是人對於此空間的形塑。城市是人們活動的空間，當城市作為一個可探討的符號時，人們對於城市的印象形構或解讀，反映出人們生活行為的軌跡及其背後的意識形態。於是，即使敘述同一個城市空間，透過每個人的詮釋，也會產生出不同的符號意義與景觀。

一般人談論香港城市景觀，必然從最鮮明突出的摩天大樓建築說起，然而，可算是「道地香港人」[30]的蔡珠兒則另闢蹊徑，不從那些奪人眼目的高樓大廈切入，而選擇以她最喜愛及最拿手的食物為建材，構築出特殊的「香港味覺景觀」。筆者認為蔡珠兒筆下的香港展現出多元的城市味覺景觀，雖然表面上看似為一種混雜的飲食文化，然而細緻地深究之後，不難在龐雜的書寫篇章裡發現其所呈現的味覺景觀實則透過對文化、社會、語言文字等各種面向的觀察來建構，暗藏著分明的層次：

---

[30] 學者李歐梵對於蔡珠兒的稱呼，見李歐梵：〈文化的香港導遊〉，《雲吞城市．推薦序》（台北：聯合文學出版社，2003），頁7。

（一）初識香港味覺景觀

香港作為一個國際性都市，擁有大量且頻繁的旅客往來，進入一個城市空間，人們首先看到的必然是其最普遍、最特出的景觀，表現在飲食上，便是大街小巷皆可看見的、道地的香港食物。例如香港的特產「茶餐廳」，原是模仿西餐廳和英式下午茶的本地茶館，慢慢演變成中西菜色兼容並蓄的平民餐室，初到香港的遊客對於茶餐廳的印象或許僅止於鴛鴦奶茶、豬扒包或雲吞麵，但「道地」的香港人卻能從中觀察出更深一層的飲食文化：

> 茶餐廳是外食人口的大本營，不管白領藍領，一天中可能有兩餐在此解決，下午「三點三」（三點十五分）說不定還來喝下午茶，和同事「飲杯茶，食個包」，交換辦公室情報與最新八卦。……有人去茶餐廳偷閒，有人則是為了工作，對常在外奔走見客的房地產經紀、保險經紀，以及俗稱「行街」的業務員而言，茶餐廳就是流動辦公室，經濟方便到處開工。茶餐廳有個「淨飲雙計」的不成文行規，不點食物只喝飲料要算雙倍，就是針對這類食客而設，除了經濟捎客之外，常在茶餐廳「待命」的流動行業，還有些打零工的建築、裝修工人，所以茶餐廳也是流動的人力市場。
>
> （〈茶餐廳地痞學〉，《饕餮書》，頁 90-91）

蔡珠兒的散文提供了我們初識香港飲食文化景觀的入口：茶餐廳裡不是只有食物，更包含了複雜的社會、文化現象與背景，若非蔡珠兒寫出來，一般遊客恐怕很難察覺茶餐廳的特殊行規及顧客的身分和飲食習慣。

再如街道上隨處可見糖水店「堆得高高的，黃澄澄一片，色誘路過行人」的芒果，蔡珠兒告訴我們不同甜品須用哪個品種的芒果製成，才夠美味[31]；同樣隨處買得到的港式魚蛋[32]與楊枝甘露[33]，蔡珠兒不僅告訴我們哪裡的好吃，並將製作過程一併曝光；涼茶舖裡幾十種的涼茶，蔡珠兒細數各種草藥的功效[34]；超市裡滿坑滿谷的各類蔬菜、水果姿色雖仍豔麗，卻因是 WTO 開放，從世界各國而來的廉價舶來品，早被冰冷的長途貨櫃凍得厭厭一息，美味盡失[35]；不管傳統市場或超市，「活魚」、「直魚」和淡水魚的攤檔是完全分開的，不但各有價位與客路，也標幟了迥異的生活型態[36]。蔡珠兒筆下的香港味覺風景，雖然有一部分以極普遍的飲食如茶餐廳、芒果、魚蛋、楊枝甘露、涼茶或是市場裡的魚和蔬果作為描寫對象，但她不僅僅是寫出飲食的表面，文字間更涵括了香港深層的飲食文化及現象，這裡充分展示出蔡珠兒文化研究的相關背景，她不僅藉文字

---

[31] 可參閱蔡珠兒：〈酗芒果〉，《紅燜廚娘》（台北：聯合文學出版社，2005），頁 15-18。

[32] 可參閱蔡珠兒：〈彈牙魚蛋〉，《紅燜廚娘》，頁 216-219。

[33] 可參閱蔡珠兒：〈楊枝甘露〉，《紅燜廚娘》，頁 40-43。

[34] 可參閱蔡珠兒：〈涼茶舖〉，《雲吞城市》，頁 75-78。

[35] 可參閱蔡珠兒：〈二十四張秘密菜單〉，《饕餮書》，頁 32-38。

[36] 可參閱蔡珠兒：〈嶺南有嘉魚〉，《南方絳雪》，頁 159。

展現香港的飲食，更在其中加入了文化研究之觀察，拓展香港味覺景觀的豐富性與層次感。

（二）味覺景觀 M 型化

除了大眾隨處可見的飲食現象，另外有一些景觀則是一般人較難察覺到的，若不是定居在香港的道地居民，是很難接觸與體會的。蔡珠兒也善用其美食愛好者與社會觀察者的雙重身分，考察出香港飲食社會的特殊之處，在散文中清楚地描繪出來，其中最特別的現象便是在「M 型社會」經濟結構影響之下產生的兩極化飲食景觀。社會頂層的有錢人對於飲食極為講究與奢華，頂級食材如鮑魚、燕窩、魚翅等，在經濟發達的香港市街上或高級餐館中，仍常可見其蹤影。尤其富商名流更是趨之若鶩，蔡珠兒在〈燕窩迷城〉裡便寫道：

> 去年香港有件轟動的八卦，某富豪和律師女友分手後，大爆內幕，說她橫征暴斂需索無度，經常刷他的黑卡買珠寶，每月花十萬港幣買燕窩。報章周刊立刻熱烈跟進，一邊打探城中名流吃燕窩的養生心得，一邊去問海味專家：「十萬元燕窩要怎麼吃？」答案是吃不消。最好的會安燕一斤六十盞，值兩萬多港元，十萬元可買四斤半，一星期吃一斤多，平均每天吃十盞，每餐吃三四盞，即使用大碗公狼吞虎嚥也難以吃完。
>
> （〈燕窩迷城〉，《紅燜廚娘》，頁 192）

據蔡珠兒所言：香港是國際最大的燕窩市場，每年從南洋進口燕窩一百二十多噸，而近年來燕窩愈來愈普遍，不一定要富豪那樣的上流人士才吃得起。[37]由此可見，在經濟高度發展的香港，頂級食材漸漸不再是富貴人家豪宅裡的專屬品，儼然成為這個城市代表「發達、奢華」的一種味覺景觀。甚而這樣的景觀也成為了香港揚名國際的招牌：

> 把「鮑魚公關」發揮得最出色的，還是那位「鮑魚王」楊貫一，他並非廚師出身，四十餘歲才潛心鑽研鮑魚烹製技巧，卻成功開創出「阿一鮑魚」的品牌，奠立「富臨飯店」的高級消費地位。……樹立國際性的「御廚」形象，把自己明星化傳奇化，鍍亮了商品招牌，使得富臨飯店成為香港美食一景，引來各地食客老饕，日本人甚至組成「鮑魚之旅」，專程來港品嚐。
>
> （〈鮑魚的糖心術〉，《饕餮書》，頁 63）

這是香港上層社會的飲食景觀，但儘管香港經濟再怎麼發達，不可能僅有一種「高級的」飲食景觀，與之相對的，平民美食或尋常人家的家常料理、食材，才是居住在繁華鬧市之外（離島大嶼山的榆景灣）的蔡珠兒所關注的焦點。相較於對頂級食物奢華氣味的冰冷

---

37 可參閱蔡珠兒：〈燕窩迷城〉，《紅燜廚娘》，頁 192。

描述，蔡珠兒在底層平民的味覺景觀的描繪文字中，似乎增添了些人情味及生活趣味於其中，例如：

> 從我住的榆景灣搭十五分鐘「街渡」（漁船改裝的小渡輪），可以到隔海相望的坪洲，這就是我的漁市場。坪洲是個名不見經傳的小島，有自給自足的小型漁撈業，當地兄弟檔或夫婦檔的漁民，駕著小艇捕捉沿海中下層的暖水魚類，漁獲不多，卻都是風味十足的土產。
>
> （〈一隻虛妄的老鼠斑〉，《南方絳雪》，頁 151）

對蔡珠兒而言，最能代表香港的味覺風景絕對不是擁有「金」字招牌的「鏞記燒鵝」或「阿一鮑魚」，而是隱藏在社會底層、尋常人家中的飲食，她說「香港最獨特的味覺景致，是尋常人家的老火煲湯」：

> 這是一個只有鼻子才能領略的風景，不管是淺水灣的豪宅還是深水埗的屋邨，黃昏夕照時，必定都浸淫在一片芬馥的湯味裡。在這個全世界貧富對比最尖銳的城市，只有一鍋「家常老火湯」鑽破了地域與階級的藩籬，日復一日餔養著香港人的身體，滋潤著香港人的靈魂。
>
> （〈今晚飲靚湯〉，《南方絳雪》，頁 112）

的確，對於香港居民而言，日常的生活空間才是最具意義、最能代表香港社會的景致。除了家常老火湯之外，走出家裡，到了喧鬧的市街上，亦有足以代表香港平民社會的味覺景觀，那便是「茶餐廳」，蔡珠兒說：「茶餐廳和角頭都有濃厚草根味，是香港市井文化的鮮明象徵，……這就是香港精神，整個香港其實是一間大型的茶餐廳。」（〈茶餐廳地痞學〉，《饕餮書》，頁 91-92）從上述例子來看，特別強調住家裡的煲湯與市道上的茶餐廳，是蔡珠兒以「道地」的觀點，加上文化研究與人文社會觀察的背景所提出的看法，我們可以清楚看到，平民的飲食景致才是她認為足以代表香港精神與社會文化的城市味覺景觀，這一點，蔡珠兒的看法與張曼娟、平路和龍應台等臺灣作家一致（如本章前節所述）。

（三）另類風景

在香港，味覺景觀除了可以用眼睛看、用鼻子嗅、用嘴巴嚐之外，最特別的就是這類從眾多飲食文化與習慣衍生出來的另類飲食風景，而這另類風景亦常是出於廣東話的俚語方言或特殊文字用法之因，例如：

> 搬來香港，以為地卑近濕必多好筍，誰知廣東人認為筍性寒毒，絕少食用，做酸辣湯就馬虎開個罐頭筍，不可卒食。怪

> 的是粵語卻又把好東西形容為「筍」，名牌開倉賣「筍貨」，房地產廣告有「筍盤」，筍字觸目可見，真筍遍尋不著。
>
> （〈飛天筍〉，《紅燜廚娘》，頁 28）

香港人認為筍為劣物而不吃，卻又用筍來指稱好的事物，以致滿街的「筍」充斥，蔡珠兒雖用戲謔的口吻書寫，卻也真實表現出香港的飲食文化特色及其所延伸的城市社會現象，實則因蔡珠兒深入的社會觀察才能標誌出如此特殊的城市景觀。然而，這樣的另類風景雖與飲食相關，卻不是以真正的食材入菜，我們無法用味覺或嗅覺品嚐，只能以眼觀並且用心體會。

在蔡珠兒的飲食散文中，還有不少與前述以「筍」發展出的特殊城市現象雷同的敘述，例如說到粽子：

> 立夏之後，酒樓餅舖開始賣粽子，粵人猶存古風，慣於把「粽」寫成「糉」，店頭和報章觸目皆是斗大的糉字，豆沙糉、蓮蓉糉、瑤柱糉、鮑魚糉、火腿糉、燒鴨糉……，猛一看我總以為是傻字，常被這些突然冒出來的傻子嚇一跳，繼而暗自偷笑。
>
> （〈粽子，傻子與魔鏡〉，《饕餮書》，頁 24）

又如她談到「魚」：「摔生魚的動作叫『撻生魚』，後來引申為跌跤摔得厲害的意思，又因『撻生魚』陰森殘忍，充滿刀俎魚肉的黑色意象，港片常以此情景來暗示劇中人物的血腥際遇或悲慘命運。」(〈嶺南有嘉魚〉，《南方絳雪》，頁 167）此外，「蝦碌本指蝦仁、蝦球，粵語卻用來形容搞烏龍、出狀況，以及狗屁倒灶、不大不小的糗事，例如成龍電影結尾的 NG 片段就叫『蝦碌鏡頭』」，昏庸的官員被戲稱為「蝦碌之輩」等（〈蝦碌之王〉，《饕餮書》，頁 74）。於此，蔡珠兒對於香港味覺景觀的描繪已然脫離了食物的「實體」本身，而從「意」來刻畫，她將飲食與語言文字、飲食與文化或飲食與社會等多重連結的關係彰顯出來，使得專屬香港的都市現象表露無遺，並確立、開創了「味覺風景」的另類發展空間。

（四）味覺景觀的遞嬗

既是談到「景觀」，必然可從文本的字裡行間看出畫面性，而前述的多元飲食文化景觀，雖然包括了對香港的初步認識與第一印象（蔡珠兒加入了文化方面的意涵）、更深入的社會上層與底層飲食景觀，以及由飲食文化所衍生出的另類風景的觀察，大體上皆是屬於靜態的、固定式的畫面。而筆者以下所述則可視為是流動的、動態的味覺景觀的改變。

一個城市的面貌不可能一成不變，隨著時間流逝，城市的景觀或多或少也隨之改變。飲食作為人類每日之必需，必然足以反映人們生活之社會與時代之變遷，而「食物」既是蔡珠兒書寫所使用的媒介，美食又是這位「老饕」的最愛，其文本最先反映出來的便是香港「飲食文化的改變」。例如談到近年來香港興起的「私房菜」旋風：

> 二〇〇〇年間，香港吹起一股私房菜風，標榜特色的「住家菜」紛紛冒出，大江南北及法義日式皆備，非正式的統計說已有一、兩百家。這類私房菜沒有招牌，一般隱身於陋巷唐樓和大廈住宅裡，要靠知味識途的食客相傳走告，而且光顧前必先預約訂位，有時還要湊齊人數才行。不設菜單餐牌，由店主配合季節時令轉換食材款式，收費也按人頭而非菜式計算，雖比一般餐館昂貴，但因為菜色精巧有心思，環境氣氛隱蔽幽靜，很快風靡了一干中產階級。
>
> （〈私房菜社會學〉，《饕餮書》，頁 106-107）

諸如此類的描寫亦見於其他篇章，如〈南方絳雪〉、〈嶺南有嘉魚〉、〈打一場 Party 的硬仗〉等，分別就港人對於荔枝、魚類、派對文化等飲食現象的改變做了深刻的敘述，此外，較特別的是〈砌盆菜〉一文對於香港「盆菜」風潮的敘述：

> 住在港九的城裡人，以往只有去大埔或元朗郊遊時，才偶爾一嚐，但近幾年來，基於經濟不景與懷舊心情，俗又大碗的盆菜愈來愈受歡迎，從新界殺入市區，風行全港，還傳到深圳廣州等地，搖身變成香港特色食品。不管高級酒樓或平民快餐，都做起各式盆菜，端午中秋、聖誕派對、冬至以至除

夕，一律以盆菜應節，平日飲宴也吃，儀式性逐漸消褪不彰，鄉土原味也流失走樣。

（〈砌盆菜〉，《紅燜廚娘》，頁 209）

對於蔡珠兒的描述，我們應可從兩個面向加以解讀：一是單就「空間」改變而言，提到飲食習慣與現象的傳播，整個香港的味覺景觀也隨之改變，以往只能在郊區看到的飲食現象，現在連熱鬧的市區也開始流行，甚而影響鄰近的其他城市；二是就「文化」的遞嬗來看，便可觀察出蔡珠兒在這個面向上有所寄寓，她欲透過描述飲食現象的改變，導引出個人對於飲食文化的看法及批判，這當中也牽涉到個人情感與認同的問題，這個部分稍後再詳述之。

除了飲食文化的變遷或傳播影響了香港飲食景觀的改變之外，在蔡珠兒的飲食散文裡也透露了一個值得關注的現象，隨著經濟發展的高低起伏，香港社會已經有一部份人口連簡單的煲湯都喝不起了，蔡珠兒稱之「天賦湯權」慘遭剝奪：在拮据的經濟下，貧窮戶買公仔麵、十元一堆的廉價魚或冷凍雞翅膀，就是一家人吃上兩三餐的口糧，能夠煮點肉片蛋花之類的「滾湯」就算不錯，煲湯已成奢侈之舉。而一般上班族則因深恐失業，忙於工作也無暇煲湯飲湯（〈憂鬱的老火湯〉，《饕餮書》，頁 42-43），煲湯在香港飲食文化是極為重要的一環，蔡珠兒雖以輕鬆的方式娓娓道出煲湯文化在香港已漸沒落，實則語重心長的藉喝湯這件事點出香港經濟發展的負面影響與整個香港社會的變化。而我們也從蔡珠兒的散文知曉，在文化因素之外，「經濟」亦是影響香港味覺風景變化的主因之一。

我們可以看到在蔡珠兒的飲食散文書寫中，香港成為一個豐富、具有文化層次的美食城市，蔡珠兒透過食物，帶領讀者們遍覽香港的味覺景觀。這當中有些是一般人從表面可見，也是常見的味覺景觀，但值得我們注意的是，蔡珠兒以其文化與社會觀察員身分所刻畫出來的、隱身於表面之下的「文化與社會的」香港味覺景觀，才是其飲食書寫的特出之處。她直接透視食物背後所隱藏的文化及社會，於是我們知道在香港，茶餐廳與煲湯各代表不同的社會現象，「筍」和「蝦」並非真正的食物而具有其獨特的文化內涵。很難想像，一位成長於臺灣的作家，定居香港才短短幾年時間，卻能比道地的香港人更了解香港，蔡珠兒竟能用文字如此精準、深入地展示出香港的城市味覺景觀，無怪乎李歐梵稱頌她是「文化的香港導遊」且「道地得驚人」[38]。

二、飲食與地方認同

筆者本節前述，皆從蔡珠兒文本的「客觀面向」來看，選取作家單純描述味覺景觀的內容來做論述與舉例；自此筆者轉而採取「主觀面向」做觀察，從蔡珠兒文字中所流露的個人情感與對社會、文化的批判，以及她如何用飲食標誌香港的「地方」性，再從中召喚自己與集體的認同等面向展開論述。

[38] 李歐梵：〈文化的香港導遊〉，《雲吞城市・推薦序》，頁7。

（一）食物與個人認同

一九九七年香港脫離英國殖民地的身分，回歸中國懷抱，政治上主權移轉的過渡時期曾造成部分港人對中國大陸政權的恐懼而引發一波移民出走潮，政治上的不確定因素也使得國際投資基金外流。而在一九九七年主權移交後，香港經濟發展亦可謂一波多折：一九九七年底禽流感爆發，造成全球恐慌，九七年底至九八年初，房地產及股票市場的泡沫爆破，九八年的亞洲金融危機也衝擊到香港，導致全年經濟出現負增長，二〇〇一年美國經濟低迷拖累外圍環境，加上「九一一事件」打擊旅遊業，以及網際網路泡沫化，使得香港經濟雪上加霜。二〇〇二年景氣雖稍微復甦，二〇〇三年三月中卻又爆發 SARS[39]，四月二日世界衛生組織發出旅遊警告，使得香港旅遊業受重創，民生消費與經濟信心遭受嚴重打擊。而後香港終於在六月二十三日從疫區名單剔除，香港經濟開始出現復甦跡象，中國大陸開放指定省市居民申請訪港旅遊，刺激旅遊業發展。加上美元開始轉弱，與其掛鈎的港元在國際市場顯得更具競爭力，此後，香港經濟才漸趨強勁，二〇〇六年十二月二十八日，恆生指數更首次衝破二萬點，香港經濟再度站上高峰。

九六年底到香港定居的蔡珠兒剛好見證了這一切。她剛開始非常不喜歡香港，但在與香港一同經歷這些高低起伏之後，她卻對

---

[39] SARS 為「嚴重急性呼吸道症候群」的簡稱（英文全文：Severe Acute Respiratory Syndrome），是非典型肺炎的一種。

這個城市產生共同革命的情感，她說：「身為傾城之民，我被迫和它有禍共享有難同當，……我們的命運休戚與共。」（〈家在鳳凰山〉，《雲吞城市・自序》，頁 16）於是，蔡珠兒用她擅長的飲食書寫記錄下香港多年來的變化。關於香港的變化，筆者在前文已有述及，此處將進一步探究蔡珠兒在香港的變化過程中，如何表現出自身強烈的認同感，並因為認同而對香港的文化和社會有所省思與批判。

蔡珠兒在《雲吞城市》一書的自序中便自我表白：「不知道從什麼時候開始，我已經把香港當成家了。」（〈家在鳳凰山〉，《雲吞城市・自序》，頁 12）從對這塊南方瘴癘之地的拒斥，到好奇，最後認同，並願意與之同甘共苦，這其中的原因固然很多，但我們從蔡珠兒的文字裡至少可以確定一項因素，那就是「食物」。且看下列這段文字：

> 廣式臘味出名，但我嫌臘腸太硬，油鴨太鹹，臘肉太生韌，還是台式的香腸和燻臘肉好吃。唯獨肝腸，讓我萬分傾心痴迷，尤其冬天吃煲仔飯，夾起整條猛啃，油滋滋甜膩膩香酥酥，令人歡愉饜足，飄然恍惚，效用近乎醇酒和快樂丸。
>
> （〈鴨肝肥腸〉，《紅燜廚娘》，頁 129）

香港的食物令蔡珠兒著迷並獲得滿足與快樂，蔡珠兒是個美食愛好者，而香港是知名的美食天堂，當美食與香港的形象疊合時，便產生移情作用。若我們援引文化地理學的觀點來看，「空間」是無意義的，而「命名」才賦予空間意義，使之成為「地方」：

> 空間因而有別於地方，被視為缺乏意義的領域——是「生活事實」，……當人將意義投注於局部空間，然後以某種方式（命名是一種方式）依附其上，空間就成了地方。[40]

也就是說，香港原先對於初來乍到的蔡珠兒而言只是個無意義的空間，但在此空間內生活一段時間後，這個空間逐漸對她產生意義，其中一個重要的原因就是食物，而食物正是蔡珠兒替香港命名的方式。我們從蔡珠兒自己所敘述的這段話便可得到印證：「食物是最深刻的記憶與認同，像基因一樣嵌織著一套複雜的暗碼，標誌著個人的性別、血統、地域、社會階級和成長歷史，排列組合出獨特的印記。」（〈洋芋片的時空版圖〉，《饕餮書》，頁 137）食物作為連結蔡珠兒與地方情感之媒介，猶可從許多篇章窺知，如〈南方絳雪〉中，她一面批判盛夏時節港人吃荔枝時狼吞虎嚥、狂吃暴食，情味索然，另一方面又「不得不服氣，廣東荔枝的品種與口味豐富精彩，更勝臺灣一籌。」（〈南方絳雪〉，《南方絳雪》，頁 86-87）再如：「我也的確愈來愈像香港人，說話急走路快，嗜飲奶茶和鴛鴦，愛吃雲吞麵和牛腩河（粉），每天要煲老火湯，幾天不飲茶不吃蝦餃就腿軟心

---

[40] Tim Cresswell 著，徐苔玲、王志弘譯：《地方：記憶、想像與認同》（台北：群學出版社，2006），頁 19。

慌。」（〈家在鳳凰山〉，《雲吞城市・自序》，頁 15）而在〈炒飯的身世之謎〉文中，蔡珠兒提到「揚州炒飯」在二〇〇二年被揚州宣布註冊為專利商標時，便把自己當成十足的香港人：

> 別的地方還當笑話說，香港人可是快氣瘋了，揚州炒飯原來是香港才有的特產，根本和揚州毫無淵源瓜葛，現在不但被揚州人當寶貝撿回去認祖歸宗，而且乞丐趕廟公，壟斷禁用，真是荒謬離譜天理何存。
>
> （〈炒飯的身世之謎〉，《饕餮書》，頁 81）

於此便可清楚看出「飲食之於香港、香港之於蔡珠兒」這中間的微妙關係，亦即飲食是蔡珠兒認同香港這個地方的重要媒介之一。因而為了揚州炒飯的正統性被剝奪，她便與港人一起發出忿忿不平之聲。

（二）社會與文化批判

前面談到飲食為蔡珠兒認同香港的媒介，是單從她與食物的關係來談，而我們不可忽略蔡珠兒在英國從事文化研究的背景，於是此處筆者欲在「飲食」的基礎之上，加入社會與文化的角度來觀察蔡珠兒的飲食散文書寫。誠如李歐梵所言：「此書（指《雲吞城市》）其實也應該出香港版或在香港廣為流傳，最好也讓那些高高在上的

『肥貓』高官人手一冊，他們才會真正瞭解民情。」[41]這是對蔡珠兒的極高讚賞，肯定了她對於香港社會與文化所做的觀察及用心。

蔡珠兒到香港居住前後不過幾年光景，卻已對香港風土民情瞭若指掌，例如每年農曆七月，香港的老社區紛紛舉辦「盂蘭勝會」，除了搭祭壇、唱神功戲，還會派發「平安米」賑貧積福，來排隊領米的大多都是老人，近年來又因失業人口與領社會救濟金的貧者日多，使得排隊領米的人群像「白米特攻隊」般，不但無畏酷暑、風雨，更需早起摸黑轉戰各地，只為了能多領到一點米。這樣不合理的現象看在蔡珠兒眼裡當然無法忍受，於是對這樣的文化以及社會提出省思：

> 大半世紀前香港早已「銀行多過米舖」，現代人愈來愈少吃飯，米舖形近絕跡，米價日益廉賤，一包五公斤米不過港幣二三十元，不夠買兩客麥當勞，卻弄得老貧者受罪甚至送命。盂蘭鬼月正逢酷暑，又常有不測的暴雨和颱風，看到老人排隊苦捱，不禁令人納悶，陋俗為何長年不改，難道不能用更人道的方法派米？是否要見到老人卑微折腰絡繹於途，慈善機構才有排場面子，才能點算積德的數量？
>
> （〈白米特攻隊〉，《雲吞城市》，頁 114）

[41] 李歐梵：〈文化的香港導遊〉，《雲吞城市．推薦序》，頁 9。

這段話是蔡珠兒對香港的文化與社會嚴正的批判，一方面檢討風俗修改之必要，一方面批評這些慈善機構發米的方式及心態，另一方面亦暗指當局政府的無能，無法照顧這些社會上的貧苦弱勢者，藉由「米」這個媒介，蔡珠兒發出深切的批判之聲。

由上例可以看出蔡珠兒對於香港社會的認同，進而有所期盼而發出批判聲音。除了從旁觀察之外，直接參與街頭抗議活動，則是表達自己對生活土地的認同最直接的方式。香港回歸後，董建華任香港第一任特首，到了二〇〇二年，在沒有對手的情況下連任。董建華執政七年多，他上臺之後，正值樓價高峰期，他提出年推八萬五千個住宅單位政策，希望控制飆升的樓價，但正好遇上金融風暴、樓價大滯，大批負資產人士怨聲載道，失業率也屢創新高，更不幸的是接連發生禽流感、SARS 等疫症，進一步令外界質疑董建華的領導能力。二十三條立法，更導致五十萬人上街遊行。而董建華推出的高官問責制也接連有保安局長葉劉淑儀因為硬銷二十三條立法、財政司長梁錦松因為偷步買車風波和其後的衛生福利及食物官長楊永強因為 SARS 事件相繼辭職而一直備受抨擊。其中二〇〇二年九月香港保安局宣布二十三條「國安條例」草案準備立法，以後凡是干犯顛覆、叛國、分裂國家、煽動叛亂、竊取國家機密、跟外國政治組織有聯繫等罪、概不輕饒。一九九三年《明報》記者席揚被捕事件還餘悸猶存，許多港人害怕此議案將會侵害新聞、宗教及結社自由。政府此舉等同嚴密限制香港居民的行動及思想，造成香港民眾極度反彈，終於在二〇〇三年夏天立法限期之前爆發「七一大遊行」，高喊「反對二三，還政於民」。這場五十萬人的民主大遊行終使董建華宣布撤回反顛覆法草案，無限期擱置立法。

這場被蔡珠兒戲稱為「煮蛙（指人民）」的災難總算暫時平靜下來，她在〈二十三條煮蛙法〉文中說道：

> 擾攘了一年的二十三條總算告一段落，始於秋天終於秋天，真是香港的「多事之秋」，幸虧青蛙沒有被煮死煲爛，我也不必搬家，可以繼續在這裡喝鴛鴦吃蝦餃。七月一日的大遊行，人潮中各式手製標語充滿創意，我看到有一個寫著「廢柴煮青蛙」（廢柴意為窩囊廢，指誰不必多說），不禁舉拇指向那位大佬示意，他咧嘴一笑舉牌回敬，在那一刻，我終於覺得我是香港人。
>
> （〈二十三條煮蛙法〉，《雲吞城市》，頁 130）

從這一場大遊行可看出蔡珠兒對香港這個地方的完全認同，透過對文化的批判、社會活動的參與，她體認到自己「是香港人」了。縱然歷史或社會事件為蔡珠兒對於香港社會認同的催化劑之一，但在嚴肅的話語之中，我們亦可看見蔡珠兒在對政治、社會高度關注之外，「食物」也在其中扮演重要角色，飲食甚至是蔡珠兒在認同過程裡更強調的因素，所以她才由衷道出「可以繼續在這裡喝鴛鴦吃蝦餃」。同樣地，我們亦可在《雲吞城市》蔡珠兒的自序中看到她的回顧：「短短七年，我卻已有白頭宮女的滄桑。兩個七月一日切分兩段歷史，後九七已矣，後七一又會是怎樣的光景？我只盼多飲幾盅菊普，多吃幾碗雲吞，多爬幾趟鳳凰山，不必再去揮汗遊行了。」(〈家在鳳凰山〉,《雲吞城市・自序》，頁 20）這裡的「盼多飲幾盅菊普，多吃幾碗雲吞」跟前述的「喝鴛鴦吃蝦餃」一樣，都是以飲食為「香港」這個地方的最終極意義，由此可知，「食物」還是蔡珠兒「認同」最後的依歸。

（三）召喚集體記憶

地方不僅是個人用「命名」賦予意義後的空間，地方也常常被視為「集體記憶的所在」，透過連結一群人與過往的記憶建構來創造認同的場址。[42]在一般情況下，最常見的建構集體記憶的方式便是透過建築來標幟，因為建築是最明顯可見的標的，當人們看到凱旋門便知道那是法國，看到自由女神像便知道是紐約；世界七大奇景的重新票選，也是以建築地標喚起對地方的認同與記憶的活動；紀念某一場戰役或某一個重大社會事件時，更常常塑造紀念碑來凝聚人們的記憶與認同。凡此種種，目的只有一個——塑造「地方」標誌，召喚集體記憶。

然而，蔡珠兒不用顯而易見的高樓建築、名牌精品來建構香港，而是企圖用飲食來打造這座都市居民群體的精神場所，食物不僅再

---

[42] Tim Cresswell 著，徐苔玲、王志弘譯：《地方：記憶、想像與認同》（台北：群學出版社，2006），頁 101。

現了地域文化的認同，個人經驗和集體記憶合流，使地方更具有多重符號的意義。就像〈今晚飲靚湯〉所描述的場景：

> 香港最獨特的味覺景致，是尋常人家的老火煲湯。下午才兩三點，各家的廚房傳來一陣輕微騷動後，不久就開始氤氤氳氳地飄出氣味來，起初縹緲而平淡，還夾有生腥之氣與糙澀之感；漸漸漸漸地，那味道就想釀酒般醇了又冽了，頑冥化為乖馴，腥澀轉成鮮腴，原先的虛無縹緲也坐實為濃郁稠厚，此時已是華燈初上的薄暮時分，湯的氣味混合著萬家燈火，瀰漫懸浮在城市的半空中。
>
> （〈今晚飲靚湯〉，《南方絳雪》，頁 112）

蔡珠兒以極細膩的筆法刻畫煲湯的氣味，召引出香港居民的記憶，也打造了獨一無二的「地方」空間，這是生活在別的國度或別的城市的人民所無法體會的，所有的香港人在看到這樣的文字之後，必感心有戚戚焉，從而牽引出往日生活的記憶。援用文化地理學之概念來看：地方的物質性，意味了記憶並非聽任心理過程的反覆無常，而是銘記於地景中，成為公共記憶。[43]一般而言，建構集體記憶最常見的方式是建造地標及歷史敘事，（這兩項工程最易凝聚公眾意識，姑且不論此意識的真實性為何），卻也不限於此，任何可以喚醒、

---

[43] Tim Cresswell 著，徐苔玲、王志弘譯：《地方：記憶、想像與認同》（台北：群學出版社，2006），頁 138。

強化記憶的「零件」，譬如一個符號、一個意象、一句標語，集體記憶依靠敘事性文本和非敘事性的對象（object）、儀式、空間承載[44]，而蔡珠兒即以飲食取代地景，成為引發香港民眾公共記憶的媒介。

除了用煲湯氣味打造香港居民集體記憶的地方空間之外，近幾年社會上發生的大事更是居民集體的生活經驗，其中最重大的事件就是禽流感及 SARS 的爆發。九七年香港首度發現人類感染禽流感案例，患者因感冒入院治療，但他的感冒並不普通，病情很快惡化，十多天之後即不治身亡。其後，疫情急轉直下。一方面，多個農場和街市先後出現雞隻突然大批死亡的事件，另一方面，感染禽流感病毒的香港市民不斷增加，死亡人數也在上升。禽流感的爆發引起全球恐慌，貿易及旅遊業發達的香港經濟更是遭到重創。在幾年間（二〇〇一年、二〇〇二年和二〇〇五年），禽流感多次捲土重來，香港再度陷入愁雲慘霧之中。災難最讓人刻骨銘心，如同臺灣的九二一大地震，美國的九一一恐怖攻擊，至今都還是居民揮之不去的夢魘。蔡珠兒便以香港的「雞感冒」災難為背景，再次喚起民眾的記憶：

> 自從九七年底，香港爆發全球首見，由禽鳥傳染給人類的「雞感冒」H5N1 以來，雞瘟就成了港人的漫長噩夢。那年政府大開殺戒全面滅雞兩天內殺盡全港一百三十萬隻雞，其後又

[44] 潘國靈：〈SARS 的集體記憶建構〉，《城市學：香港文化筆記》（上海：上海人民出版社，2008），頁 152。

停止進口內地活家禽，希望堅壁清野把病毒趕盡殺絕，市民因而有兩個多月吃不到鮮雞，連鴨鵝乳鴿也一概從缺。

（〈洋芋片的時空版圖〉，《饕餮書》，頁 110）

在禽流感爆發後，香港政府開始實行禽類中央屠宰制度，市面上不能販售活的雞鴨鵝，這對每天要吃「十萬隻」活雞、燒鵝油鴨的香港人而言，確實苦不堪言，因為冷凍禽類的味道遠不及現殺現宰的，也難怪美食愛好者蔡珠兒要跟大家一同感嘆「沒有雞吃的日子」。早在九七年時，作家張曼娟也記述了香港當時爆發禽流感過後的景況：

「鷄來了！鷄來了」兩個月以前，香港人聽見這句話，不免膽戰心驚，風聲鶴唳，就像聽見「狼來了」的感覺差不多。如今，內地活鷄終於批准進口，苦苦等候近兩個月的港人，爭先恐後湧進街市、酒樓，迫不及待的大快朵頤，吃得津津有味，吮指讚嘆：「鷄來了！鷄來了！」那種歡慶的感覺宛如福音降臨。

（〈鷄來了！鷄來了！〉，《溫柔雙城記》，頁 220）

香港人的飲食始終無法與雞、鴨、鵝等家禽脫離關係，九七年張曼娟的觀察是如此，到了二〇〇五年蔡珠兒的體驗亦如是。而在二〇〇五年最後一波禽流感過後約半年，蔡珠兒歡欣鼓舞的寫出〈鵝回來了〉，她說：「『鵝返來啦！』香港近來最振奮人心的消息，莫過於燒鵝重返江湖，飢饞許久的市民遊客，紛紛湧往鏞記和深井，迫不及待大快朵頤。」（〈鵝回來了〉，《紅燜廚娘》，頁 131）、「鵝回來了，來一碟熱脆燒鵝配絲苗香米，升斗小民的甜美生活盡在其中。」（〈鵝回來了〉，《紅燜廚娘》，頁 135）從沒有雞吃的日子到鵝回來了，蔡珠兒與香港人共同經歷了這段煎熬的時光，這不僅是對地方情感的表達，更透露出對於食物的真情。而這樣的情感與記憶可與張曼娟於九七年時的經歷相互對照：

> 當鷄再度出現香港，引起一片吃鷄狂潮，餐館紛紛推出以鷄為主題新菜式，把鷄吃得矜貴起來了。近來看見一家酒樓的新對聯：美好人生，「鷄」不可失。於是明白，「鷄來了！鷄來了」的歡欣載奔中，人們迎接的，原來是美好的人生。
>
> （〈鷄來了！鷄來了！〉，《溫柔雙城記》，頁 222）

蔡珠兒與張曼娟對香港的體驗是極為相似的，說明這的確是香港人的集體經驗。蔡珠兒選擇利用食材與疾病的連結喚醒港人的記憶，而此集體記憶有其代表性，代表著整個香港社會的特殊氛圍，正如同張曼娟所言：「沒有鳳爪的香江，變了味。」（〈鷄來了！鷄來了！〉，《溫柔雙城記》，頁 221）蔡珠兒的香港書寫包含著一種特殊的集體生活經驗與記憶，這是其他地方所沒有，也無法複製的。

除了禽流感之外，SARS 是另一個香港人民的噩夢。SARS 在二〇〇二年十一月初於中國廣東省河源市最早出現，其後，經由旅游、商貿、移民人群迅速擴散到了香港，並由香港再擴散至越南、新加坡、臺灣及加拿大的多倫多等地。二〇〇三年五月間，北京和香港的疫情最為嚴重。直到二〇〇三年夏季，染病人數日減，病情才得以完全控制。這場全球人類共同的危機，即使身處臺灣的我們也還記憶猶新、心有餘悸，對於最靠近疫情爆發區域的香港而言，影響更鉅。作家平路當時也在香港，她回憶當時社會的緊張情況：「游泳池上了鎖，俱樂部暫不開放，沙灘顯得冷清，購物中心人跡少了，觀光飯店剩下少許生意。美國領事館動作最快，幾個禮拜前就開始撤僑。有些跨國公司的職員家眷，提著簡便行李也趕緊出境，如果這時候誤了班機，會不會飛機停飛？困在圍城裡，就永遠都走不成。」（〈城市與……瘟疫之一〉，《讀心之書》，頁 76）

如同禽流感一般，SARS 也成為蔡珠兒召喚歷史記憶的書寫背景之一，當時不僅民眾瘋狂搶購白米等生活必需品，市面上各種補湯、偏方茶、抗煞餐點亦大量充斥，如：

> 廣東人本來就藥食難分，現在更徹底發揮藥膳湯水的民俗信念，強身補肺的食餚滿天飛。酒樓為了救市，紛紛推出「預防非典型肺炎套餐」，聽來雖不可口，菜式卻是煞費苦心：薑片爆鴕鳥肉能驅風殺菌，苦瓜黃豆燜白鱔可清熱解毒，例湯更來個大包抄，靈芝黃耆黨參淮山玉竹蜜棗杞子瘦肉湯，補

氣健脾固腎潤肺疏肝兼增免疫力，飯後甜品是川貝銀耳燉雪梨，化痰止咳清潤解燥，人生至此夫復何求。為引誘食客上門，有的餐廳免費派送「防肺炎湯」和「清補涼」，「美心快餐」則贈送潤肺糖水——「眉豆髮菜煲陳皮」，據說髮菜能吸塵清肺，不過肺炎好像跟灰塵無關，而且把髮菜煮成甜點也實在怪異。

（〈補肺住家飯〉，《雲吞城市》，頁 53-54）

無論城市出現何種怪異的情景，蔡珠兒都真實地再現了當時的地方景觀。關於 SARS，香港官方亦曾在二〇〇五年六月 SARS 發生二周年時，舉辦「百日 SARS——全港一心」展覽，展覽為期九個月，先後在香港醫學博物館、香港科學館等場地展出，陳列一些 SARS 文物，包括冠狀病毒照片與模型、醫護人員的防護衣物、醫藥處方、防疫海報等，喚起大眾對 SARS 的記憶。此展覽可視為 SARS 記憶的官方版本，展出的內容與物品都是官方選擇的「記憶」或「遺忘」[45]。而 SARS 記憶絕不能只有官方版，這是全體香港人民都曾有的生活經驗，蔡珠兒成功以香港民眾共同的經驗為背景，用食物為媒介，勾引出個人的情感與認同之外，也召喚出居民共同的記憶與地方歸屬感，這是臺灣作家的 SARS 記憶版本。

[45] 未被展示的 SARS 相關文物與面向，便是官方認為不重要的，或是大眾可以「遺忘」的。

香港是個姿態萬千的城市，有太多為它命名的方式，蔡珠兒選擇以飲食作為媒介來命名香港，標誌出這個城市獨特的味覺風景，也構築出個人與集體認同的「地方」。蔡珠兒的散文也是我們了解香港飲食與文化的重要途徑。相信只要她繼續書寫，香港的味覺風景也將持續建構，或許有一天這位臺灣作家所建造出來的龐大的味覺景觀將能超越維港兩岸那些摩天大樓在香港的代表性。

第六章　結論

本文以臺灣作家的香港書寫作品為研究對象，主要章節部分，按作品寫作時代依序分為四大章，再依其主題之別，在章之下置若干小節以展開論述：首先，一九五〇至六〇年代的臺灣作家的香港書寫，以過客和難民為主角，呈現出五〇年代初期香港的社會景況，以及因兩岸三地政治動盪下，被現實壓迫而無所依歸的人民；其次，在一九七〇至八〇年代臺灣作家的香港書寫中，我們可以觀察到，作家如何將城市作為一種媒介，在作品裡抒發家國思念之情、見證兩岸政治轉型開放時刻，或是直接投入香港本土興起對於本土身分與認同情感追尋的熱潮，對於香港社會百態及前途問題皆有獨到見解；再者，於香港九七回歸前後，臺灣作家對當時香港氛圍有深刻的觀察和體會，香港人從回歸前的焦慮至回歸時、回歸後的淡然，香港社會百態浮現於臺灣作家的稿紙上，甚至有臺灣作家趕在香港九七回歸前，構思、經營一部歷史巨著，企圖以小說重構香港歷史並顛覆以殖民者為觀點的歷史敘述；最後，在九七後的新世紀香港，臺灣作家以獨特的審美觀與價值觀，挖掘最能代表香港精神的庶民文化，並在標誌香港特色的摩天大廈群之外建構出獨特的香港味覺景觀與記憶。

在本文的最後，筆者將對前述做出總結，並就個人見解，試圖為臺灣作家的香港書寫進行總體特徵的歸納與定位評價，再對相關研究之未來展望及重要性提出拙見。

一、總體特徵與定位評價

一九四〇年代末期至五〇年代的香港，因為中國大陸政權更迭，導致大批的移民（immigrant）或難民（refugee）湧入，其數量之龐大令人咋舌。據統計，一九四五年八月，二次大戰結束時，香港人口曾低至六十萬，但兩年內，大量大陸的人口又遷往香港，使人口增至一百八十萬。一九四九年中共在大陸取得政權後，至一九五〇年底，香港人口估計已達二百五十萬。中共建國後的四十年間，天災人禍不斷，為了逃避饑荒、躲避政治動亂，大量人口又流入香港，以至九七回歸前香港人口已有約六百萬人。[1]香港從一個半世紀前英國人佔領時的數千人的小漁村，變身為目前擁有七百萬人口的國際大都市，絕大多數的人口都從境外移入，非土生土長的本地人，於是，對這些移民而言，香港只是個過渡、過境的空間，他們大多沒有強烈的歸屬感，也缺乏在此地扎根的意願。在這些人當中，有

[1] 參考李怡：《香港一九九七》（台北：商周文化，1996），頁45。

相當數量的人是躲避政治災禍與動盪的難民，他們逃到香港企圖尋求政治上的自由空間，卻又因當時的香港是一個工業、經濟開始發展的城市，社會瀰漫濃厚的商業氣息，凡事以金錢為衡量標準，這些無所依靠又身無分文的難民們只得在困境裡掙扎、求生。臺灣作家夏濟安、邱永漢與趙滋蕃都在這個時期因為政治因素輾轉從臺灣或中國大陸抵達香港，他們以自身經歷為本，用作品見證那個動盪的時代。

夏濟安〈香港——一九五〇〉一詩透過現代詩的戲劇性融合中國古典詩的抒情傳統，表現那個時代、生活在香港的中國人的特殊景況。他藉由一個上海商人在香港社會與港人行事格格不入且行商被騙的故事，控訴香港社會的無情；邱永漢〈香港〉一文刻劃的是二二八事件後被迫逃亡海外的一批臺灣青年，生活在香港這個英國殖民地的掙扎。受到政治迫害的人從臺灣逃向香港，期望能在這一塊海峽兩岸夾縫間的自由地獲得喘息的空間，沒想到隱姓埋名、委屈求生地隱忍卻換來現實無情的打擊，在金錢慾望充斥的香港，人心泯滅、唯錢是問，這批逃難者反而過著生不如死的生活；趙滋蕃的《半下流社會》寫的是一九五〇年從大陸鐵幕逃亡、生活於香港下層社會的難民，他們雖然因貧窮而生活困頓，卻有著高貴的情操與遠大理想，正可與《半上流社會》中的顯貴們雖周旋於上層社會，但他們的內心有的只是貪財、欺騙與假仁假義做一對照。三位作家分別以「過客」和「難民」為主角展開敘述，凸顯當時的政治景況，並對香港商業社會提出嚴厲的控訴。特別的是，這些臺灣作家筆下的人物，在面對香港艱困的現實環境時，不得不思考去留問題，在這背後似乎也透顯出作家本身「過客」的特性與思維，如邱永漢後來到日本去，夏濟安和趙滋蕃輾轉來臺，作品內容與作家現實生活可相互觀照及印證。而此時的香港卻只能是過客們短暫的避風港，香港的社會環境與風氣使其難以成為過客們人生的終點站。

戰後一代香港本地出生的香港人逐漸成長，本土的生活經驗與方式漸漸取代老一輩人對故鄉及中國傳統文化的感情，香港人的主體意識開始建立。隨著一九九七年回歸期限日近，一九七〇至八〇年代的香港人開始思考其身分問題。一九八四年針對香港前途問題的「中英聯合聲明」發表後，尤其一九八九年爆發的「六四事件」之後，更引起香港人對中國共產黨政權的質疑及對未來的茫然。香港這個城市作為一個媒介，也成為臺灣作家情感的寄託，抑或是海峽兩岸政治轉型開放的見證。余光中曾在香港中文大學十年，香港是他生命中一個重要的中繼站，香港因在地裡位置上貼近中國大陸又鄰近臺灣，便成為他「左顧右盼」的絕佳位置，他諸多的「北望」鄉愁詩代表著他對中國母親的孺慕之情。另一方面，余光中也從未忘記他真正的「家」的所在——臺灣，他在作品中亦深刻地表現出對臺灣的思念，以及對臺灣的深刻認同。可惜的是，在香港的十年間，余光中沒有留下太多以香港本地為描述對象的作品，在有限的作品中，大多是對其居沙田、馬料水一帶山水的描繪，或是在臨走前留下幾篇關心香港九七前途的文字，我們沒有看到他對香港特殊的殖民社會、移民結構、社會百態有所著墨。香港只是為他提供了遙想中國、懷念臺灣的絕佳位置，這對提供他十年創作養分的香港而言，是個殘酷的遺憾。

七〇年代香港人的本土意識開始萌芽，時至八〇年代，香港人一方面憂心九七前途，一方面則積極探尋其本土性與身分認同，整個八〇年代的香港幾乎籠罩在這樣的社會氛圍中，這是八〇年代的「香港熱」。多位旅居香港的臺灣作家也趕上這波熱潮，一面用筆刻劃香港現實社會，一面對香港九七大限提出了擔憂與預言。早在六〇年代，白先勇的〈香港——一九六〇〉即對香港問題率先提出預言，他以香港罕見的旱災為背景開展故事，預言香港將在旱災中枯萎，表現出來的是作家或可說是香港人普遍對未來的不確定感與絕望之感；余光中和鍾玲的詩作同樣透顯出一個現象：香港人普遍對於「回歸中國」抱持著不安、懷疑的態度，而這股不安的氣氛在一九八九年「六四事件」發生後更加烏雲罩頂，香港究竟會面臨怎樣的一九九七？余光中藉詩表達內心的憂慮，鍾玲則在詩作之外，更以自身行動——離開香港回到臺灣——表現對香港未來的悲觀。

八〇年代臺灣作家的「香港熱」，不僅僅表現在對香港前途的關心上，朱天文更將關注焦點放在香港社會與時代的特殊交會點上，其兩篇小說作品〈世夢〉和〈帶我去吧，月光〉皆以解嚴後臺灣人民赴大陸探親為故事主軸，描寫兩岸人民在香港土地上演一幕幕賺人熱淚的團圓劇，凸顯香港作為兩岸中介地位，提供臺灣人對於國／家認同緩衝、省思的空間，為那樣一個巨變的時代做了重要的見證。此外，施叔青則用她的「外來之眼」，在「香港的故事」、「新移民」系列短篇小說和長篇小說《維多利亞俱樂部》中，揭露香港上層、下層社會的百態，她或以諷刺之筆，或用憐憫之情，寫盡八〇年代香港社會的眾生相。

時間來到九〇年代，香港人從八〇年代開始焦慮的神經，到了此時更顯緊繃。《基本法》載明，香港原有的社會制度等各方面將於主權移交後「五十年不變」，然而，這項承諾會否實現？是所有香港人心中共同的疑問。香港人擺盪在英國殖民者與中國大陸之間，一邊亟欲確立自己「香港人」的地位，一邊卻也必須在「英國人」和「中國人」之間做出抉擇。九七問題引發許多論述與文學創作主題。於香港回歸在即的歷史性時刻，施叔青以歷史小說巨著「香港三部曲」獻給她居住了十七年的香港作為大禮，施叔青以「悲情和慾望」打造香港的末世空間意象，同時提醒香港人不要被過度繁榮的商業經濟麻醉而忽視自己的歷史；同樣來自臺灣的易之臨、張曼娟與平路也用她們女性敏銳的眼光及細膩之筆，從政治、法律、經濟、社會和情感認同等各方面記錄下香港回歸的過渡與陣痛。令人詫異的是，臺灣作家所觀察到的現象是：香港人從九〇年代初期的焦慮，逐漸轉變為回歸當下的漠然。相較於臺灣作家熱切地「見證歷史」，她們筆下的香港人反而一派木然與平靜。我們可以從她們的作品中清楚觀察到，身為一位「外來客」，這些臺灣作家如何書寫九七前香港的社會景況。在除了香港作家的本土「自述」外，臺灣作家的作品亦是極具參考價值的一部分。

九七之後，回歸大戲落幕，臺灣作家們關心的焦點再度回到香港城市本身，諸如城市景觀和社會文化等。香港是一個國際貿易商業大城，其所擁有的摩天大樓數量在全球城市中名列前茅，維多利亞港兩岸的摩天大樓景觀已然成為香港的象徵，吸引著世人目光。但臺灣作家如張曼娟、平路和龍應台，與一般人談及香港時採取的切入視角不同，她們深入巷弄，尋找一般人忽略的香港面貌，她們用更多筆墨關心香港的庶民景觀與文化，並不約而同認為庶民文化才是真正香港精神的象徵；再者，蔡珠兒更利用「食物」作為特殊的媒介，透過飲食書寫建構出具「道地港味」的味覺景觀，並藉由味覺景觀的描寫勾引出其個人及全體港人對地方的記憶與情感認同，這不管是在飲食書寫領域，或是在以香港為主題而書寫的文學作品中，都是非常獨特的。

香港位於東方和西方、傳統和現代、社會主義和資本主義衝擊的邊緣地帶，在這個地區產生的文學有其特殊性及豐富性。臺灣作家屬於香港文學組成中，本土作家與南來作家外的「外來作家」之一翼[2]，然而臺灣作家帶著本身的種種獨特的背景前來，使得他們有別於香港本地作家或是大陸南來作家的敘事，具有更廣闊的視角來觀察香港、思考香港、書寫香港。從一九五〇年代開始，直至目前為止，有許多臺灣作家曾過境或客居香港，並且留下豐富的文學作

2 可參考許紅芳之說法，《香港南來作家的身份建構》（北京：中國社會科學出版社，2007），頁129。對香港而言，所謂「外來作家」指的是：從臺灣、東南亞、海外移居到香港一段時間，對香港有一定認同感，創作出有香港色彩作品的作家。

品，記錄了香港的發展，從他們的作品，我們可以看到各時期香港的社會面貌，若將之以時間串起，則可看見香港的發展與轉變。臺灣作家已關注到香港的城市景觀、歷史、政治、經濟、文化、社會及人民等諸多面向，但他們畢竟不是香港本地人，觀察所及必有其限制之處，例如教育、語言與藝術等等議題，是臺灣作家尚未碰觸的部分。透過臺灣作家的作品來認識香港，將無可避免地接收到「以臺灣作家之眼」觀察到的、非全面性的香港形象，而這一點卻也正是臺灣作家書寫香港的特殊之處。

特別的是，有些臺灣作家是躲避戰亂或政治災禍逃亡至港，有些作家到香港則是為了工作、學業或家庭，僅管他們抵港的因素不盡相同，但臺灣作家到香港的這件事，我們應可視其為一種身體與心靈上的自我流放，是故在異文化的薰陶之下，才得以激盪出一篇又一篇璀璨的文學火花。對香港而言，不同於中國大陸七〇、八〇年代的「南來作家」，臺灣作家到香港，顯然較少對於民族國家、文化身份的焦慮，也沒有在面對大英帝國異民族統治下繁榮進步的香港時，那種對中國文化、政治既愛又恨的尷尬，反而更能以「旁觀者清」的角度來看香港。

大陸學者曹惠民曾主張余光中、施叔青和鍾玲等作家，既可寫入臺灣文學史，也可寫入香港文學史[3]，筆者在此想說的是，這樣的

---

3 曹惠民：〈香港文學與兩岸文學一體觀——空間角度的一種考察〉，收錄於黃維樑編：《活潑紛繁的香港文學：一九九九年香港文學國際研討會論文集》（香港：中文大學出版社，2000），頁 34-35。

標準可擴及至本文所研究的十四位臺灣作家的作品身上，在論及香港文學時，這些作品也應佔一席之地。他們的作品跟隨時代的脈動，反映出各時期香港的特殊面貌，這些作品不僅是香港文學史上特殊的一部分；對於這些作家本身，香港時期的創作經驗與歷練，更是其文學生涯重要的一段，他們與香港相互成就；對臺灣文學而言，這些作品更是不可或缺的一塊拼圖，有了它們，臺灣文學更臻完整。這些作家、作品大多在臺灣文學史上已有一定地位，希望香港文壇，甚至世界華文文壇也能重視他（它）們的存在。

二、相關研究之未來展望

香港與臺灣關係深遠。於一九八四年中國與英國簽署聯合聲明以後，香港正式進入回歸的過渡期，英國對香港的管治期限只到一九九七年六月三十日，之後，香港便成為中華人民共和國管轄下的特別行政區。香港從殖民地過渡到特別行政區，這是全世界史無前例的事，更對中國大陸、香港和臺灣都有著重大意義。

圍繞香港問題論的「一個國家，兩種制度」想法，當初，是基於中國如何解決臺灣問題的必要性而出現的，並在一九七八年底中國共產黨十一屆三中全會時開始討論，翌年以向臺灣人民表示用和平方式統一的方針的形式發表。在一九八一年九月闡述有關的內容：國家統一實現後，臺灣將作為一個特別行政區，擁有高度的自治權，可以保有軍隊，現行的社會經濟制度不變、生活方式不變、跟外國的經濟文化關係不變。[4]在一九八二年九月，中共中央軍委主席鄧小平與英國首相柴契爾夫人會面時，首次針對香港主權回收問題使用了「一國兩制」這個詞。這個方針在一九八四年五月的中國全國人民代表大會上正式通過：在一九九七年香港主權回歸之際，香港可以設立特別行政區政府、擁有高度自治權、繼續作為一個自由港、繼續關稅獨立和擁有金融中心位置。另外，也可以維持財政獨立，繼續和各國各地區以及有關的國際組織和經濟文化機構發展關係、締結條約。這個政策，會在一九九七年以後五十年內維持不變。此舉一方面照顧了以英國為首的各國經濟利益之關係，另一方面，可推動國內的現代化政策，以解決臺灣——香港關係。可以看到，以歸還租借地方為發端的香港主權回歸問題，實際上成為了臺灣——香港的問題。[5]「一國兩制」同時是中國大陸用來解決臺灣問題的唯一方案，此方案施行於香港的經驗成功與否，影響著中國大陸當局解決臺灣統一問題的機會。

作家龍應台的散文〈如果〉中有一段話貼切地道出兩岸三地關係之緊密：

> 台北往香港的飛機，一般都是滿的，但是並非所有的人都是去香港的。他們的手，緊緊握著台胞證，在香港機場下機、

---

[4] 濱下武志著，馬宋芝譯：《香港大視野——亞洲網絡中心》（台北：牛頓出版社，1997），頁 179。

[5] 同前註，頁 179-180。

上機、下樓、上樓，再飛。到了彼岸，就消失在大江南北的版圖上，像一小滴水無聲無息落進茫茫大漠裡。

（《目送》，頁 51）

臺灣在二〇〇八年歷經二次政黨輪替後，與中國大陸的政治、經貿關係日漸密切，兩岸的直接交流雖然使香港漸漸失去其中介的地位，但從經濟與兩岸關係開放等長期發展來看，香港經驗是臺灣前途的鑑鏡，中、港、臺三邊關係持續影響著臺灣的發展。我們目前還無法確定未來臺灣和中國大陸之間會發展出多麼緊密的關係，臺灣的未來是否會走向香港模式的道路，亦未可知，但香港經驗絕對是我們必須深入了解的一環。

中國在回歸後的香港實行「一國兩制」，這是全世界的創舉，也是中國對於臺灣統戰宣傳的樣板，中國承諾的「五十年不變」已然過了十多年，再過二十年，想必香港會再掀起一波「香港熱」，對於這段五十年「歸還的時間與空間」結束後，香港未來是否繼續維持資本主義制度，或是與中國其他城市一樣被納入「已融合資本主義氣息」的社會主義的羽翼之下，相信香港勢必再度成為世界的焦點。而香港政治情勢的變化亦深深牽動著臺灣。本文的研究僅是繼續進行臺港文學關係研究之起步，筆者希望，也期許自己未來在學術研究的路途上，能以本文為基礎，更深、更廣去探究臺港文學的關係，諸如「香港南來文人和臺灣外省作家與兩地文學交流之關係」、「一九五〇年代兩地美援刊物的相互交流與影響」、「一九五〇至六〇年代兩地現代主義刊物的相互交流與影響」、「一九四九年之後兩地文藝雜誌的交流與相互影響之全面考察」或是「臺港兩地作家作品出版狀況及其交流與影響」等主題，都是筆者目前可以想到的研究面向。若有餘力者，除了研究臺港文學關係外，甚至擴大視野至關注兩岸三地之文學關係，相信這些對於臺灣文學研究場域或臺灣未來的發展皆有相當大的助益。

引用文獻

說明：

1、引用文獻資料共分為「文本」、「其他專書」、「期刊、研討會論文」、「學位論文」和「報刊與網路資料」，共五部分。

2、引用文獻所列，皆為本文內文曾提及與引用之資料。

3、各類文獻依作者姓氏筆劃排序。

一、文本

平路：《女人權力》，臺北：聯合文學出版社，1998。

——：《巫婆の七味湯》，臺北：聯合文學出版社，1998。

——：《讀心之書》，臺北：聯合文學出版社，2004。

——：《浪漫不浪漫》，臺北：聯合文學出版社，2007。

白先勇：《寂寞的十七歲》，臺北：允晨文化，1976。

朱天文：《炎夏之都》，臺北：三三書坊，1987。

——：《世紀末的華麗》，臺北：遠流出版公司，1990。

——：《巫言》，臺北：印刻出版公司，2008。

余光中：《在冷戰的年代》，臺北：藍星詩社，1969。
——：《青青邊愁》，臺北：純文學出版社，1977。
——：《與永恆拔河》，臺北：洪範書店，1979。
——：《隔水觀音》，臺北：洪範書店，1983。
——：《紫荊賦》，臺北：洪範書店，1986。
——：《記憶像鐵軌一樣長》，臺北：洪範書店，1987。
——：《夢與地理》，臺北：洪範書店，1990。
——：《安石榴》，臺北：九歌出版社，1996。
——：《五行無阻》，臺北：九歌出版社，1998。
易之臨：《世紀末風情——香港文化寫真》，臺北：張老師出版社出版，1992。
邱永漢：《香港》，臺北：允晨文化，1996。
施叔青：《愫細怨》，臺北：洪範書店，1984。
——：《情探》，臺北：洪範書店，1986。
——：《韭菜命的人》，臺北：洪範書店，1988。
——：《維多利亞俱樂部》，臺北：聯合文學出版社，1993。
——：《她名叫蝴蝶》，臺北：洪範書店，1993。
——：《遍山洋紫荊》，臺北：洪範書店，1995。
——：《寂寞雲園》，臺北：洪範書店，1997。
——：《回家，真好——原鄉的變調》，臺北：皇冠文化，1997。
夏濟安：〈香港——一九五〇（附後記）〉，《文學雜誌》4 卷 6 期，1958 年 8 月。

張曼娟：《溫柔雙城記》，臺北：大田出版社，1998。
——：《曼調斯理》，臺北：麥田出版社，2002。
趙滋蕃：《半下流社會》，臺北：大漢出版社，1978。
——：《半上流社會》（再版），臺北：大漢出版社，1980。
蔡珠兒：《南方絳雪》，臺北：聯合文學出版社，2002。
——：《雲吞城市》，臺北：聯合文學出版社，2003。
——：《紅燜廚娘》，臺北：聯合文學出版社，2005。
——：《饕餮書》，臺北：聯合文學出版社，2006。
龍應台：《龍應台的香港筆記@沙灣徑25號》，香港：天地圖書有限公司2006。
——：《目送》，臺北：時報文化出版公司，2008。
鍾玲：《芬芳的海》，臺北：大地出版社，1988。
——：《日月同行》，臺北：九歌出版社，2000。
蘇偉貞：《沉默之島》，臺北：時報文化出版公司，1994。

二、其他專書

Richard Huges："Hong Kong, Borrowed Place, Borrowed Time"，London：Andre Deutsch，1968。
Frank Welsh 著，王皖強、黃亞紅譯：《香港史》，北京：中央編譯出版社，2007。

Mike Crang 著，王志弘、余佳玲、方淑惠譯：《文化地理學》，臺北：巨流圖書，2003。

Mike Savage and Alan Warde 著，孫清山譯：《都市社會學》，臺北：五南圖書，2004。

Stephen Vines 著，霍達文譯：《香港新貴現形記》，臺北：時報文化出版社，2000。

Tim Cresswell 著，徐苔玲、王志弘譯：《地方：記憶、想像與認同》，臺北：群學出版社，2006。

元邦建：《香港史略》，香港：中流出版社，1987。

王宏志、李小良、陳清僑合著：《否想香港——歷史・文化・未來》，臺北：麥田出版社，1997。

王宏志：《歷史的偶然：從香港看中國現代文學史》，香港：牛津大學出版社，1997。

王德威：《如何現代？怎樣文學？——十九、二十世紀中文小說新論》，臺北：麥田出版社，1998。

王德威：《眾聲喧嘩以後——點評當代中文小說》，臺北：麥田出版社，2001。

王德威：《閱讀當代小說》，臺北：遠流出版社，1991。

白舒榮：《自我完成　自我挑戰——施叔青評傳》，北京：作家出版社，2006。

朱雲漢等著：《一九九七前夕的香港政經形勢與臺港關係》，臺北：業強出版社，1995。

李谷城：《香港中文報業發展史》，上海：上海古籍出版社，2005。
李怡：《香港一九九七》，臺北：商周文化，1996。
李思名、余赴禮：《香港都市問題研究》，香港：商務印書館，1987。
李英明：《香港學》，臺北：揚智文化，1997。
李奭學：《三看白先勇》，臺北：允晨文化，2008。
周蕾：《寫在家國以外》，香港：牛津大學出版社，1995。
岡崎郁子著，葉笛、鄭清文、涂翠花譯：《臺灣文學——異端的系譜》，臺北：前衛出版社，1996。
施叔青：《微醺彩妝》，臺北：麥田出版社，1999。
范銘如：《文學地理：臺灣小說的空間閱讀》，臺北：麥田出版社，2008。
計紅芳：《香港南來作家的身份建構》，北京：中國社會科學出版社，2007。
夏祖麗：《握筆的人》（四版），臺北：純文學出版社，1983。
張京媛編：《後殖民理論與文化認同》，臺北：麥田出版社，1995。
張美君、朱耀偉編：《香港文學@文化研究》，香港：牛津大學出版社，2002。
張順洪等著：《大英帝國的瓦解——英國的非殖民化與香港問題》，北京：社會科學文獻出版社，1997。
張新穎：《棲居與遊牧之地》，上海：學林出版社，1994。
曹景行：《香港十年》，上海：上海辭書出版社，2007。

陳大為：《亞洲中文現代詩的都市書寫（1980-1999）》，臺北：萬卷樓圖書，2001。
陳冠中：《我這一代香港人》（增訂版），香港：牛津大學出版社，2006。
陳冠中：《移動的邊界》，臺北：網路與書，2005。
陳建忠、應鳳凰、邱貴芬、張誦聖、劉亮雅合著：《臺灣小說史論》，臺北：麥田出版社，2007。
馮品佳主編：《通識人文十一講》，臺北：麥田出版社，2004。
黃維樑：《香港文學初探》，香港：華漢文化事業公司，1988。
黃維樑編：《春來半島——余光中：香港十年詩文選》，香港：香江出版社，1985。
黃維樑編：《璀璨的五采筆——余光中作品評論集（1979-1993）》，臺北：九歌出版社，1994。
黃繼持、盧瑋鑾、鄭樹森合著：《追跡香港文學》，香港：牛津大學出版社，1998。
廖炳惠：《吃的後現代》，臺北：二魚文化，2004。
趙稀方：《小說香港》，北京：三聯書店，2003。
劉俊：《情與美——白先勇傳》，臺北：時報文化，2007。
劉登翰：《香港文學史》，北京：人民文學出版社，1999。
潘國靈：《城市學：香港文化筆記》，上海：上海人民出版社，2008。
蔡益懷：《想像香港的方法：香港小說（1945～2000）論集》，北京：中國社會科學出版社，2005。

鄭樹森、黃繼持、盧瑋鑾編：《早期香港新文學作品選》，香港：天地圖書公司，1998。

鄭樹森：《從諾貝爾到張愛玲》，臺北：印刻出版公司，2007。

龍應台：《野火集》，臺北：圓神出版社，1985。

濱下武志著，馬宋芝譯：《香港大視野——亞洲網絡中心》，臺北：牛頓出版社，1997。

顏純鉤：《天譴》，香港：天地圖書有限公司，1992。

三、期刊、研討會論文

Chun-Man CHAN: "ADVANCES IN STRUCTURAL OPTIMIZAITON OF TALL BUILDINGS IN HONG KONG"，Proceedings of Third China-Japan-Korea Joint

Symposium on Optimization of Structural and Mechanical Systems，Oct. 30 -Nov. 2, 2004.

王良和：〈三種聲音——論余光中「香港時期」的詩歌〉，《文學世紀》2卷9期（總第18期），2002年9月。

平路、歐陽應霽：〈香港與我，十年對話〉，《誠品好讀》第77期，2007年6月。

江少川：〈兩岸三地的文學盛會——「余光中暨沙田文學國際學術研討會」綜述〉，《華中師範大學學報（人文社會科學版）》40卷1期，2001年1月。

呂天行：〈趙滋蕃先生事略〉，《湖南文獻》14 卷 2 期，1986 年 4 月。
呂金霙：《解嚴之後朱天文的小說創作傾向研究——以《世紀末的華麗》、《荒人手記》為探討對象》，臺北：私立東吳大學中國文學系碩士在職專班碩士論文，2006。
李恩慈：〈九七對話〉，《幼獅文藝》，1994 年 6 月號。
洛楓：〈文藝刊物（二）〉，《聯合文學》8 卷 10 期（總 94 期），1992 年 8 月。
流沙河：〈詩人余光中的香港時期（上）〉，《香港文學》48 期，1988 年 12 月。
柴子文：〈在民間歷史尋找香港未來〉，《亞洲週刊》21 卷 31 期，2007 年 12 月 8 日。
馬家輝：〈言論自由，始終是香港命根〉，《誠品好讀》77 期，2007 年 6 月。
張新穎、史佳林：〈「借來的空間」，「身份」的「傳奇」——從夏濟安的〈香港——一九五〇〉到白先勇的〈香港——一九六〇〉〉，臺北：白先勇的文學與藝術國際學術研討會會議論文，2008 年 10 月 17、18 日。
張瑞芬：〈趙滋蕃的文學創作及其時代意義〉，《逢甲人文社會學報》12 期，2006 年 6 月。
許俊雅：〈回首話當年（上）——論夏濟安與《文學雜誌》〉，《華文文學》2002 年第 6 期。

陳世驤：〈關於傳統・創作・模仿——從「香港——一九五〇」一詩說起〉，《文學雜誌》4卷6期，1958年8月，

舒非：〈與施叔青談她的「香港的故事」〉，收錄於《九十年代月刊》184期，1985年5月。

黃坤堯：〈余光中的香港詩〉，《香港文學》75期，1991年3月。

黃得時著，葉石濤譯：〈臺灣文學史序說〉，《文學臺灣》18期，1996年4月。

黃維樑：〈余群、余派、沙田幫——沙田文學略說〉，《香港筆薈》總第17期，2000年12月。

廖炳惠：〈從蝴蝶到洋紫荊：管窺施叔青的《香港三部曲》之一、二〉，《中外文學》24卷12期，1996年5月。

劉登翰：〈余光中・香港・沙田文學〉，《香港文學》總第206期，2002年2月。

潘亞暾：〈施叔青及其《香港的故事》〉，《香江文壇》9期，2002年9月。

歐陽應霽：〈三大香港九龍菜市場一日遊〉，《誠品好讀》41期，2004年3月。

蕭鳳霞：〈香港再造：文化認同與政治差異〉，《明報月刊》31卷8期（總368期），1996年8月。

錢學武：〈隧道的另一頭該是怎樣的光景——論余光中關於一九九七香港前途的詩〉，《詩雙月刊》復刊號第1期（總第32期），1997年1月。

謝冕：〈現代文化形態的詩意重鑄——香港學者詩綜論〉，《現代中文文學評論》1 期，1994 年 6 月。

鍾怡雯：〈風景裡的中國——余光中遊記的一種讀法〉，《中國現代文學理論季刊》16 期，1999 年 12 月。

四、學位論文

吳佳馨：《1950 年代台港現代文學系統關係之研究：以林以亮、夏濟安、葉維廉為例》，新竹：國立清華大學臺灣文學研究所碩士論文，2008。

秦慧珠：《臺灣反共小說研究（一九四九至一九八九）》，臺北：中國文化大學中國文學研究所博士論文，2000。

翁柏川：《「鄉愁」主題在臺灣文學史的變遷——以解嚴後（1987 年－2001 年）

返鄉書寫為討論核心》，新竹：國立清華大學臺灣文學研究所碩士論文，2006。

魏文瑜：《施叔青小說研究》，臺北：國立政治大學中國文學系碩士論文，1999。

五、報刊與網路資料

林秀玲：〈半上流與半下流之間〉，《聯合報》副刊（第 23 版），2002 年 3 月 24 日。

徐如宜：〈余光中的鄉愁「是無解的」〉，《聯合報》A13 版，2003 年 12 月 10 日。

臺灣作家作品目錄系統，網址：http://www3.nmtl.gov.tw/Writer2/index.html，2009 年 7 月 10 日查詢。

▶ 其他參考文獻

說明：

1、其他參考文獻資料共分為「專書」、「期刊、研討會論文」、「學位論文」和「報刊與網路資料」，共四部分。

2、參考文獻所列，雖非為本文內文曾提及與引用之資料，但對本文研究仍有相當助益，深具參考價值，故一併列出。

3、各類文獻依作者姓氏筆劃排序。

一、專書

Dani Cavallaro 著，張衛東、張生、趙順宏譯：《文化理論關鍵詞》，南京：江蘇人民出版社，2006。

Jan Morris 著，黃芳田譯：《香港：大英帝國殖民時代的終結》，臺北：麥田出版社，2006。

Nancy Bernkopf Tucker 著，新新聞編譯小組譯：《不確定的友情：臺灣、香港與美國，一九四五至一九九二》，臺北：新新聞文化，1995。

王成華編：《大地有愛》，臺北：業強圖書出版社，1989。

王瑞華：《殖民與先鋒：中國痛苦——三位女性對香港的文學解讀》，北京：社會科學文獻出版社，2006。

王德威：《小說中國》，臺北：麥田出版社，1993。

朱天文：《有所思，乃在大海南》，臺北：印刻出版有限公司，2008。

江少川：《台港澳文學論稿》，北京：北京大學出版社，2005。

江迅：《香港，一個城市的密碼》，上海：上海文藝出版社，2008。

何慧：《香港當代小說史》(第 2 版)，廣州：廣東經濟出版社，2006。

吳長生：《風行雲動——香港「後 97」圖景》，北京：人民出版社，2007。

周芬伶：《芳香的秘教：性別、愛欲、自傳書寫論述》，臺北：麥田出版社，2006。

垂水千惠著，凃翠花譯：《臺灣的日本語文學》，臺北：前衛出版社，1998。

袁良俊：《香港小說史》，深圳：海天出版社，1999。

袁良俊：《香港小說流派史》，福州：福建人民出版社，2008。

張家偉：《香港六七暴動內情》，香港：太平洋世紀出版社，2000。

陳幸蕙：《悅讀余光中：詩卷》，臺北：爾雅出版社，2002。

陳冠中：《城市九章》，上海：上海書店出版社，2008。

陳炳良：《香港文學探賞》，臺北：書林出版社，1994。

陳國球編：《文學香港與李碧華》，臺北：麥田出版社，2000。

陳麗芬：《現代文學與文化想像：從臺灣到香港》，臺北：書林出版社，2000。

傅孟麗：《茱萸的孩子——余光中傳》，臺北：天下遠見出版公司，1999。

黃宗儀：《面對巨變中的東亞景觀：大都會的自我身分書寫》，臺北：群學出版社，2008。

馮品佳主編：《通識人文十一講》，臺北：麥田出版社，2004。

黃繼持、盧瑋鑾、鄭樹森合著：《早期香港新文學作品選》，香港：天地圖書公司，1998。

群策會編：《一國兩制下的香港》，臺北：財團法人群策會，2003。

劉以鬯：《暢談香港文學》，香港：獲益出版公司，2002。

劉俊：《世界華文文學整體觀》，北京：人民文學出版社，2007。

蔡榮芳：《香港人之香港史（1984-1945）》，香港：牛津大學出版社，2001。

二、期刊、研討會論文

方永華：〈詩人余光中教授與香港（上）〉，《香港傳記人物》5 期，1999 年 3 月。

方永華：〈詩人余光中教授與香港（下）〉，《香港傳記人物》6 期，1999 年 5 月。

方國雲：〈鄉愁啊，鄉愁！——訪臺灣著名詩人余光中〉，《香港文藝報》創刊號，2002 年 4 月。

孔筱嵐：〈看好中港文化銜接——余光中慨歎台排斥中國文學〉，《香港作家報》擴版號第 20 期（總第 103 期），1997 年 5 月。

王一桃：〈繆斯，來到了香港——記余光中、瘂弦和李元洛〉，《香港作家》改版號第 27 期，總第 50 期，1992 年 12 月。

王瑞華：〈施叔青香港題材小說的藝術追求〉，《閩江學院學報》27 卷 1 期，2006 年 2 月。

王瑞華：〈殖民與先鋒：中國痛苦——從兩位女性文本解讀香港的後殖民特徵〉，《東南學術》2005 年第 4 期，2005 年 4 月。

王鈺婷：〈冷戰局勢下的臺港文學交流——以 1955 年「十萬青年最喜閱讀文藝作品測驗」的典律化過程為例〉，《中國現代文學》19 期，2011 年 6 月。

石燕紫：〈東方之珠喚最近的文化動力——她的野火在香港點燃〉，《亞洲週刊》17 卷 50 期，2003 年 12 月 14 日。

朱豔：〈反芻世紀末的港式生活——評施叔青的小說集《香港的故事》〉，《高等函授學報（哲學社會科學版）》13 卷 6 期，2000 年 12 月。

江迅：〈從台北到香港，解碼動感之都〉，《亞洲週刊》22 卷 3 期，2008 年 1 月 20 日。

呈悅：〈再生之城：完不了的「香港故事」——試論張愛玲與施叔青筆下的「香港傳奇」〉，《寧波廣播電視大學學報》2 卷 3 期，2004 年 9 月。

李子雲：〈施叔青與張愛玲〉，《香江文學》18 期，1986 年 6 月。

周帆：〈慾望深淵前的墮落與昇華——施叔青《香港的故事》系列小說中女性的人性意識啟蒙〉，《江蘇教育學院學報（社會科學版）》22 卷 4 期，2006 年 7 月。

花豔紅：〈香港語境下的中國戲劇形態——以施叔青《票房》為例〉，《香江文壇》總第 29 期，2004 年 5 月。

南山：〈九九重九，究竟多久——詩人余光中的文學世界〉，《香江文壇》總第 8 期，2002 年 8 月。

南山：〈九九重九，究竟多久——詩人余光中的文學世界〉，《香江文壇》總第 9 期，2002 年 9 月。

南山：〈九九重九，究竟多久——詩人余光中的文學世界〉，《香江文壇》總第 10 期，2002 年 10 月。

南山：〈九九重九，究竟多久——詩人余光中的文學世界〉，《香江文壇》總第 11 期，2002 年 11 月。

南山：〈九九重九，究竟多久——詩人余光中的文學世界〉，《香江文壇》總第 12 期，2002 年 12 月。

流沙河：〈詩人余光中的香港時期（下）〉，《香港文學》50 期，1989 年 2 月。

流沙河：〈詩人余光中的香港時期（中）〉，《香港文學》49 期，1989 年 1 月。

凌逾：〈女性主義建構與殖民都市百年史——論施叔青的長篇小說《香港三部曲》〉，《世界華文文學論壇》2003 年第 4 期。

孫立川：〈逃亡中見證時代滄桑〉，《亞洲週刊》10 卷 40 期，1996 年 10 月。

徐學：〈余光中的中國結〉，《臺港文學選刊》2003 年第 9 期（總第 202 期），2003 年 9 月。

張素英：〈另類的殖民者——《香港三部曲》中亞當・史密斯的人性解讀〉，《中共鄭州市委黨校學報》總第 77 期，2005 年 5 月。

張荔：〈蔥綠配桃紅——施叔青及其《香港的故事》〉，《世界華文文學論壇》1997 年第 2 期。

張淑麗：〈蝴蝶，我的黃翅粉蝶，我的香港——施叔青的《寂寞雲園》與他的蝴蝶之戀〉，《中外文學》29 卷 8 期，2001 年 1 月。

張雪媃：〈原鄉何在　施叔青戲說蝴蝶王國——讀《香港三部曲》〉，《當代》211 期，2005 年 3 月。

陳中玉：〈施叔青談創作〉，《華人月刊》總第 47 期，1985 年 6 月。

陸雪琴：〈超越性別的寫作——論施叔青香港時期的創作〉，《華文文學》總第 55 期，2003 年 2 月。

陳燕遐：〈書寫香港——王安憶、施叔青、西西的香港故事〉，《現代中文文學學報》2 卷 2 期，1999 年 1 月。

傅寧軍：〈鄉愁如縷的余光中〉，《中華魂》8 期，2000 年 8 月。

舒非：〈與施叔青談她的「香港的故事」〉，《九十年代月刊》總第 184 期，1985 年 5 月。

費勇：〈敘述香港：張愛玲〈第一爐香〉、白先勇〈香港——一九六〇〉、施叔青〈愫細怨〉〉，《香港文學》194 期，2001 年 2 月。

須文蔚：〈余光中在一九七〇年代臺港文學跨區域傳播影響論〉，《臺灣文學學報》19 期（2011 年 12 月）。

黃英哲：〈香港文學或是臺灣文學：論「香港三部曲」之敘述視野〉，《中外文學》33 卷 7 期，2004 年 12 月。

黃靜：〈香港・女性・傳奇——《傾城之戀》、《香港的情與愛》、《愫細怨》比較〉，《華文文學》，2005 年第 4 期，2005 年 4 月。

甄樂：〈臺灣作家寫香港歷史的野心與功力之作〉，《明報月刊》31 卷 2 期，1996 年 2 月。

劉宇、陳小明：〈施叔青的後殖民書寫〉，《常州工學院學報・社科版》，23 卷 1 期，2005 年 3 月。

劉宇：〈在城市與男人之間——施叔青《香港三部曲》解讀斷片〉，《香港作家（1998）》2003 年第 3 期，2003 年 6 月。

劉登翰：〈臺灣作家的香港關注——以余光中、施叔青為中心的考察〉，《福建論壇・人文社會科學版》2001 年第 2 期，2001 年 2 月。

潘亞暾：〈施叔青及其《香港的故事》〉，《香江文壇》總第 9 期，2002 年 9 月。

鄭栗兒：〈香港社會報告——蔡珠兒與雲吞城市〉，《聯合文學》230期，2003年12月。
蕭成：〈商業文明背影裡的女性群落——評施叔青「香港的故事」系列〉，《寧德師專學報（哲學社會科學版）》總第56期，2001年1月。
龍協濤：〈藍墨水的上游是汨羅江——余光中作品鄉國情的文化讀解〉，《現代中文文學評論》5期，1996年6月。
應宇力：〈無根無常的人生——異鄉人施叔青的創作〉，《香港文學》190期，2000年10月。
藤井省三：〈《維多利亞俱樂部》解說〉，《作家》21期，2003年6月。
關詩佩：〈從屬能否發言？——施叔青「香港三部曲」的收編過程〉，《二十一世紀雙月刊》總第59期，2000年6月。

三、學位論文

向萍：《臺灣香港女性小說創作比較論》，山東：山東師範大學碩士論文，2005。
辛延彥：《兩性角色與殖民論述——「香港三部曲」研究》，嘉義：南華大學文學研究所碩士論文，2002。
林明霞：《蔡珠兒飲膳書寫之研究》，臺中：東海大學中國文學系碩士在職專班碩士論文，2013。

林賀超：《香港小說中的情欲與政治——從施叔青李碧華到黃碧雲》，香港：嶺南大學碩士論文，2002。

林雅瓊：《鄉情、國史、世界觀——論林文月、蔡珠兒及李昂的女性跨國飲食書寫》，臺中：國立中興大學臺灣文學研究所碩士論文，2010。

施嘉瑩：《論蘇偉貞小說與戰後臺灣文學史建構的關係》，臺北：國立政治大學中國文學系碩士論文，2000。

徐正芬：《朱天文小說研究》，臺北：國立臺灣師範大學國文系在職進修碩士學位班碩士論文，2001。

張曉凝：《百年香港的歷史寓言——施叔青小說「香港三部曲」的後殖民書寫》，吉林：吉林大學碩士論文，2006。

莊惠雯：《外省作家第一代與第二代族群認同比較研究——以朱西甯、朱天文、朱天心為例》，臺中：靜宜大學中國文學研究所碩士論文，2003。

曾香綾：《余光中詩研究》，臺北：國立臺灣師範大學國文系在職進修碩士學位班碩士論文，2004。

馮曉豔：《跨越時空的文學唱和——二十世紀末香港與臺灣女性作家小說與張愛玲》，山東：山東大學博士論文，2007。

黃鈺萱：《臺灣文學場域中的「香港」——以鍾曉陽、西西、董啟章為例》，新竹：國立清華大學臺灣文學研究所碩士論文，2011。

廖苙妘：《施叔青小說中香港故事研究》，嘉義：南華大學文學研究所碩士論文，2005。

劉淑惠：《現代散文風貌研究～余光中散文新探～》，臺北：國立臺灣師範大學國文系在職進修碩士學位班碩士論文，2003。

樊蕙蓉：《張愛玲〈金鎖記〉與蘇偉貞《沉默之島》的人物心理及女性意識》，高雄：高雄師範大學國文教學碩士班碩士論文，2007。

謝秀惠：《施叔青筆下的後殖民島嶼圖像——以《香港三部曲》、《臺灣三部曲》為探討對象》，臺北：國立臺灣師範大學臺灣文化及語言文學研究所在職進修碩士班碩士論文，2010。

謝佳琳：《蔡珠兒的飲食散文》，臺北：國立臺北教育大學語文與創作學系碩士論文，2008。

謝嘉琪：《余光中詩中的文化認同研究》，嘉義：國立中正大學中國文學系碩士論文，2002。

顏如梅：《施叔青香港時期長篇小說研究——以「香港三部曲」及《維多利亞俱樂部》為中心》，臺中：國立中興大學中文所碩士論文，2007。

魏伶砡：《孤島施叔青》，臺中：國立中興大學中文所碩士論文，2006。

四、報刊與網路資料

「1997與香港文學專題」，《幼獅文藝》79卷6期，1994年6月。

「香港文學風貌專題」，《文訊》217期，2003年11月。

「香港文學特輯」，《文訊》20期，1985年10月。

「香港文學專號」，《中外文學》28卷10期，2000年3月。

李瑞騰：〈五〇年代港台文化／文學交流面向〉，《聯合報・讀書人周報》262 號，1997 年 5 月 12 日。

李瑞騰：〈始於反共　終於回歸〉，《聯合報・讀書人周報》262 號，1997 年 5 月 12 日。

陳文芬採訪：〈慢船到香江——臺灣女作家的香港機緣〉，《聯合報・讀書人周報》639 號，2004 年 9 月 26 日。

Do文評003 PG1151

異鄉情願：

臺灣作家的香港書寫

作　　者／黃冠翔
責任編輯／黃大奎
圖文排版／連婕妘
封面設計／秦禎翊

出版策劃／獨立作家
發 行 人／宋政坤
法律顧問／毛國樑　律師
製作發行／秀威資訊科技股份有限公司
地址：114 台北市內湖區瑞光路76巷65號1樓
電話：+886-2-2796-3638　傳真：+886-2-2796-1377
服務信箱：service@showwe.com.tw
展售門市／國家書店【松江門市】
地址：104 台北市中山區松江路209號1樓
電話：+886-2-2518-0207　傳真：+886-2-2518-0778
網路訂購／秀威網路書店：https://store.showwe.tw
國家網路書店：https://www.govbooks.com.tw

出版日期／2014年7月　BOD一版　**定價**／350元

|獨立|作家|
Independent Author
寫自己的故事，唱自己的歌

異鄉情願：臺灣作家的香港書寫 / 黃冠翔著. -- 一版. --
臺北市：獨立作家, 2014.07
面； 公分. --（Do文評；PG1151）
BOD版
ISBN 978-986-5729-12-7 (平裝)

1. 臺灣文學 2. 香港文學 3. 文學評論

863.2 103006291

國家圖書館出版品預行編目

讀者回函卡

感謝您購買本書，為提升服務品質，請填妥以下資料，將讀者回函卡直接寄回或傳真本公司，收到您的寶貴意見後，我們會收藏記錄及檢討，謝謝！

如您需要了解本公司最新出版書目、購書優惠或企劃活動，歡迎您上網查詢或下載相關資料：http:// www.showwe.com.tw

您購買的書名：＿＿＿＿＿＿＿＿＿＿＿＿＿＿＿＿＿＿＿＿

出生日期：＿＿＿＿年＿＿＿＿月＿＿＿＿日

學歷：□高中(含)以下　□大專　□研究所(含)以上

職業：□製造業　□金融業　□資訊業　□軍警　□傳播業　□自由業

□服務業　□公務員　□教職　□學生　□家管　□其它＿＿＿

購書地點：□網路書店　□實體書店　□書展　□郵購　□贈閱　□其他

您從何得知本書的消息？

□網路書店　□實體書店　□網路搜尋　□電子報　□書訊　□雜誌

□傳播媒體　□親友推薦　□網站推薦　□部落格　□其他＿＿＿＿＿

您對本書的評價：(請填代號　1.非常滿意　2.滿意　3.尚可　4.再改進)

封面設計＿＿　版面編排＿＿　內容＿＿　文／譯筆＿＿　價格＿＿

讀完書後您覺得：

□很有收穫　□有收穫　□收穫不多　□沒收穫

對我們的建議：＿＿＿＿＿＿＿＿＿＿＿＿＿＿＿＿＿＿＿＿

＿＿＿＿＿＿＿＿＿＿＿＿＿＿＿＿＿＿＿＿＿＿＿＿＿＿

＿＿＿＿＿＿＿＿＿＿＿＿＿＿＿＿＿＿＿＿＿＿＿＿＿＿

＿＿＿＿＿＿＿＿＿＿＿＿＿＿＿＿＿＿＿＿＿＿＿＿＿＿

請貼
郵票

11466
台北市內湖區瑞光路 76 巷 65 號 1 樓
獨立作家讀者服務部 收

（請沿線對折寄回，謝謝！）

姓　　名：＿＿＿＿＿＿＿＿　年齡：＿＿＿＿　性別：□女　□男

郵遞區號：□□□□□

地　　址：＿＿＿＿＿＿＿＿＿＿＿＿＿＿＿＿＿＿＿＿

聯絡電話：(日)＿＿＿＿＿＿＿＿＿＿(夜)＿＿＿＿＿＿＿＿＿＿

E-mail：＿＿＿＿＿＿＿＿＿＿＿＿＿＿＿＿＿＿＿＿